读客®

读客悬疑文库

认准读客读悬疑，本本都是大师级。

藏着幽灵的家

［意］多纳托·卡瑞西 著 李蕴颖 译

DONATO CARRISI

LA CASA DELLE VOCI

北京日报出版社

图书在版编目（CIP）数据

藏着幽灵的家 /（意）多纳托·卡瑞西著；李蕴颖
译 . -- 北京：北京日报出版社，2023.11
ISBN 978-7-5477-4646-2

Ⅰ.①藏… Ⅱ.①多… ②李… Ⅲ.①推理小说 – 意
大利 – 现代 Ⅳ.① I546.45

中国国家版本馆 CIP 数据核字 (2023) 第 127974 号

LA CASA DELLE VOCI by Donato Carrisi
Copyright © Donato Carrisi 2019
Simplified Chinese translation copyright © 2023 by Dook Media Group Limited
Published by arrangement with Longanesi & C. through Andrew Nurnberg Associates Ltd.
ALL RIGHTS RESERVED

藏着幽灵的家

作　　者：［意］多纳托·卡瑞西
译　　者：李蕴颖
责任编辑：曲　申
特约编辑：徐於璠　　顾珍奇
封面设计：陈艳丽　　梁剑清
出版发行：北京日报出版社
地　　址：北京市东城区东单三条8–16号东方广场东配楼四层
邮　　编：100005
电　　话：发行部：（010）65255876
　　　　　总编室：（010）65252135
印　　刷：三河市龙大印装有限公司
经　　销：各地新华书店
版　　次：2023年11月第1版
　　　　　2023年11月第1次印刷
开　　本：880毫米×1230毫米　1/32
印　　张：10.75
字　　数：240千字
定　　价：49.90元

献给安东尼奥。

我的儿子，我的记忆，我的身份。

睡梦中的一阵轻抚。

在睡梦与清醒的蒙眬界限间，在坠入遗忘深渊的前一瞬，冰冷纤细的手指轻轻触碰到她的前额，伴随着一声忧伤且温柔无比的低语。

她的名字。

听见有人唤她，小女孩猛地睁开双眼。她立刻害怕起来。在她熟睡的时候，有人来探望过她。可能是这座房子曾经的老住户，她有时会和他们聊天，或是听见他们像老鼠一样贴着墙壁掠过。

但那些幽灵更像是在她的身体中说话，而不是在身体之外。

阿多——可怜的阿多，忧郁的阿多——也会来探望她。然而，不同于其他所有幽灵，阿多从不说话。因此，现在令她心神不宁的，是一种更贴近现实的忧虑。

除了妈妈和爸爸以外，在活人的世界里，没有人知道她的名字。

这就是"规则三"。

想到自己违背了爸爸妈妈立下的五条规则之一,她感到十分惊恐。他们一向信任她,她不想让他们失望。可不能在这个时候让他们失望,爸爸已经答应了要教她用弓箭狩猎,妈妈也已经被说服了。但她又思索道:这怎么能是她的错呢?

规则三:永远不要将你的名字告诉陌生人。

她从未把她的新名字告诉过陌生人,也不可能有某个陌生人无意间得知她的名字。这是因为,至少在两个月内,他们都没看见有人在这座农舍附近游荡。他们在空旷荒凉的乡野中与世隔绝,离最近的城市都隔着两天的路程。

他们很安全。这里只有他们一家三口。

规则四:永远不要靠近陌生人,也不要让他们靠近你。

这怎么可能呢?是这座房子在呼唤她,没有别的解释。有时候,屋梁会发出不祥的嘎吱声或音乐般的呻吟声。爸爸说这是农舍的地基在下沉,就像一位上了年纪的老妇人坐在扶手椅上,时不时觉得需要挪动身体,调整成更舒服的姿势。在半睡半醒间,其中一阵响动在她听来像是她的名字。仅此而已。

她不安的心灵平静下来。她重新闭上眼睛。睡梦用它无声的召唤吸引她跟随,进入那温暖安宁之所。在那儿,一切都会消散。

就在她即将放任自己睡去时,有人再一次呼唤了她。

这一次,小女孩从枕头上抬起头来。她没有下床,只是在房间里的黑暗中试探。走廊里的炉子在几小时前就已熄灭。在被子之外，寒冷包围了她简陋的床铺。现在她完完全全地提起了警惕。

无论呼唤她的是谁，那人都不在屋里，而是在屋外，在冬季的黑夜中。

她与从门缝下和关着的百叶窗中透进来的风声交谈。但这阵寂静深得可怕，她无法感知到其他声音，只能听见自己耳边传来怦怦的心跳声，就像一条鱼在桶里跳动。

"你是谁？"她本想向黑暗询问，却又害怕听到答案。或许，她已经知道那个答案了。

规则五：如果有陌生人唤你的名字，那就快逃。

她从床上起身。但是在动身前，她摸索着找到那个和她睡在一起的布娃娃，它是用碎布做成的，只有一只眼睛。她紧紧抓住布娃娃，把它带在身边。她没有开床头柜上的灯，而是在房间里摸黑冒险，光着小脚在木地板上踩得咚咚响。

她必须告诉妈妈和爸爸。

她出门来到走廊上。从通往楼下的楼梯那儿传来壁炉中缓缓燃烧的木柴的味道。她想起厨房里的橄榄木桌子，桌上仍然摆满了昨晚欢宴的残羹剩饭。那个砂糖面包蛋糕是妈妈用烧木柴的炉子烤成的，不多不少正好缺了三块。那十支生日蜡烛是她坐在爸爸的膝上一口气吹灭的。

当她靠近爸爸妈妈的房间时，快乐的思绪消失了，取而代之的是阴郁的预感。

规则二：陌生人就是危险。

她曾经亲眼看到：陌生人来抓人，将他们从亲人身边带走。

没人知道他们去了哪儿，也没人知道他们的下场如何。或许她年纪还太小，还没有准备好，因此没人愿意向她讲述这些事。她所确定的唯一一件事是，那些人再也没有回来过。

再也没有。

"爸爸、妈妈……房子外面有人。"她低声道，但说话的口气笃定得像是不愿意仅仅再被当成一个小女孩。

爸爸第一个醒来，随即妈妈也醒了。小女孩立刻吸引了他们两人全部的注意。

"你听见什么了？"妈妈问道。与此同时，爸爸握住了他一直备在床边的手电筒。

"我的名字。"小女孩犹豫着回答道。她担心会受到责备，因为她违反了一条规则。

但他们什么也没有对她说。爸爸打开手电筒，用手遮住光束，使它勉强照亮黑暗的房间，这样闯入者就不会发现他们醒着了。

爸爸妈妈没再问她别的。他们在考虑是否要相信她。但这不是因为他们怀疑她说谎，他们知道她从不在这种事情上撒谎。他们只是需要考虑清楚她所说的是否属实。小女孩也希望这仅仅是她的幻想。

妈妈和爸爸提高了警惕，但他们没有动。他们沉默着，微微抬起头，聆听着黑暗——就像她从天文书上看到的无线电望远镜一样，观测着天空中藏匿的未知，期待着，也害怕着接收到一个信号。因为，正如爸爸向她解释的那样，发现自己在宇宙中并不孤单不一定是个好消息："外星人可能并不友善。"

时间一秒一秒流逝，绝对的静默似乎永无终止。唯一的声响是吹动枯树枝叶的风声，是屋脊上生锈的铁风向标的哀泣，是老旧的干草仓的嘟囔声——就像一头在海洋深处沉睡的鲸鱼。

　　一阵金属声。

　　一只桶落到地上。准确地说，是老水井的水桶。爸爸之前把它系在了两棵柏树之间，这是他每天晚上都会在房子周围设下的声音陷阱之一。

　　水桶的位置在鸡舍附近。

　　小女孩想要说些什么，但在她开口之前，妈妈用手捂住了她的嘴。她原本想要提醒说，这或许是一只夜行动物—— 一只貂或者一只狐狸——不一定是个陌生人。

　　"狗。"爸爸低声道。

　　她这时才想起来。爸爸说得有理。如果这是一只貂或一只狐狸，在水桶落地发出声响后，他们的看门狗一定会开始吠叫，提醒他们有别的动物在。如果狗没有叫，那就只有一种解释。

　　有人让这些狗噤了声。

　　想到她这些毛茸茸的朋友可能遭遇了不幸，小女孩的眼眶里滚动着热泪。她努力不让自己哭出来，她的伤心与一阵突然袭来的恐惧混在了一起。

　　她的父母只需互相交换一个眼神就够了。他们非常清楚该怎么办。

　　爸爸第一个下床。他匆匆穿好衣服，却没有穿鞋。妈妈也照着做了，但她还做了一件事，让小女孩一时间不知所措起来：在小女孩看来，妈妈似乎在等待着爸爸注意不到她的时刻；接着，她看见妈妈将一只手伸到床垫下，取出一个小物件并迅速放进衣袋里。小女孩没来得及看清那是什么东西。

她觉得很奇怪。妈妈和爸爸之间从来没有秘密。

她还没来得及提问，妈妈就把另一支手电筒交给她，并在她面前跪下身，往她的肩上披了一条毯子。

"你还记得我们现在应该做什么吗？"妈妈问道，认真地注视着小女孩的眼睛。

小女孩表示记得。妈妈坚定的眼神给了她勇气。自从他们搬进这座被弃置的农舍以来，在将近一年的时间里，他们已经演习过数十次这个"程序"——爸爸是这么称呼它的。在此之前，他们从来都不需要真正启动这个程序。

"把你的布娃娃抓紧。"妈妈叮嘱她，接着牵起她的手，握在自己温暖有力的手中，带领她离开。

当她们下楼梯的时候，小女孩回头看见爸爸从贮藏室里取出一只桶，正在沿着上一层楼的墙根洒出桶里的东西。那液体渗入木地板，散发出刺鼻的气味。

她们来到了底楼。妈妈拉着小女孩，朝房子后部的房间走去。小女孩赤裸的双脚沾上了木头的碎片，她紧闭着嘴唇，努力控制自己不发出痛苦的呻吟。但无论如何，这已经没用了，她们不需要再掩藏自己。在屋外，那些陌生人已经明白了一切。

她听见他们在房子周围走动，想要进来。

以前，在他们认为安全的地方，也曾有某样东西或某个人来威胁他们。最后，他们总能战胜危险。

她和妈妈经过那张橄榄木桌子；经过那个插着十支熄灭的生

日蜡烛的蛋糕；经过那只上了釉的牛奶杯，她本应该在第二天用它吃早餐；经过父亲为她制作的那些木质玩具；经过装着饼干的圆罐；经过书架，架子上放着他们一家在晚餐后一起读的书。所有这些东西，她本应该向它们再一次道别。

妈妈走近石质壁炉，将一只手臂伸入烟道里，寻找着某样东西。终于，她找到了一条被烟熏黑的铁链的末端。她开始用尽全力拉铁链，让它绕着藏在烟囱顶部的一只滑轮滑动。火炭下面的一块砂岩板开始移动，但它太重了，需要爸爸也来帮忙，这套复杂的器械是他发明的。为什么他花了这么长时间还没过来找她们？这个意料之外的情况让小女孩感到更加害怕。

"快来帮我。"妈妈吩咐她道。

小女孩抓住铁链，和妈妈一起用力拉着。慌乱间，妈妈的手肘撞上了壁炉搁板上的一个白垩土花瓶。她们只能眼睁睁地看着它在地上摔碎。一阵低沉的声音从农舍的几个房间中穿梭而过。片刻之后，有人开始用力敲起了屋门。敲门声在她们周围回响，就像是一个警告。

我们知道你们在这儿。我们知道你们在哪儿。我们来抓你们了。

母女二人重新开始以最大的力气来拉铁链。火炭下方的石板挪出一个空隙，刚好够她们通行。妈妈用手电筒照亮了一架向下通往地下室的木梯。

敲门声仍在继续，越来越急切。

小女孩和妈妈转向走廊，终于看见爸爸赶了过来，他手中拿着两个瓶子：瓶口上没有瓶塞，取而代之的是一块浸湿的碎布。

之前在树林里，小女孩看到过爸爸用这样的瓶子点火，然后将它朝一棵枯树扔去，那棵树瞬间便燃烧了起来。

陌生人仍敲打着屋门。令他们惊讶的是，用来固定屋门的铰链正渐渐从墙壁上脱离，那四个将门闩住的插销随着每一次撞击显得愈加脆弱。

在一瞬间，他们明白了，那最后一道障碍不足以长时间抵挡住入侵者。

爸爸看了看她们，又看了看门，然后再次看向她们。没时间启动那个程序了。因此，他没有多加考虑，朝她们的方向示意了一下，与此同时，他将手中的一个瓶子放在地上，但仅仅是为了腾出手从口袋中掏出一只打火机。

屋门猛然被砸开了。

当吼叫着的身影越过门槛时，爸爸朝小女孩和妈妈最后看了一眼——他看着她们两人，仿佛在拥抱她们。在这短短的注视中，爸爸的眼中凝聚了那样多的爱、同情与遗憾，足以让道别的痛苦变得永远甜蜜。

在点火的时候，爸爸似乎露出了一丝微笑，只为她们两人。然后他扔下瓶子，与那些身影一同消失在燃起的火焰中。小女孩没能看见别的东西，因为妈妈把她推进了壁炉下的通道口，然后捏着铁链的末端，跟着她冲了进去。

她们上气不接下气地沿着木梯往下跑，好几次险些被绊倒。从上方传来一阵爆炸的闷响、听不懂的叫嚷声和激动的呼喊声。

来到梯子底部，在潮湿的地下室里，妈妈松开铁链，让机械装置将她们头顶的石板重新合上。但有什么东西卡住了，留下了一道宽阔的缝隙。妈妈拉扯着、猛拽着，试图解除装置遇到的阻碍。只是徒劳。

根据程序，在遭遇袭击时，全家人本应躲在地下室避难，而房子本应在他们头顶上燃烧。陌生人也许会因受到惊吓而逃走，也许会以为他们都死于火灾。按计划预想，当他们的上方回归平静时，妈妈和爸爸会重新打开地下室的活动板门，然后他们会回到地面上。

但有什么地方出了问题。一切都出了问题。首先，爸爸没有和她们在一起；其次，那该死的石板门没有完全关上。与此同时，在她们上方，一切都开始燃烧。烟雾已经透过缝隙蔓延下来，要将她们赶出地下室。而在这个狭窄的地下室中并没有出路。

妈妈将小女孩拉到这个封闭阴暗的地下室最尽头的角落里。离她们几米远的地方，在一棵柏树下冰冷的土地里，埋葬着阿多。可怜的阿多，忧郁的阿多。她们本应该把他从那儿挖出来，带他离开。

但现在就连她们自己都无法逃脱了。

妈妈把毯子从她的肩上取下来。"你还好吗？"她问道。

小女孩将只有一只眼睛的布娃娃紧贴在胸口，但仍然做出了肯定的表示。

"那么听我说，"妈妈继续道，"现在你必须非常勇敢。"

"妈妈，我害怕，我没法呼吸。"她说着，开始咳嗽起来，"我们离开这儿吧，求你了。"

"如果我们走出去，就会被陌生人抓走，你知道的。你难道想要这样吗？"妈妈断言道，带着责备的语气，"为了不被陌生人抓走，我们已经做出了那么多牺牲，难道我们应该在这时候投降吗？"

小女孩将目光投向地下室的天花板。她已经能听见他们的声音了，就在距离她们几米远的地方：那些陌生人正在尝试冲过火焰，来抓她们。

"我遵守了所有规则。"她抽噎着为自己辩护道。

"我知道，亲爱的。"妈妈安慰她，抚摸着她的脸颊。

在她们上方，声音之家在火焰中呻吟着，犹如受伤的巨人。实在令人心痛。现在从砂岩板的缝隙蔓延下来一阵更浓、更黑的烟雾。

"我们没有多少时间了。"妈妈说，"我们还有一个办法可以逃出去……"

于是，她将一只手插进口袋，取出一样东西。那个她甚至瞒着爸爸的神秘物件是一只小玻璃瓶。

"一人一口。"

妈妈拔出软木瓶塞，将玻璃瓶递给她。

小女孩犹豫了："这是什么？"

"别问，喝吧。"

"喝了之后会发生什么？"她惊恐地问道。

妈妈对她微笑道："这是遗忘水……我们会睡着，然后，当我们醒来时，一切都会结束。"

但她不相信妈妈。为什么遗忘水没有被列入程序中呢？为什么爸爸对此一无所知呢？

妈妈抓住她的手臂，摇了摇她："规则五的内容是什么？"

小女孩不明白此刻有什么必要列举那些规则。

"规则五，快说。"妈妈坚持要求道。

"如果有陌生人唤你的名字，那就快逃。"小女孩慢慢地重复道。

"规则四呢？"

"永远不要靠近陌生人，也不要让他们靠近你。"她回答道，这一次她的声音因为哭泣开始变得断断续续。"规则三是永远不要将你的名字告诉陌生人。但我没有把我的名字告诉过陌生人，我发誓。"她立刻为自己辩解道，回想着这天晚上的一切是怎么发生的。

妈妈的语气重新变得温和起来："规则二，继续说……"

过了一会儿，小女孩说道："陌生人就是危险。"

"陌生人就是危险。"妈妈严肃地与她一起回忆起来。接着，妈妈将瓶子送到唇边，喝了一小口，而后再一次把瓶子递给她："我爱你，亲爱的。"

"我也爱你，妈妈。"

小女孩看着妈妈，妈妈也看着她。然后，妈妈盯着自己手里的玻璃瓶。小女孩接过瓶子，不再犹豫，吞下了瓶子里剩下的东西。

规则一：只能信任妈妈和爸爸。

1

对一个小孩子来说，家是世界上最安全的地方。或者，是最危险的地方。

彼得罗·格伯试图永远不忘记这一点。

"好吧，埃米利安，你想告诉我关于地下室的事吗？"

小男孩沉默着。他六岁，皮肤苍白，几近透明，看上去如同一个幽灵。他甚至没有从彩色积木块搭成的小堡垒上抬起目光，直到这一刻，他们一直在一起搭建它。格伯继续耐心地往堡垒的墙壁上增添楔子，不慌不忙。经验告诉他，埃米利安自己会找到合适的时机开口。

每个孩子都有他自己的时机，他总是这么说。

在这个没有窗户的房间里彩虹色的地毯上，格伯在埃米利安身边蹲了至少四十分钟。房间在一幢十四世纪的大楼的三楼，这座建筑位于佛罗伦萨历史中心区的斯卡拉大街。

从一开始，这幢大楼就被佛罗伦萨的慈善机构用于"为走失的孩子提供庇护"，也就是那些因为家庭贫困无力抚养而被遗弃的孩子、私生子、孤儿以及遭受社会犯罪现象侵害的未成年人。

从十九世纪下半叶开始，这幢大楼就成了未成年人法庭所在地。

在周围建筑的光辉中，这幢大楼几乎显得默默无闻。那些建筑密密匝匝地聚集在小小的几平方公里范围内，让佛罗伦萨成了世界上最美的城市之一。但这个地方不能被看作和其他地方一样，因为它的起源——这里先前是一座教堂，里面那些湿壁画遗迹正是波提切利[1]的《圣母领报》。

也因为这里的游戏室。

这个游戏室里，除了有埃米利安正在忙着搭建的积木块外，还有一个洋娃娃之家，一列玩具火车，各式玩具轿车、铲土机和卡车，一个摇摆木马，一个用于制作想象出来的美食的小厨房，以及各种各样的毛绒玩具。还有一张带有四把小椅子的矮桌，以及齐全的绘画用具。

但这只是个伪装，因为这个二十多平方米的房间中的一切，都只是用来掩盖这个地方的真实性质。

这个游戏室实际上是一个审判庭。

其中一面墙壁被一面巨大的镜子占据，镜子后藏着法官、检察官，还有被告及其辩护律师。

设计出这个地方是为了保护小受害者们的内心不受伤害，让他们在一个受保护的环境中做证。为了顺利完成笔录，房间里的

---

1 桑德罗·波提切利（Sandro Botticelli，1445—1510），15世纪末佛罗伦萨的著名画家。——编者注

每一个物件都是由儿童心理师考虑和挑选过的，以便在对事件的叙述和阐释中起到确切的作用。

孩子们常常会使用毛绒玩具或洋娃娃，用它们在游戏扮演中代替伤害他们的人，让那些玩偶经受他们自己受到的对待。一些孩子比起讲述更愿意画画，另一些则编故事，在故事里提及他们所遭遇的事。

但是，有时候，一些信息是在无意识间被透露出来的。

正因如此，从墙上的海报中，快乐的幻想人物和隐形的微型摄像机会一起监视小客人们的游戏。每一个词语、手势和举动都被记录下来，作为判决的有效证据。但也存在一些电子镜头无法捕捉到的细微变化。这些细节，年仅三十三岁的彼得罗·格伯已经学会精确识别了。

随着他继续和埃米利安一起搭建彩色积木堡垒，他认真地观察着小男孩，希望能捕捉到哪怕是最微小的敞开心扉的迹象。

室内温度是二十三摄氏度，天花板上的灯发出柔和的蓝色光芒，背景音乐中的节拍器以每分钟四十次的频率打着节奏。

这是最能让人完全放松的气氛。

如果有人问格伯他的工作是什么，他永远不会回答"专攻催眠疗法的儿童心理师"。他会用另一种表达，创造这个词的人教给他一切，而这个词最能概括他的任务的意义。

儿童哄睡师。

格伯清楚，许多人认为催眠术是一种用于控制他人头脑的神秘学招数，或者认为被催眠者会失去对自己和自身意识的控制，听凭催眠师的摆布，而催眠师能够促使他说出或做出任何事。

实际上，这只不过是一门帮助那些迷失的人与自我取得联系的技术。

被催眠者永远不会失去对自我的控制或失去意识——证据就是，小埃米利安仍然一直在玩耍。因为催眠术，他的清醒程度越降越低，直至外部世界的干扰全都停止。排除一切干扰后，他对自我的感知增强了。

但彼得罗·格伯的工作还要更特别一些：他的工作是教孩子们整理好他们脆弱的记忆——他们的记忆悬在游戏与现实之间——并且分辨出哪些是真的，哪些是假的。

然而，格伯能够与埃米利安共度的时间逐渐减少，这位专家想象得到，负责未成年人案件的法官巴尔迪与其他人一起藏在镜子后露出失望的表情。是巴尔迪任命他做这个案子的顾问，也是她一直以来在指导他应该向小男孩问些什么。格伯的任务是分辨出引导埃米利安提供信息的最佳策略。如果他在接下来的十分钟内还不能取得进展，他们就不得不择日再开庭。但是，这位心理师不愿屈服：他们已经是第四次见面了，此前有过微小的进步，但从未有过真正的进展。

埃米利安——那个幽灵一样的小男孩——本应该在法庭上重复他某天对学校老师意外讲出来的故事。问题在于，自那以后，他再也没有提过那个"地下室里的故事"。

没有故事，也就没有证据。

在宣告这次尝试失败前，格伯使出了最后一招。

"如果你不想谈地下室的事，那也没关系。"他说。他没等小男孩做出反应，就停止了搭建堡垒的动作，反而拿起一些彩色积木块，开始在第一座建筑旁边搭起了第二座建筑。

埃米利安注意到了这一点，于是停下来注视着他，显得不知所措。

"我在自己的小房间里画画的时候，听见了那首童谣……"片刻后他说道，声细如丝，没有看格伯的脸。

格伯没有做出反应，任由他继续说。

"那首关于好奇小孩的童谣。你听过吗？"埃米利安开始反复低声哼唱道，"有个好奇小孩，在角落里玩耍，在寂静黑暗里，听见一个声音。开玩笑的幽灵，唤了他的名字，他想要吻一吻，这个好奇小孩。"

"是的，我听过。"格伯承认道，继续摆弄着积木，就像这只不过是一段平常的对话。

"于是我走过去看这声音是从哪儿传来的……"

"然后你发现了什么？"

"那是从地下室传来的。"

第一次，格伯成功将埃米利安的思维从游戏室中抽离出来：现在他们在小男孩的家里了。他必须尽可能让埃米利安在那儿待得久一些。

"你去看地下室里有什么东西了吗？"

"是的，我下去看了。"

埃米利安的承认很重要。作为激励，格伯递给他一块彩色积木，允许他参与到新堡垒的搭建中。

"我想那里应该是一片黑暗。你不害怕独自到那儿去吗？"他断言道，为的是对小证人的可靠程度进行第一次测试。

"不是。"小男孩毫不犹豫地回答道,"那儿有一盏灯亮着。"

"那你在下面找到什么了?"

小男孩又开始犹豫不决。格伯停止向他递积木。

"门不像之前那样用钥匙锁上了。"小男孩回答道,"妈妈说我永远不能打开那扇门,那样很危险。但这次门开了一道缝,可以看见门里……"

"所以你偷看啦?"

小男孩表示肯定。

"你知道偷看是不对的吗?"

这个问题有可能产生意料之外的效果。如果埃米利安感觉受到了责备,他可能会躲藏在自我中,不再讲下去。但如果格伯想要确认他的证词无可置疑,就必须冒这个险。如果一个孩子无法认识到自己行为中的负面含义,他就不能被看作能够对他人行为做出理性判断的可靠证人。

"我知道,但我忘记了偷看是不对的。"小男孩辩解道。

"那你在地下室里看见什么啦?"

"那里有几个人……"他仅仅说道。

"是小孩子吗?"

埃米利安摇摇头。

"那就是大人了?"

小男孩表示肯定。

"他们在做什么呢?"格伯追问道。

"他们没穿衣服。"

"是像去泳池或者海里游泳那样，还是像淋浴那样？"

"像淋浴那样。"

这则信息意味着证词上的一个宝贵进展：对孩子而言，成年人的赤身裸体是一种禁忌，但埃米利安克服了尴尬的障碍。

"他们还戴着面具。"格伯还没有问他，他就补充道。

"面具？"格伯假装惊讶道，他其实知道埃米利安的老师讲述的故事，"哪种面具？"

"是塑料的，后面有松紧带，只遮住脸的那种。"小男孩说道，"动物形状的。"

"动物？"格伯重复道。

小男孩开始列举："一只猫、一只羊、一头猪、一只猫头鹰……还有一头狼，对，是一头狼。"他强调道。

"你觉得，他们为什么要戴面具呢？"

"他们在做游戏。"

"是什么游戏？你能看出来吗？"

小男孩思考了片刻："他们在做网络上的那些事。"

"网络上的那些事？"格伯想要埃米利安说得更明白些。

"我的同学利奥有一个十二岁的哥哥。有一次，利奥的哥哥给我们看了一个网上的视频，那些人全都没穿衣服，互相用奇怪的方式拥抱和亲吻。"

"你喜欢那个视频吗？"

埃米利安做了一个鬼脸："然后利奥的哥哥对我们说，我们必须保守这个秘密，因为那是大人的游戏。"

"我明白了。"格伯肯定道，不让自己的语气中透出任何评判的意味，"你很勇敢，埃米利安，换作我的话一定会被吓到的。"

"我不害怕，因为我认识他们。"

格伯停了下来，这是个微妙的时刻："你知道那些戴着面具的人是谁吗？"

像幽灵一样的小男孩在这一瞬忘记了积木堡垒，抬起目光，看向装有镜子的那面墙。在那块玻璃后，五名被告正在安静地等待他的回答。

一只猫、一只羊、一头猪、一只猫头鹰，还有一头狼。

在那一刻，格伯明白自己帮不了埃米利安。他希望这个孩子能利用他仅有的六年生命中的经验，独自找到勇气，说出那个噩梦中的主角们的名字。

"爸爸、妈妈、爷爷、奶奶。还有卢卡叔叔。"

对一个小孩子来说，家是世界上最安全的地方。或者，是最危险的地方——彼得罗·格伯在内心重复道。

"好的，埃米利安，现在我们一起来倒数。十……"

2

休庭后，格伯看了看他调至静音的手机，发现只有一通未接来电，来自一个他不认识的号码。当他思索着是否要回拨过去时，巴尔迪冷不丁问他道："你怎么看？"

没等格伯关上他们身后的办公室门，她就问出了口。在听过埃米利安的话后，她大概一直被疑问纠缠着。

格伯很清楚，这位女法官急着跟他分享关于证词的感想。但她真正想问的是另一个问题。

埃米利安说的是真的吗？

"小孩子的头脑是可塑的。"格伯宣称道，"有时候他们会捏造出假回忆，但这并不是真正的谎话：他们真心相信自己经历了某些事情，哪怕是最荒谬的事情。他们的幻想是如此生动，以致在他们看来那些虚构的事都是真实的，但他们的幻想又是如此不成熟，以致他们无法分辨出什么是真、什么是假。"

对巴尔迪来说，这个解释显然不够有说服力。

在走到办公桌旁坐下前，巴尔迪走向窗户，尽管冬日的清晨寒冷又阴沉，她还是打开了窗，就像在盛夏时一样。

"这起案子中有一对年轻的养父母，一直以来都渴望得到一个孩子；有两个慈爱的祖父母，他们会尽可能让孙辈们开心；还有一位收养机构的负责人，多年以来，他一直致力于把像埃米利安这样的未成年人从糟糕的家庭环境中解救出来，并确保他们有一个充满关爱的未来……还有那个活泼可爱的小男孩，他跟我们讲述了一个离经叛道的狂欢仪式。"

巴尔迪试图用讽刺来缓解失望之情，格伯理解她的沮丧。

埃米利安出生于白俄罗斯，格伯在他的档案里一遍又一遍地读到过。文件显示，两岁时，在经受过各种虐待后，他从原生家庭中被带走。他的亲生父母从考验他的生存欲中取乐，就像在生存游戏里一样：他们一连几天不给他食物，任由他在自己的排泄物中哭喊、打滚。幸运的是，格伯对自己说，小孩子没有三岁以前的记忆。但是，如果埃米利安头脑中的某处仍留有被囚禁的痕迹，那也是正常的。

卢卡是在一所学校里发现埃米利安的，他很快就在数十个孩子中注意到了他：埃米利安学习滞后，极少说话。卢卡在国外管理着一所非常活跃的远程收养机构，他为埃米利安找到了一户人家：一对年轻的意大利夫妇。在走完冗长且昂贵的收养手续后，他们最终得以将他带到意大利。

埃米利安仅仅在这个幸福的家庭中生活了一年，就弥补了自己与同龄人之间的巨大差距，并且能相当流利地说意大利语。但是，当一切似乎都在好转的时候，他开始表现出儿童厌食症的症状。

他拒绝进食，变成了一个像幽灵一样的小男孩。

养父母带他去看了一位又一位医生，毫不在乎花费，但没有人能够帮助他。所有人都认为，这种严重进食障碍应该从他过去的孤独与暴力经历中追根溯源。

尽管无法找到治愈的方法，养父母却没有放弃。养母甚至辞去了工作，只为全身心地照顾孩子。在这种情况下，面对降临在这对夫妇头上的第无数次坏运气，巴尔迪的巨大失望并不令人惊讶。

但格伯打断了她："我不认为有别的选择。我们应该继续听听埃米利安要说的话。"

"我不知道我是否愿意在那儿听他说。"巴尔迪断言道，语气中带着点儿苦涩，"当你还小的时候，你别无选择，只能去爱那个把你带到世界上的人，即使他伤害你。埃米利安在白俄罗斯的过去是一个黑洞，而现在，他处于一个完全相反的环境里，他刚刚发现自己拥有一件强大的武器：来自新家庭的爱。他正是用这份爱来对付他们，并且不受惩罚，就像他的亲生父母对待他那样。而这仅仅是为了体验做一个残酷的人会是什么感觉。"

"受害者变成了施暴者。"格伯同意道，他仍然在办公桌前站着，像被冻僵一般。

"是的，就是这样。"巴尔迪坚定地重申道，用手指指着脸，强调格伯的话正中问题的核心。

在格伯还是个实习生的时候，安妮塔·巴尔迪是他合作过的第一位法官，她也因此总是用亲切随意的语气和他说话。但是，格伯从来不会对她用同样的语气。多年来，他很欣赏她教授的东西和发过的火，她大概是他在这个领域中认识的最正直、最有同情心的人。她还有几个月就要退休了。她从未结过婚，一生致力于关爱她不曾有过的孩子。她背后的墙上挂着一些画，是那些来过这间黑暗房间的孩子为她画的。她的桌子塞满了司法卷宗，其中散落着彩色的糖果。

在这些文件中间的，是埃米利安的档案。格伯注视着它，思索道：不幸的是，对这个幽灵一样的小男孩来说，通过换一个国家、城市和名字来获得新生活是不够的。因此，这一次安妮塔·巴尔迪弄错了。

"事情没有这么简单。"格伯宣称道，"我担心有别的问题。"

巴尔迪闻言向前探身："这让你想到了什么？"

"您注意到小男孩抬眼看向镜子了吗？"他问道。但直觉告诉他，巴尔迪无法解释这件事。

"注意到了，然后呢？"

"尽管处于轻微的恍惚状态，埃米利安也知道有人在别处观察着他。"

"你认为他直觉意识到了这个伪装？"她惊讶地问。"那么他就更有可能只是在演戏了。"巴尔迪满意地总结道。

格伯坚信他的想法："埃米利安希望我们在那里，并且希望他的新家庭也在那里。"

"为什么？"

"我现在还不知道，但我会弄明白的。"

巴尔迪认真考虑起格伯的看法。"如果埃米利安说了谎，他这么做就是出于一个确切的目的。如果他说的是真话，那也一样。"她评判道，她终于理解了格伯话中的含义。

"我们应该信任他，看看他想要用他的故事把我们引向哪里。"格伯说道，"很可能不会有任何结果，他的故事自相矛盾，或者这一切都是为了达到某个目的，而我们至今没有注意到它。"

他们不该再长时间等待下去：在涉及未成年人的案子里，审判的进度更快，下一次开庭的时间已经定在了下周。

一声惊雷震动了窗外的风，一场暴风雨正在城市上空聚集。在四楼也能听到来自斯卡拉大街的游客们的声音，他们正忙着找地方避雨。

彼得罗·格伯想，如果他不想淋大雨的话，就该立刻离开，尽管他的事务所和法院只隔着几条街。

"如果没有别的事……"他仅仅这么说着，朝门口示意性地迈了一步，希望她打发他离开。

"你妻子和儿子怎么样？"安妮塔·巴尔迪改变了话题问道。

"他们都好。"他仓促地回答道。

"你得好好把那姑娘留在身边。马可呢，现在几岁了？"

"两岁了。"他一边回答，一边继续朝窗外看去。

"你知道，孩子们信任你，我看得出来。"巴尔迪说，重新开始谈论埃米利安，"你不只能说服他们敞开心扉，还让他们有安全感。"接着，她悲伤地停顿了一会儿。

为什么人们总是一定要"悲伤地停顿"呢？格伯暗自问道。那个短暂的停顿预兆着一句他早已熟知的话。

巴尔迪果然补充道："他一定会为你感到骄傲的。"

听见她间接提到B先生，格伯身子一僵。

幸运的是，这时他口袋里的手机响了。他取出手机，查看屏幕。

又是那个当他在庭上时打来过的陌生号码。

他想那也许来自他的某个小病人的父母或监护人。但他注意到这个号码带着国际区号。大概是某个烦人的家伙—— 一个想要哄骗他办理某个"不可取消"的业务的呼叫中心？无论那是谁，都是个帮他离开的完美借口。

"如果您不介意的话。"他说着，举起手机，想让她明白他有事要忙。

"当然，你走吧。"巴尔迪终于做了个手势允许他离开，"替我问候你的妻子，给马可一个吻。"

格伯气喘吁吁地冲下法院的楼梯，盼着能及时避开暴风雨。

"抱歉，您刚刚说什么？"他问通话人。

信号受到干扰，手机里出现了电流声——电话线路被扰乱得非常严重，肯定是受到了这座老建筑的墙壁厚度的影响。

"请稍等，我听不见您说话。"他对着手机说。

他跨过了大楼的门槛，恰恰在开始下暴雨的时刻来到街道上。他立刻加入那些匆忙逃窜的行人中，他们力图逃离这场世界末日般的暴雨。他竖起旧外套的立领，将手举到耳边，试图理解电话那头的女声想要表达什么。

"我说，我叫特雷莎·沃克，我们是同行。"那女人重复道，她说的是英语，但用的是一种格伯从来没有听过的口音，"我从澳大利亚的阿德莱德给您打来电话。"

发现这通电话甚至来自地球的另一端，格伯感到惊讶。

"我能为您做些什么，沃克医生？"他说着加快了步伐，雨水在此时猛烈地砸向一切。

"我在世界心理卫生联合会的网站上找到了您的电话号码。"那女人肯定地说。为了让自己显得可信，她接着又说道："我想要把一个病例交给您。"

"如果您可以耐心等一会儿，十五分钟后我就能回到我的事务所，然后您就可以跟我详细说明。"他说道，蹦蹦跳跳地避过水坑，拐进一条小巷里。

"我等不了。"她强调道，语气惊慌，"就要到了。"

"谁就要到了？"格伯问道。但是，正当他提出问题的时候，一种不祥的预感掠过他心头。

雨越下越大了。

3

一阵毛骨悚然的感觉像蛇一样爬遍全身。

格伯不知道怎样描述这种缓慢、滑腻的感觉。或许正因如此，他才停在道路旁的一座大门下避雨。

他必须弄明白。

"您对A.S.了解多少？"沃克继续问道。

A.S.，即"选择性遗忘症"。

格伯不知所措。这个话题经常被人讨论，是个有争议性的问题。一些心理师认为这是一种很难诊断的疾病，另一些则坚决否认它的存在。

"了解得不多。"他说道。这是真话。

"但您对这个话题持什么态度？"

"我持怀疑态度。"他承认道，"根据我的职业经验，从人的记忆中去掉某些片段是不可能的。"

然而，对立理论的支持者认为，这是人的精神无意识间触发的一种自我保护机制，主要发生在童年时期。被托付给新家庭的孤儿会突然间忘记自己是被收养的；经受过重大创伤或虐待的孩子会从脑海中完全删去那些经历。就连格伯也经手过一个类似的病例：一个未成年人协助父亲谋杀了母亲，他的父亲在这之后自杀身亡。数年后，心理师再次遇见了他：他正在念高中，坚信父母二人都死于自然原因。但是，这个插曲不足以说服格伯改变想法。

"我曾经也认为这不可能。"沃克医生出人意料地宣称道，"这种假设的失忆没有生理学依据作为理论基础，比如脑损伤之类的。连受惊也无法解释它，因为当失忆症状出现的时候，造成创伤的事件早已经过去了。"

"我认为这种对记忆的删除很大程度上是个体选择的结果。"格伯同意道，"这就是为什么讨论遗忘症是不确切的。"

"但关键点在于，个体是否真有可能选择遗忘某些东西。"沃克接着说道，"就好像人的大脑能自主决定，为了从创伤中幸存下来，就有必要全力否认它：把那个沉重的包袱藏在心底，只为了能够继续走下去。"

很多人或许会认为，能够忘记坏事是一种福气，格伯想。这也是所有制药工业的幻想：找到一种能够让我们忘记生活中最阴暗的片段的药物。但格伯认为，发生在我们身上的事——哪怕是最糟糕的事——都帮助我们成为我们自己。那些事是我们的一部分，即使我们想方设法要忘记它们。

"在那些被认为诊断出A.S.的孩子身上，童年记忆会毫无预兆地在他们长大成人后浮现。"格伯提醒道，"记忆突然回来的后果总是无法预料的，而且常常是有害的。"

最后一句话尤其吸引了沃克的注意，因为她不再说话了。

"但您为什么要问这些？"彼得罗·格伯问道，这时雨水正在为他提供遮护的大楼门廊外哗啦作响，"您想要交给我的奇怪病例是什么？"

"几天前，有位名叫汉娜·霍尔的女士来到我的事务所，想要接受催眠治疗，最初的目的是想整理她过去的痛苦记忆。但在第一次治疗的过程中，发生了一件事……"

沃克再次停顿了很长时间。格伯猜想她正在寻找最合适的字眼来解释令她不安的是什么。

"这么多年来，我从来没有见过类似的场面。"在继续说下去之前，沃克为自己辩解道，"治疗开始时好得不能再好了：病人对疗法做出回应，并且积极配合。但是，汉娜突然开始大声喊叫。"她停了下来，无法再讲下去。"她的头脑中重新浮现出关于一起谋杀事件的回忆，事件发生时她还只是个小女孩。"

"我不明白，您为什么没有说服她去报警呢？"格伯插话道。

"汉娜·霍尔没有讲那件罪行是怎么发生的。"沃克明确道，"但我确信那是真的。"

"好吧，但是您现在为什么要告诉我这些？"

"因为受害者被埋葬在意大利，在托斯卡纳乡村一个具体位置不详的地方，而且从来没人知道关于这场谋杀的任何事情。"沃克断言道，"汉娜·霍尔认为她清除了有关此事的记忆，所以她正赶往那儿——她想要回忆起当时到底发生了什么。"

汉娜·霍尔即将到达佛罗伦萨。尽管他不认识她，这个消息还是令他警觉起来。

"对不起，我们谈论的是一位成年人，对吗？"格伯打断她道，"这儿有个误会，沃克医生，您应该找别人，因为我是个儿童心理师。"

他无意冒犯这位同行，但他感到很不自在，而且不明白为什么。

"那位女士需要帮助，而我在这儿什么也做不了。"特雷莎·沃克继续道，不顾他试图摆脱她，"我们不能无视她所说的事。"

"我们？"格伯被激怒了。他为什么要被牵涉其中？

"您比我更清楚，突然中断催眠治疗是不可取的。"沃克坚持道，"这可能会对病人的心理造成巨大的伤害。"

他清楚这一点，也知道这是违背义务伦理规则的。"在我的病人中，年龄最大的只有十二三岁。"他抗议道。

"汉娜·霍尔声称这场谋杀发生在她年满十岁之前。"沃克坚持道，毫无放弃的意思。

"她可能有谎语癖，您考虑过这一点吗？"格伯反驳道，他的确不想和这件事有什么牵连，"我强烈建议您去找一位精神病专家。"

"她声称受害者是一个名叫阿多的小男孩。"

这句话飘悬在巨大的雨声中。彼得罗·格伯再也没有力量反驳。

"或许有个无辜的孩子，不知道被埋葬在什么地方，应该有人找出真相。"沃克平静地继续道。

"我该做些什么？"格伯让步道。

"汉娜没有在世的亲人，甚至连手机也没有。但她承诺说，她一到佛罗伦萨就会告知我。等她通知我后，我就让她去找您。"

"好的，但是我该做些什么？"格伯再次问道。

"聆听。"沃克简单地回答道，"在这个成年人的内心，有个只想倾诉的小女孩。应该有人跟她取得联系，听她说话。"

你知道，孩子们信任你，我看得出来。

巴尔迪法官不久前曾这样说过。

你不只能说服他们敞开心扉，还让他们有安全感……他一定会为你感到骄傲的。

换作B先生，他一定不会退却。

"沃克医生，已经过了这么多年，您确定这样做真的值得吗？即使我们通过催眠从那位女士的头脑中找回了关于阿多的遭遇的记忆，那段记忆想必已经被时间和经历侵蚀，被她在那之后度过的人生污染了。"

"汉娜·霍尔说她知道杀害孩子的凶手是谁。"沃克打断他道。

格伯停下了。他在通话开始时感受到的那种令人不快的感觉再次涌上心头。"那是谁呢？"他问道。

"她自己。"

4

谋杀了另一个小孩子的小女孩会是什么样子？在同意对这个奇怪的病例进行评估后，彼得罗·格伯很长时间都在好奇这一点。

他第一次见到那个外表是成年女人的小女孩，是在一个灰暗冬晨的八点钟，汉娜·霍尔坐在通往他的事务所的楼梯的最后一级台阶中间。

这位儿童哄睡师——外套滴着雨水，两只手放在衣袋里——停下来打量那个他从未见过的脆弱的女人，瞬间就认出了她。

汉娜被窗口透进来的微弱光亮勾勒出轮廓，而他隐匿在阴影里。那女人没有察觉到他在这儿。她向外看着，细密的雨珠落在切尔奇大街的窄口。在街道的尽头，领主广场[1]的一角隐约可见。

格伯感到惊讶，他竟无法从她身上移开目光。这个陌生女

1　意大利佛罗伦萨旧宫前的"L"形广场，得名于旧宫（领主宫），建于14世纪。——编者注

人在他心中激起了一种不同寻常的好奇心。他们之间隔着数级台阶，从他所在的位置，他只需伸长手臂就能触及她用简单的橡皮筋扎起的金色长发。

他产生了一种怪异的冲动，想要抚摸她，因为一见她就令他心生怜悯。

汉娜·霍尔穿着一件阔型黑色高领毛衣——连她的胯部也遮住了；一条黑色牛仔裤和一双带点跟儿的黑色短靴；一只黑色手提包斜挎在她肩上，包身被她搁在腿上。

令格伯惊讶的是，她没有穿大衣或者别的更暖和的衣物。显然，像许多来佛罗伦萨观光的游客一样，她低估了这个季节的气候。谁知道为什么人们都以为意大利永远是夏天。

汉娜弯着身子，两臂交叉着抱在怀里，右手只从过长的衣袖中露出来一点儿，指间夹着一支香烟。她被一阵薄薄的烟雾包裹着，沉浸在她的思绪中。

只需一眼，格伯就能将她看穿。

三十岁，衣着普通，不修边幅。黑色让她不引人注意。双手轻微颤抖，是她服用的抗精神病药或抗抑郁药带来的副作用。被啃过的手指甲和稀少的眉毛显示她处于持续焦虑状态——失眠，头晕，偶尔惊恐发作。

那种病症没有名字。但是他见过数十个与汉娜·霍尔相似的人：他们在坠入深渊前都处于同样的状态。

但是，彼得罗·格伯无须治疗那个成年人，那不在他的能力范围内。正如特雷莎·沃克所说，他应该和那个小女孩交谈。

"汉娜？"他温柔地问道，试图不吓到她。

那女人突然转过头来。"对，是我。"她确认道，用的是地道的意大利语。

她有着清秀的面部线条。没有化妆。蓝色的双眼周围有细小的皱纹，眼睛显得无比悲伤。

"我原本是在等您九点钟到。"他对她说。

女人举起手臂，她的手腕上戴着一只塑料的小手表："而我原本期望在九点钟看到您来。"

"那么很抱歉，我提前到了。"格伯微笑着回答道。但她仍然严肃。格伯明白她没有理解这句反讽，但他把这归因于，虽然她的意大利语说得很流利，但仍然存在着语言隔阂。

他走过她身边，在口袋里翻找钥匙，打开了事务所的门。

一走进室内，他就脱下湿透的外套，打开走廊的灯，扫视各个房间，确保一切都井然有序，同时为这位不寻常的病人让路。

"周六早上这儿通常都没人。"

他原本也应该跟妻子和儿子一起去外地拜访朋友，但他向西尔维娅承诺会在第二天出发。他用眼角的余光看见汉娜在一张用过的纸巾上吐了点儿唾沫，在上面熄灭了烟，然后把纸巾重新放回手提包里。女人顺从地跟随着他，一言不发，试图在这座带有复折屋顶的古老建筑的顶楼中辨别方向。

"我更愿意在今天跟您见面，因为我不希望有人问太多关于您为什么在这儿的问题。"或许这让她感到尴尬，格伯想，但他没有说出口。这个地方通常都挤满了小孩子。

"格伯医生，准确地说，您负责的是什么？"

格伯把衬衫袖子卷到橙色套头衫上，寻找着一个不那么复杂的方式来向她解释："我负责有各种心理问题的未成年人。一些病例常常是法院委托给我的，但有时候是他们的家人带他们来找我。"

那女人没有评论，而是紧抓着斜背带。格伯觉得她被他吓到了，于是试图让她感到自在些。

"我给您做杯咖啡吧？或者您也许更愿意来杯茶……"他提议道。

"来杯茶就好。两块方糖，谢谢您。"

"我稍后给您送来，您可以在我的办公室里坐下。"

他向她指了指走廊尽头两扇门中的一扇，那唯一一扇开着的。但汉娜准备进入对面那扇门。

"不对，不是那个房间。"他有些粗暴地走到她前面。

汉娜停下了脚步："抱歉。"

那个房间已经三年没有被打开过了。

儿童哄睡师的办公室位于顶楼，是个舒适的地方。

那里有朝右边逐渐倾斜的天花板、可以看见的房梁、栎木地板、石质壁炉。地上铺着一块宽大的红色地毯，上面散布着木质或布质的玩具，以及装着铅笔和蜡笔的马口铁盒子。移动书架上交替摆放着科学论文、童话书和填色书。

还有一把让小病人们一见倾心的摇椅。通常，他们在进行治疗时都想坐在那里。

孩子们不会注意到这个房间里少了一张办公桌。心理师的位子是一张黑色的皮质扶手椅，配着经典的红木装饰，旁边是一张樱桃木茶几，上面整齐地放置着一只用于催眠治疗的旧节拍器、一个笔记本、一支自来水笔和一个被倒扣着的相框。

除此之外，没有别的家具。

当他端着两只加了糖的、热气腾腾的茶杯回到汉娜·霍尔身边时，她正站在房间中央。她环顾四周，紧抓着手提包，不确定该坐在哪儿。

"我很抱歉。"他立刻说，意识到她因为那把摇椅而不知所措，"请稍等。"

他把茶杯放在茶几上，片刻后，从等候室带回来一把天鹅绒小扶手椅。

汉娜·霍尔坐下了。她挺直背，双腿并拢，双手隔着手提包，搭在膝盖上。

"您冷吗？"格伯一边问，一边将茶杯递给她。"您一定很冷吧。"他自问自答，"周六不开暖气，但我们马上就能解决……"

他走近壁炉，开始忙着用木柴点燃温暖的火堆。

"如果您想的话，您可以吸烟。"他肯定道，想象着她有很大的烟瘾，"其他的病人，我都不允许他们在满七岁之前吸烟。"

这一次，格伯的俏皮话还是没能激起女人的幽默感。汉娜似乎只等着他的允许，立即点燃了一支烟。

"所以您是澳大利亚人？"格伯一边在木柴下放置几张纸，一边说道，只是为了营造一种亲切的氛围。

女人点头表示肯定。

"我从来没有去过那儿。"他补充道。

格伯从搁板上的盒子里取出一根火柴，将它点燃，插进那个小小的柴堆中。然后他弯下腰，朝壁炉里小心地吹气，为火焰提供氧气，使它在几秒钟后充分燃烧起来。终于，他直起身子，满意地看着自己的作品。他用手在小羊驼毛长裤上蹭了蹭，擦干净手掌，走回他的扶手椅前坐下。

汉娜·霍尔一刻不停地用目光跟随着他的动作，像是在观察他。"现在您要催眠我，还是做别的什么？"她问道。她显得很紧张。

"今天不用。"他回答道，带着一个安抚人心的微笑，"我们先来一次初步的闲谈，让彼此更加了解。"

事实上，他应该先评估是否要接受她做他的病人。他此前答应过沃克，他只在预估能得到成果的条件下才会开始对汉娜进行治疗。但这常常取决于个体的素质：催眠在许多人身上并不能产生效果。

"您是做什么的？"格伯突然问道。

这个问题看似微不足道，对病人来说却是最难回答的。如果你的生活是一片空虚，就不存在答案。

"您问的是什么？"她果然怀疑地问道。

"您有工作吗？曾经有过工作吗？或者说，您靠什么度日呢？"他试着简化问题。

"我有一些积蓄。等到钱用完的时候，我就做些意大利语翻译。"

"您的意大利语说得非常好。"他微笑着称赞道。

懂外语可能意味着对他人的态度非常开放，以及倾向于体验新的经历。但特雷莎·沃克说过，汉娜没有亲人，甚至没有手机。像汉娜这样的病人是他们自己的小世界里的囚徒，总是重复同样的习惯。如果能发现她为什么在英语之外还如此精通意大利语，那会很有趣。

"您曾经在意大利度过人生中的一段时光吗？"

"只度过了童年时期，我十岁时就离开了。"

"您和家人一起移民到澳大利亚了吗？"

在回答之前，汉娜停顿了片刻。

"其实我从那以后就没见过他们了……我是在另一个家庭长大的。"

格伯记录下了这条信息：汉娜曾经被收养过。这一点非常重要。

"您现在定居在阿德莱德吗？"

"是的。"

"那地方美吗？您喜欢在那儿生活吗？"

女人停下来思索。"我从没想过这些问题。"她仅仅这么回答。

格伯想，客套话已经说够了，于是他立即进入正题："您为什么决定要接受催眠治疗呢？"

"我经常做同一个梦。"

"您愿意谈谈这个梦吗？"

"一场火灾。"她仅仅说道。

奇怪！特雷莎·沃克没有跟他提过这个。格伯在他的笔记本上记录下这个细节。他决定不强求汉娜，之后会有时间再回到这个话题上的。相反，他问道："您希望从催眠治疗中获得什么呢？"

"我不知道。"她承认道。

小孩子的精神世界更容易通过催眠被探索。和成年人相比，他们不会那么激烈地抵抗，能够允许他人进入自己的大脑。

"您只接受过一次催眠治疗，对吗？"

"的确，是沃克医生向我提议了这种疗法。"她说着，从鼻孔中喷出灰色的烟雾。

"您对这种疗法有什么看法？请您坦率地说……"

"我得承认我一开始并不相信。我就躺在那儿，身体僵硬，闭着眼睛，感觉自己像个傻瓜。我依从她所说的一切——关于放松的事——同时我感觉鼻子痒，想着如果我挠了鼻子，她会对此很不高兴。这样做表明我还处于警醒状态，不是吗？"

格伯表示同意，觉得有趣。

"治疗开始时，外面阳光灿烂。就这样，当沃克医生让我睁开眼睛时，我觉得仅仅过了一个小时，然而天已经黑了。"她停顿了一会儿。"我没有意识到过了这么久。"她惊讶地承认道。

她完全没有提及沃克曾谈到的汉娜在催眠状态下发出的叫喊。这在格伯看来也很奇怪。

"您知道您的治疗师为什么让您来找我吗？"

"那您知道我为什么在这里吗？"她问道，强调着这个原因的重要性，"也许她也怀疑我疯了。"

"沃克医生完全不这么认为。"他安慰她道，"但您来到佛罗伦萨的原因非常特别，您不觉得吗？您认为二十年前有个小男孩被杀了，您只记得他的名字。"

"阿多。"她说，强调她说的是真话。

"阿多。"格伯重复道，对她表示赞同，"但您无法说出这场谋杀发生在什么地方、为什么会发生，而且您声称罪责在您，但您也并不那么确定。"

"我当时还是个小女孩。"她自我辩护道，似乎认为更需要辩解的是对她记忆力脆弱的指控，而不是年幼时就能杀人的指控，"在火灾之夜，妈妈让我喝下了遗忘水，所以我什么都忘了……"

在继续谈话之前，格伯在笔记本上也记下了这句古怪的话。

"但是，几乎可以肯定，现在已经不存在关于那场罪行的物证了，您知道，对吗？即便有一件凶器，现在谁也不知道它落到哪儿了。即便能够找到它，也无法肯定它与那场罪行有关。然后，没有尸体，谋杀也就无从谈起……"

"我知道阿多在哪里。"女人反对道，"他仍然被埋葬在发生火灾的农舍旁边。"

格伯用自来水笔敲打着笔记本："这座农舍在哪儿呢？"

"在托斯卡纳……但我说不清具体位置。"汉娜确认了这一点，垂下眼睛。

"我明白这令人沮丧，但您不能认为我不相信您。相反，我在这里正是为了帮助您回忆，和您一起确认那段记忆是真是假。"

"是真的。"汉娜·霍尔强调道，但语气温和。

"我想向您解释一件事。"格伯耐心地说道,"相关科研已经证实,儿童在三岁之前没有记忆。"他肯定道,回想起他对埃米利安的看法:"自三岁以后,人们不会自动记忆,而是学着去记忆。在这个学习过程中,现实和幻想会交替着互相帮助,但也会因此无可避免地混杂在一起……所以,我们现在不能排除怀疑,不是吗?"

女人看上去平静下来了,然后将目光移到天窗上。从那儿可以看见维琪奥宫[1]的塔楼正被一层阴暗细密的雨笼罩着。

"我知道,这是只有少数人才有幸看到的风景。"格伯先开口说道,以为她在欣赏那座古建筑。

然而,她伤感地说道:"阿德莱德几乎从不下雨。"

"雨会让您变得忧郁吗?"

"不,会让我害怕。"汉娜出人意料地说道。

格伯想到了她或许不得不经受内心的无数磨难才来到这里与他见面,也想到了她面前仍存在的那些磨难。

"您常常会觉得害怕吗?"他小心翼翼地问道。

她用她那双蓝眼睛注视着他:"每时每刻。"

他觉得她是真心的。

"您会害怕吗,格伯医生?"

女人一边问,一边看着樱桃木茶几上倒扣着的相框。在那张照片里,格伯与他的妻子和儿子一起,在阿尔卑斯山的美景前摆着姿势。但汉娜·霍尔不可能知道这一点。她怎么可能知道,把

---

1 亦称"旧宫""领主宫",建于13世纪,是佛罗伦萨重要的市政建筑。——译者注(本书中注释,如无特别说明,均为译者注)

这张照片摆在身边对他很重要，而他之所以遮盖着它，是因为他幸福的家庭合影不适合展示给那些有着严重情感问题的孩子看。但是无论如何，格伯认为她注视着相框的动作是有意为之的。不管她的目的是什么，这都使他感到很不自在。

"我母亲过去总说，没有家人的人不知道什么是真正的害怕。"女人继续说道。这让他明白她凭直觉意识到了相框里照片上的人是谁。

"然而有人认为生活就是冒险，对所有人来说都是冒险。"格伯反驳道，为的是转移话题，"如果我们不接受这个简单的论断，我们就会永远孤独一人。"

女人淡淡一笑，这是她第一次露出笑容。然后她向前探身，低声说道：

"如果我告诉您，面对有些事物您无法保护您的亲人，您会相信我吗？如果我告诉您，有一些我们无法想象的危险已经潜伏在我们的生命中，您会相信我吗？如果我告诉您，这个世界上存在着我们无法逃避的邪恶力量，您会相信我吗？"

在别的情况下，格伯会在心里把病人的话归为单纯的谵语。但这段讨论是从他的全家福出发的，这使他极为不安。

"您指的是什么？"他问道。

汉娜·霍尔小心捧着茶杯，垂眸看着这杯热饮，问道："您相信幽灵、不死的死者和女巫吗？"

"我很久以前就不相信这些了。"他佯装冷静地说道。

"这恰恰就是关键……为什么您小时候相信这些？"

"因为那时我很幼稚，也不具备长大成人后得到的知识：经验和文化帮助我们战胜迷信。"

"仅仅是因为这个吗？您就想不起来，您的童年里至少发生过一件无法解释的事情？您就没有碰到过一些神秘的事情？"

"确实，我从未经历过类似的事。"格伯再次微笑道，"也许我有个平淡无奇的童年。"

"您再好好想想。不可能什么事都没有。"

"好吧。"格伯同意道，"有一次，一个八岁的病人跟我讲了一个故事。那是在夏天，他和堂哥在埃尔科莱港[1]的一幢海滨别墅里玩耍。那儿只有他们两人，突然来了一场暴风雨。他们听见前门重重关上，于是走过去看，以为有人闯进了家里。"他顿了一会儿，接着说："在通往上一层楼的楼梯上有湿脚印。"

"他们去检查情况了吗？"

他摇摇头："脚印在楼梯中段的地方就消失了。"

这个故事是真实发生过的，但格伯隐瞒了一个细节：主角之一是他自己。他仍然能感受到多年前看见那些湿脚印时的感觉：嘴里有种苦味，腹部暗暗发痒。

"我敢打赌，那两个孩子什么都没有跟父母说。"汉娜·霍尔宣称道。

事实的确如此。格伯记得很清楚：他和堂哥没有勇气提起那件事，因为害怕没人相信，或者更糟——被人嘲笑。

汉娜愣住了，陷入了沉思。

"您可以从那个本子里撕一张纸给我，并把自来水笔也借我

1　意大利港口城镇，位于托斯卡纳大区格罗塞托省，是著名的旅游胜地。

用一会儿吗？"她问道，指向他手里拿着的东西。

这个要求在他看来不同寻常，而且使他不安：迄今为止，只有两个人握过那支自来水笔。女人似乎看出了他的犹豫，但在她询问原因之前，他还是决定满足她的要求：他从笔记本上撕下一张纸，取下自来水笔的笔帽。

在把这些东西递给她的时候，他轻轻触碰了她的手。

汉娜似乎对此并不在意。她在纸上写了些东西，但又立即画掉了，在上面胡乱涂着，就好像她突然改变了想法。她把那张纸折起来，放进手提包里。

最终，她交还了自来水笔。

"谢谢。"她仅仅说道，没有做任何解释。"回到您的故事，您可以问您想问的任何人：每个成年人的记忆里都有一个童年时期无法解释的事件。"她肯定地说道，"但是，在长大后，我们倾向于把那些事件归为想象的结果，只是因为当它们发生的时候，我们年纪太小，无法合理地解释它们。"

再说，他也是这么做的。

"但如果我们小时候拥有一种特殊能力，能够看见现实中不可能存在的事物呢？如果我们在人生的最初几年里真的具备这种能力——能够看到现实以外的东西，能够与一个看不见的世界进行沟通，却在长大成人后失去了这种能力呢？"

心理师突然发出一阵短暂而紧张的笑声，但这只是用于掩饰，因为那些话在他心中激起了一阵微不可察的不安。

汉娜注意到了他的犹豫。她伸出一只冰冷的手，抓住他的手臂。接着，她用一种使他心里发寒的声音说道："当阿多晚上来找我的时候，在声音之家里，他总是藏在我的床底下……但那次叫我名字的人不是他……是陌生人。"

她接着总结道："规则二：陌生人就是危险。"

5

"你从来没有跟我讲过你和你堂哥在海滨度假别墅的那个故事。"西尔维娅坐在客厅的沙发上，边说边品尝着霞多丽葡萄酒。

"是因为我刻意忘掉了这个故事，绝对不是因为我为它感到羞耻。"他反驳道。他穿着一件衬衫，肩上搭着一条抹布。他刚刚冲洗完最后一口锅，准备把它和其他餐具一起放进洗碗机。

晚饭是妻子做的，所以轮到彼得罗·格伯来打扫厨房。

"但是，回忆起楼梯上的湿脚印这个细节，你还是一样害怕，是吧？"西尔维娅追问道。

"我当然害怕。"格伯干脆地承认道。

"现在再想想那件事，你相信那真的是个幽灵吗？"她向他挑衅道。

"如果我当时是独自一人的话，我现在就会认为那是我想象出来的……但当时伊西奥也和我在一起。"

"伊西奥"指的是毛里齐奥，但大家在他小时候就这么叫他了。这是个早晚会降临到所有家庭中的某个人身上的命运：也许你最小的妹妹念错了你的名字，要是大家都觉得这种念法特别讨喜，那么这个让人无法理解的名字就会粘着你一辈子。

"也许你应该给伊西奥打个电话。"她打趣他道。

"这可不好玩……"

"不，等等，我明白了。这位汉娜·霍尔可能拥有超自然能力，她正在试图向你揭示什么，一个秘密……或许就像布鲁斯·威利斯[1]参演的那部电影里那个说出'我看见了死人'的孩子一样……"

"那部电影简直是所有儿童心理师的噩梦，所以别开玩笑了。"格伯反驳道，忍受着她的玩笑。

接着他关上洗碗机的门，启动最环保的清洗模式。他擦干手，把抹布扔到桌子上，为自己倒了杯酒，回到西尔维娅身边。

调暗灯光后，他坐到沙发另一头，而她伸长腿，把双脚放在他腿上取暖。马可在他的小床上睡着了，现在格伯只想关心妻子。他度过了艰难的一周：首先是埃米利安——那个幽灵一样的小男孩，还有他讲的那个关于全家人和一个收养机构的负责人戴着动物面具狂欢的故事，然后是汉娜·霍尔的胡言乱语。

"说真的，"他对西尔维娅说道，"那个女人认为，我们小时候都遇到过无法合理解释的事件。你遇到过吗？"

"我当时六岁，"她不假思索地回答道，"我奶奶去世的那

1　布鲁斯·威利斯是美国电影明星，下文提到的电影是其主演的《第六感》。

天晚上，闹钟响起的时候，我感觉有人正坐在我的床上。"

"天哪，西尔维娅！"格伯喊道，他没有料到她会讲这样的故事，"我觉得我再也睡不着觉了！"

两人都大笑起来，笑了至少有一分钟。他感到幸福，不仅因为和她结了婚，也因为她同样是心理师，所以他可以自由地跟她谈论自己的病例。西尔维娅很明智，选择成为私人婚姻咨询师，这比跟有心理问题的小孩子打交道压力小得多，而且赚的要多得多。

与相爱之人一起大笑是对情绪最好的良药。和其他许多女人不同，尤其和汉娜·霍尔不同，西尔维娅甚至觉得他的俏皮话很有趣。因此现在彼得罗·格伯感到宽慰，但这种宽慰没有持续多久。

"心理师特雷莎·沃克告诉我，汉娜自称在她年纪还很小的时候谋杀了一个叫阿多的小男孩。"他回忆道，脸色沉了下去，"汉娜曾经跟原生家庭居住在托斯卡纳，直到她十岁时搬到了阿德莱德，由另一个家庭抚养长大。她认为，直到今天，她一直刻意隐藏着关于那场谋杀的记忆，她回到意大利只为弄明白那是不是真的。"

当阿多晚上来找我的时候，在声音之家里，他总是藏在我的床底下……但那次叫我名字的人不是他……是陌生人。

"规则二：陌生人就是危险。"格伯重复道，回想着那名假定的杀人凶手的原话。

"这个'声音之家'是什么？"西尔维娅问道。

"我完全不知道。"他摇着头回答道。

"她漂亮吗？"妻子故意用一种不怀好意的语气问道。

他装出生气的样子："谁？"

"那个病人……"她微笑道。

"她比我小三岁……比你大一岁。"为了满足她，他描述道，"金发、蓝眼……"

"总之，是位绝色佳人。"西尔维娅评论道，"但你至少查过关于特雷莎·沃克的信息吧？"

格伯查看过这位同行在世界心理卫生联合会网站上的履历和个人资料，她之前正是通过同样的方式与他取得了联系。照片上是一位亲切的六十岁老太太，蓬松的红发围绕着她的面庞，照片旁边是一份令人尊敬的履历。

"是的，那位治疗师没问题。"他说道。

西尔维娅把盛着霞多丽葡萄酒的杯子放到地上，撑起身，双手捧起他的脸颊，以便彼此对视。"亲爱的，"她说道，"这位汉娜·霍尔缺乏幽默感，你跟我说过她听不懂你的俏皮话。"

"所以呢？"

"无法理解讽刺是精神分裂症的表现之一。此外，还有妄想、谵语和幻觉。"

"所以，你觉得我没有注意到这些？"

换作B先生，他一定会注意到。他对自己说。他一定会明白这一点。

"但这很正常。你只接诊小孩子，最多接诊青春期少年。你不习惯于辨认某些症状，因为它们通常只在孩子长大后出现。"为了让他心里好受些，妻子辩解道。

格伯思考着这一点。"是的，你说得有理。"他承认道，但他内心的某个声音告诉他西尔维娅错了。

精神分裂症患者只限于讲述妄想、谵语和幻觉。汉娜·霍尔让他回忆起在海滨别墅里发生过的那个插曲，是为了让他感同身受。她几乎成功了。

如果我告诉您，面对有些事物您无法保护您的亲人，您会相信我吗？如果我告诉您，有一些我们无法想象的危险已经潜伏在我们的生命中，您会相信我吗？如果我告诉您，这个世界上存在着我们无法逃避的邪恶力量，您会相信我吗？

这个周日，他们按计划去往住在外地的朋友家里吃了午饭。那儿有一大群人，差不多二十人。这样一来，彼得罗·格伯自然地融入他人的谈笑中，没有人注意到他那天格外沉默寡言。

有个念头一直在纠缠他。

小孩子的大脑是可塑的——他反复回想着他对巴尔迪法官说的关于埃米利安的话——有时候他们会捏造出假回忆……他们真心相信自己经历了某些事情……他们的幻想是如此生动，以致在他们看来那些虚构的事情都是真实的，但他们的幻想又是如此不成熟，以致他们无法分辨出什么是真、什么是假。

这一切对小时候的彼得罗·格伯来说也成立。

在坐到餐桌旁之前，格伯躲在阳台上打了个电话。如果西尔维娅问他，他会说那是关于一名小病人的事情。

"喂，伊西奥，我是彼得罗。"

"嘿，最近怎么样？西尔维娅和马可怎么样？"他的堂哥问道，显得很惊讶。

"他们很好，谢谢。你们怎么样？"

伊西奥只比他大一岁，住在米兰，从事证券行业，在一家投资银行工作，事业蒸蒸日上。自从三年前B先生的葬礼后，他们就再没见过面，只在圣诞节时互相问候。

"昨天我和西尔维娅谈起你了。"

"真的吗？"堂哥表现得很惊讶，他肯定在疑惑格伯打这通电话的原因，"为什么呢？"

"你知道，我在考虑明年夏天重新使用埃尔科莱港的别墅，想要邀请你、格洛丽亚和女孩们一起去。"

这不是真的。他厌恶那座房子。那儿充满了无用的回忆。但他为什么还没有挂牌出售它呢？

"现在问我还太早了点儿。"伊西奥提醒他，因为现在还是冬天。

"我想让整个家族聚在一起。"格伯试图为自己辩解，想让这件事显得不那么古怪，"我们从来没有过团聚的机会。"

"彼得罗，一切都好吗？"堂哥再次问道，语气有些担忧。

"当然，"他回答道，但他说话的声音在他自己听来都不可信，"你还记得我们在船库里抽爷爷的烟斗被当场抓住吗？"

"我还记得我们那天挨了多少打。"伊西奥确定道，觉得有趣。

"是啊，我们一整个星期都被禁足了……还记得那次暴风雨的时候，我们以为屋里进了一个幽灵吗？"

"谁能忘得了！"堂哥喊道，突然大笑起来，"到现在只要想起那件事，我都会觉得害怕。"

格伯感到很糟糕。他其实希望伊西奥会告诉他那件事从未发生过。如果能确定那只是他童年时期虚构的记忆，那么他会感到心安。

"那件事过去了将近二十五年，你怎么解释它呢？"

"我不知道。你才是心理师，应该由你告诉我。"

"或许是我们互相暗示了对方。"格伯肯定道，或许事实的确如此。

又寒暄了几句后，他挂掉了电话，感到自己很愚蠢。

他为什么要打这通电话？他怎么了？

黄昏时分，回家路上，马可在车里的儿童座椅上睡觉，西尔维娅在用平板电脑看新闻，而格伯在问自己是否真的应该给汉娜·霍尔进行催眠疗法。

他担心自己帮不了她。

前一天，在他们第一次简短会面结束的时候，他跟她约定了星期一再见。事实上，在那女人抓住他的手臂后，心理师就找了个借口结束了这次初步会谈。汉娜没有料到他们会结束得这么早，感到迷惑不解。

格伯仍然能感觉到那女人冰冷的手指触及他的皮肤。他没有向西尔维娅讲述那个细节，因为他早就知道关于此事她会对他说什么。她会明智地建议他与沃克医生联系，告诉对方他要跟汉娜断绝一切联系。

治疗师和病人之间必须永远保持一段不可逾越的距离、某种力量场或者无形的屏障。如果二者之一越过了界限，就算只越过了一点点，这也会像是某种污染，整个治疗会因此受到无法弥补的损害。

"心理师该做的是观察，"B先生过去总说，"就像纪录片导演不会从狮口救下羚羊幼崽一样，心理师不会干涉病人的精神。"

但是，不知为什么，彼得罗·格伯继续问自己，是不是他鼓励了汉娜做出那样的举动，又是用什么方式鼓励了她？

如果是这样，情况就会非常严重。

到家后，在西尔维娅给马可做晚餐的时候，他编了个理由去事务所，但承诺会很快回来。

他一到位于切尔奇大街的那间带复折屋顶的顶楼，就朝他自己的办公室走去。

他打开灯，眼前便出现他整天都想逃避却又避无可避的场景：汉娜·霍尔坐过的小扶手椅仍在原来的地方；樱桃木茶几上，在节拍器的旁边，是他们一起啜饮过的两杯茶；空气中还残留着那女人抽烟的余味。

格伯走向书架。他打开一只抽屉，从中取出一台笔记本电脑，拿着它走到他的扶手椅前坐下，把它放在膝盖上。

电脑开机后，他开始搜索监控视频。

事务所被十个微型摄像机监控着，这些摄像机经伪装全被安放在最意想不到的物件里——搁板上的一个机器人、一本书的书脊、一盏独角兽形的台灯、几幅画作和几件家具。

格伯习惯对治疗过程进行视频监控。他把监控视频保存在一个档案文件里。他这么做是出于谨慎，因为他在工作中接触的是未成年人，他不希望成为他们某个危险幻想中的主角。他这么做也是为了更好地观察小病人们，或许还能借此纠正他的治疗策略。

前一天，在接待了汉娜·霍尔后，他在隔壁房间里为两人沏茶的时候，趁她不注意，打开了监控系统。

他打开了存有那个周六数据的视频文件，开始观察他们第一次见面时的影像。其中一个片段比其他的更能引起他的兴趣。

您可以从那个本子里撕一张纸给我，并把自来水笔也借我用一会儿吗？

他回想起，这个要求当时在他看来不同寻常，使他感到不安，尤其是关于借自来水笔的要求。

那支自来水笔曾经属于B先生。

而且，除了彼得罗·格伯之外，没人有权使用它。实际上，上面没有写禁止触碰的说明。只不过彼得罗避免有人碰它。

那么他为什么会突然愿意把它借给一个完完全全的陌生人呢？他本可以编个理由来拒绝，为什么反而同意借给她了呢？

当屏幕上显现出他把纸张和自来水笔递给病人的那一幕时，答案就来了。这和他回想起来的一样。

在递给她的时候，他轻触了她的手。

这是一个有意的举动还是纯属意外？汉娜意识到这个动作了吗？是因为这个小小的亲密接触，她之后才觉得自己有权抓住他的手臂吗？

正当这些疑问充满他的思绪时，格伯重看了那女人写下一条笔记又快速画去的一幕。他注意到汉娜把那张纸折叠起来放进手提包里，最后把自来水笔还给了自己。

格伯暂停了这段视频，试着寻找一份更清楚的录像。或许某个微型摄像机的拍摄位置比其他的更有优势。

事实上，在病人背后的那面墙上的画里就有一个。

格伯打开录像。当他看到汉娜写下笔记的时候，就尝试去读她写下的内容。

那条笔记只有一个词。

但女人接着便用极快的速度胡乱涂画着画去了它。于是格伯放慢了播放速度，但还是看不清那个词。

他没有认输。他倒回录像，在汉娜画去那个词的前一瞬暂停了视频，然后试着放大画面。

他对变焦镜头用得不太熟，之前从来没有用过。但尝试了两次后，他成功地把镜头聚焦在那张纸上。

他还是没有办法把焦点对准那几个模糊的字母。唯一的方法或许是尽可能地把脸靠近屏幕。他这么做了，感到自己有些滑稽。但这次尝试获得了回报，他费了些力，成功读到了内容。

彼得罗·格伯猛地从扶手椅上站起身。笔记本电脑落到他的脚边，摔在地面上。但他仍旧难以置信地看着它。

那张纸上写着"伊西奥"。

但他从来没有把他堂哥的小名告诉过汉娜·霍尔。

6

他一晚上没有睡着。

他在床上辗转反侧，寻找着一个解释。但脑海中浮现的那些解释都无法给他任何安慰。

汉娜·霍尔知道发生在埃尔科莱港别墅里的那个关于幽灵的故事，但她假装相信了他的说法——这是发生在一个八岁的病人身上的事。她怎么会知道这件事？她调查过他吗？但在他们两个从未见过面的人相见之前，她怎么能在这么短的时间里调查他呢？即便汉娜知道他的堂哥是谁，可"伊西奥"又是一个只在家人间使用的名字，她怎么会了解到这么私密的细节呢？在初步会谈时，他们谈论了童年时期的怪异事件，可格伯甚至没有向西尔维娅提起埃尔科莱港那个幽灵的故事，汉娜又怎么会知道格伯要讲的一定是这件事呢？

在这个无眠之夜里，格伯做出了决定：明天他就给沃克医生打电话，告诉她他很抱歉，但他无论如何都要拒绝这项委托。是的，这是他该做的最明智的事。但是，当外面天光初亮时，他的思绪仍然一片混乱。显然，如果他不能解决这个谜团，就无法彻底放下，尤其是如果他不知道自己有没有弄错，就无法摆脱那个故事。

他很早就出了门，用一个匆忙的吻告别了西尔维娅。他感觉到妻子的目光追随着他来到门口，好在她没有提出疑问。

他回到事务所里。

那儿只有一个负责清洁的男员工。格伯把自己关在办公室里，以便在头脑清醒的情况下重新观看与汉娜·霍尔初步会谈的录像。如果用早晨的眼睛观察，那么很多东西都会起变化，B先生过去总这么说，为的是让格伯愿意早起复习在学校里会被提问的那些科目。他说得在理，事实上，格伯已经学会了把人生中每一个重大决定都推迟到一天的清晨来做。

格伯确定，重新观看录像后，他会对几小时前所见的内容改变看法。

但是，当他看到录像的关键点时，问题不但没有显得更明晰，反而变得更加复杂起来。前一晚，尽管需要把视线贴近屏幕，他还是成功放大并看清了画面。现在，无论他怎么尝试调整录像，都无法像之前那样幸运地切中那个画面了。

结果是，他不再确定那女人用大写字母写下的是"伊西奥"。

彻底放弃后，他沮丧地呼出一口气。在这之后的一小时内，汉娜·霍尔应该会打电话给他，而他还没有想好要怎么应对她。此外，无论是工作上还是个人情感上，他都已经卷入了这件事。

尽管这种情况并不算逾越了心理师与病人之间应保持的治疗必需距离，但彼得罗·格伯不再确信自己能否做到足够客观。

留给他做决定的时间不多了。

在领主广场上，里瓦尔咖啡馆门外的招牌上写着"蒸汽巧克力工厂"这几个金色的大字。这家古老的咖啡馆位于拉维森大楼底层，可以追溯到1872年。

这里不但可以抵御忧伤的寒冬，还是嗅觉的庇护所。

彼得罗·格伯站在那儿享受着刚出炉的甜点的香气，手里端着一小杯咖啡。

他看见她出现在橱窗外，正在瓦凯雷恰大街的广场上拐弯，如同一个黑点，跟在一队涌向乌菲齐美术馆的游客后面。汉娜·霍尔还是和上周六一样的装束：套头毛衣、牛仔裤、短靴和手提包，头发扎在脑后。这一次，她的服装还是与季节不相称。

从他所在的地方，格伯能够不被注意地看着她。他想象她的鞋跟在被雨水冲刷得发亮的铺石路面上发出的声响，那儿曾经有段时间全铺着佛罗伦萨陶砖，为的是让女士们的步子更轻些。

他看见她走进一家烟草店，认真地排起队。轮到她的时候，她指了指展示在柜台后的一包烟，然后在包里翻找，掏出几张卷起来的钞票和一些硬币，倾倒在售货员面前，让他帮忙计算那种她不认识的货币面值。

这些笨拙的小动作表现出她拿不定主意，也表现出她没有能力参与困难的生活游戏。这些小动作说服了彼得罗·格伯再给她一次机会。

她与其他玩家不同，格伯对自己说。她出发时就已经处于劣势。

也许那个女人并不像他看过录像后所认为的那么邪门。也许她的确需要有人倾听她。否则，她就不会辛苦地来到世界另一端，只为弄清像谋杀一个名叫阿多的小男孩这样的悲剧事件是否真正发生过，尤其是，她是否对这个事件负有任何责任。

片刻后，当汉娜坐在她之前坐过的那把小扶手椅上点燃第一支烟时，他问道："您吸的是什么烟？"

女人从打火机的火焰上抬起目光。"温妮。"她说道，接着从手提包中取出一包香烟，展示给他看，"是澳大利亚产的，我们那儿都这么叫它。"

格伯借机向她手提包里那张从笔记本上撕下来的纸瞥了一眼，汉娜之前在那张纸上写下了"伊西奥"的名字。

"您喜欢吸烟吗？"在她发觉他在偷看前，他问道。

"是的，但我得控制自己。不是因为健康原因。"她觉得有必要解释清楚，"在澳大利亚，香烟可不便宜：一包烟差不多要二十澳元。在未来几年内，政府还想让价格翻倍，为的是让所有人都戒烟。"

"所以到了这儿，在意大利，您一定很欣喜了。"他评论道。但女人迷惑地看着他。格伯忘记了汉娜不具备幽默感。这进一步证实了精神分裂症的诊断结果。

此前，心理师交给她一只小碟子，这是一个五岁的小病人用手工黏土做来送给他的。这件手工制品有着不规则的形状，装饰着丰富的珐琅色彩。按照制作者的意图，它应该看起来像个烟灰缸。

与前一次相比，汉娜没那么紧张，氛围也显得更轻松。心理师想要重新营造出他们第一次会面时的环境：点燃的壁炉，两杯茶，没人打扰他们。

"我原以为您不想再跟我见面。"汉娜冷不丁说道。

"您为什么会这么想？"

"我不知道……或许是上周六聊天结束时您的反应。"

"我很抱歉让您得出了这个结论。"他说道，为她看出了这一点感到歉疚。

汉娜轻轻眨了眨那双清澈的蓝眼睛："那么您会帮助我，对吗？"

"我会尽我所能。"格伯向她保证道。

他思考了很久要怎么对待汉娜。正如和他的澳大利亚同行商议的那样，他应该忘记那个成年女人，和那个小女孩交谈。对他的小病人们，有一个方法总能有效地帮助他们更容易地重现发生在自己身上的事情：

孩子们喜欢被人倾听。

如果一个成年人表明他准确地记住了他们之前说过的话，孩子们就会感到自己得到了重视，会在自身中找到接着把故事讲下去的自信。

"上一次，我们的会面结束时，您讲了一件事……"格伯试着不犯错，重复着她的原话，"当阿多晚上来找我的时候，在声音之家里，他总是藏在我的床底下……但那次叫我名字的人不是他……是陌生人。"

格伯当时在他的笔记本上记下了让他印象深刻的三个词。

"请您满足一下我的好奇心……如果阿多已经死了，他怎么能叫出您的名字呢？"

"阿多话说得不多。"汉娜明确说道，"我只知道他什么时候和我在一起，什么时候不在。"

"您怎么知道的呢？您看见他了吗？"

"我就是知道。"病人重复道，没有补充别的解释。

格伯没有抓住这个话题不放，转而问道："您记得童年时期的许多事，但在这些过去的回忆中，没有关于阿多如何被杀的记忆，对吗？"他想要再次讲明情况。

"是的。"

他们两人都没有提到汉娜自称是杀死小男孩的凶手。

"事实上，您可能消除了一连串记忆，而不仅仅是那一段。"

"您怎么能断言这样的事呢？"

"因为那些事件构成了一条心理路径，而这条路径通向那个特定片段的记忆。"

就像童话故事《大拇指汤姆》中的面包屑[1]一样：森林里的小鸟吃掉了面包屑，使得可怜的主人公无法找到回家的路。格伯喜欢向他的小病人们这样解释。

---

1 童话故事《大拇指汤姆》中的主人公大拇指汤姆将面包屑撒在路上，想借此找到回家的路。——编者注

"我们应该重构这条路径，通过催眠来重构。"

"那么，您准备好开始了吗？"他问道。

他让她坐到摇椅上，然后让她闭上眼睛，随着樱桃木茶几上节拍器的节奏摇摆。

一分钟四十下。

"假如我无法醒来，会发生什么？"

他已经听小病人们将这个问题重复了上千遍。甚至在成年人中，这也是一种常见的恐惧。

"没人会一直处于被催眠的状态，除非他们自己不想醒来。"他像往常一样回答道。与电影中呈现的不同，催眠师没有能力把被催眠者囚禁在他们的头脑中。"那么，您觉得怎么样，我们要开始吗？"

"我准备好了。"

隐藏在房间里的微型摄像机已经在记录第一次催眠治疗。彼得罗·格伯重读了一遍本子上的笔记，以便确定从哪里开始。

"我跟您解释一下这是怎么运作的。"他补充道，"催眠就像一台时间机器，但不需要根据时间顺序讲述事件。我们会在您人生的头十年中来回游走。我们会一直从出现在您脑海中的第一个画面开始，或者从一种感觉开始。通常，我们从最亲近的家人开始……"

汉娜·霍尔仍旧抓着她一直抱在怀里的手提包，但格伯注意到她颤抖的手指开始平静下来。这意味着她正在放松。

"直到十岁，我都不知道我父母的真名，连我自己的真名也不知道。"汉娜肯定道，在她头脑中不知哪个阴暗的角落里搜寻到这个奇怪的细节。

"这怎么可能呢？"

"我很了解我的父母。"女人详细说明道，"但我不知道他们真正叫什么名字。"

"您想要从这里开始讲述这个故事吗？"催眠师问道。

汉娜·霍尔的回答是："是的。"

7

我什么也看不见。第一个感觉是一只铃铛的召唤声。就像人们系在猫脖子上的——一只铃铛。但这只不在猫脖子上，它在我身上，用一条红色缎带系在我幼小的脚踝上。

我不知道阿多身上发生了什么，但不知为何，这只铃铛发出的声音与发生的那件事情有关。尽管我仍然不知道原因，这阵声音把我带回了那段时间，带回到妈妈和爸爸身边。

我的家人对我很好。我的家人很爱我。

所以，我的爸爸妈妈为了把我从死者的地界接回来，在我的脚踝上系了一只铃铛。在我看来，这很正常。

我是个小女孩，所以对我来说，这件怪事和其他所有怪事都是规则。

妈妈总说，每件事物里都藏着一点儿魔法。当我不听话或者闯了祸时，她不会惩罚我，而是净化我周遭的气场。爸爸每天晚上都会坐在我的床上，给我讲睡前故事。谁知道他为什么喜欢编些关于巨人的故事呢。爸爸会永远保护我。

我的家庭是个幸福的家庭。

我的爸爸妈妈和别的爸爸妈妈不一样。但在火灾之夜之后，在一切都改变之后，我才发现这一点。现在我们又回到了开始，而开始时我还无法知晓这一点。

我不记得爸爸妈妈的面容，但我知道那些细节。对许多人来说，这些小事可能显得无关紧要。但对我而言，却不是这样。因为那些小事都只属于我，其他任何人都无法拥有它们。

我不知道我的爸爸身材是高是矮，是胖是瘦。我无法描述他的眼睛或鼻子。可谈论他头发的颜色，对我又有什么意义？对我而言，唯一重要的是，他的头发是那么卷曲浓密，他总是无法让它们保持整齐。有一次，在尝试理顺头发时，他把一只梳子卡在了头上，妈妈不得不剪掉一些头发才把它取下来。

我爸爸的双手长着老茧，当他捧起我的脸时，两只手闻起来像干草。其他人都无法知道这个细节。而正是这一点才让他成为我的爸爸。因为这个无关紧要的细节，他永远不会成为别人的爸爸。而我永远是他的女儿。

妈妈的左脚踝上有一个粉色的胎记。它不显眼，而且非常小：一件宝贵的小东西。你得非常仔细，尤其是要靠得非常近，才能注意到它。所以，如果你不是她的女儿或者爱着她的那个男人，就无法看到它。

我不知道我的爸爸妈妈来自哪里，也不了解他们的过去。他们从不跟我谈起我的祖父母，也从未告诉过我他们是否在别处有兄弟姐妹。我们似乎自出生起就在一起了。我的意思是，就好像我们前世也是这样。

只有我们一家三口。

妈妈坚信人可以转世，从一世的生命中转到另一世，就像从一个房间走到另一个房间那样简单。你不会改变，改变的只是房间里的陈设。那么，显而易见，不可能存在一个过去和一个将来。

我们就是这样，也会永远这样。

但有时候，有人在穿过房间时会被卡在门槛上。那就是死者的地界，时间在那儿停滞。

我的家庭是一个地方。是的，一个地方。或许对大多数人而言，了解自己的故土、了解自己来自的地方几乎是很正常的。对我来说，却不是这样。

那个地方对我而言，就是我的爸爸妈妈。

事实上，我们从来不在同一个地方住很久，久到足以感觉那地方的确属于我们。我们不断地搬家。我们停留的时间从来不超过一年。

我会和爸爸妈妈一起在地图上确定一个点——一个随机的点，凭直觉选择——然后就搬到那儿去。那地方通常在地图上绿色的部分，有时在褐色或浅褐色的部分，靠近一些蓝色的点，但总是远离那些黑色的线和红色的点——必须远离黑色的线和红色的点！

我们通常是徒步旅行，穿过草地和山丘，或者总是行经次要的道路。又或者我们走到一个车站，在晚上货运火车都空着的时候，登上一列火车。

旅行是最美好的部分，是让我玩得最高兴的部分。白天的时光都用于探索世界，晚上则置身星空之下。只需要点燃一堆火，爸爸弹起旧吉他，妈妈唱起甜美而忧郁的旋律，我自出生起就习惯于伴着那些音乐入睡。

我们的旅程结束时，总是伴随着重新开始旅行的承诺。但我们到达目的地后，就开始了另一段生活。首先，我们巡查那个地区，寻找一座荒废的房子。因为再也没人想要那些房屋，它们就属于我们了。尽管只是在很短一段时间之内。

每一次我们来到一个新地方，都会改掉我们的名字。

每个人都会选择一个新名字。我们可以决定自己想要的名字，其他人都不可以反对。从那以后，我们就得这样称呼对方。我们常常借用书里的名字。

我不是汉娜，这时还不是。相反，我是白雪、爱洛、辛德瑞拉、贝儿、山鲁佐德[1]……世上还有哪个小女孩能说她一直是个公主呢？当然，真正的公主除外。

然而妈妈和爸爸选的名字就要简单得多。但对我而言没什么区别，我从来不用他们的新名字：对我而言，他们永远都是"妈妈和爸爸"。

但是，有一个条件：那些名字只能在家里用。最重要的是，

---

1 均为童话中女主人公的名字，白雪出自《白雪公主》，爱洛出自《睡美人》，辛德瑞拉出自《灰姑娘》，贝儿出自《美女与野兽》，山鲁佐德出自《一千零一夜》。

我们永远、永远、永远不能把那些名字告诉其他任何人。

规则三：永远不要将你的名字告诉陌生人。

在决定我们的新名字后，妈妈会让我们进行一场仪式，用于净化我们的新居。仪式内容是在房间里跑来跑去，喊着我们刚取的新名字。我们用尽力气喊出新名字，到处互相喊着对方的新名字，那些声音就变得熟悉起来。我们学着去信赖那些名字，学着变得不同，同时却保持着一成不变的生活。

这就是为什么对我来说，每个新家都变成了声音之家。

我们的生活并不容易。但在我眼中，妈妈和爸爸让生活看上去像一场大型游戏。他们能把一切逆境变成娱乐。有时我们没有足够的食物，为了忘记饥饿，爸爸会弹起他的吉他，我们三个人都躺在大床上，讲着故事，暖暖和和地过一天。或者，当雨水从破损的屋顶漏进来时，我们撑着伞在房子里走来走去，放上锅碗瓢盆，让雨滴落在上面发出声响，编成歌曲。

我们一家三口在一起，这就够了。没有别的妈妈和别的爸爸，也没有别的孩子。我甚至从不怀疑还存在别的小孩子。

就我所知，我是这世上唯一的孩子。

我们没有贵重物品，也没有钱。我们和任何人都没有联系，也就不需要任何人。

妈妈种了一片菜园，一年四季都可以从中收获大量的蔬菜。爸爸不时会用弓箭去打猎。

我们常常养些家禽家畜：鸡、火鸡、鹅。有一次还养了一只用来挤奶的母山羊。还有一次养了大约四十只兔子，但这只是因为我们当时控制不了情况。这些动物往往是从某个农场跑出来的，从未有人来认领它们。

但我们总是养很多狗，让它们看家。

这些动物不会跟着我们搬家，所以我不该太过喜爱它们。显然，我们旅行时只带着必需品。我们一旦安顿下来，就设法在周围弄到我们需要的一切——衣物、厨具、床铺。通常，那都是人们丢弃或遗忘在某个地方的。

我们选择的地点总是乡村地区，农民们抛弃了这些地方，为寻求更好的机会搬去了别处。从那些荒废的房屋中，可以找出一堆仍然可用的器具。有一次，我们找到了一堆布料和一台脚踏式缝纫机，于是妈妈在那个夏天为我们做出了绝好的冬装。

我们不需要科技进步。

当然，我知道存在电话、电视、电影、电力和电冰箱。但我们从未拥有过任何这些东西，除了我们留待紧急情况下使用的手电筒。

尽管如此，我仍然了解这个世界，并且受到了良好的教育。我不上学，但妈妈教我读书和写字，爸爸给我上算术课和几何课。

其余的知识我会在书里找到。

那些书也是我们从周围收集来的。每次找到一本新书，我们就会高兴得像过节一样。

书页中的世界很迷人，同时也很危险，就像一头被关在笼子里的老虎。你欣赏它的美丽、它的优雅、它的力量……但如果你将一只手臂伸入栅栏中，想要抚摸它，它会毫不犹豫地把你的手臂撕咬得粉碎。或者，至少爸爸妈妈是这么向我解释的。

我们远离世界，并希望世界也远离我们。

多亏有爸爸妈妈，我的童年成了一种冒险。我从不问自己，我们这样生活是否有一个确切的理由。就我所知，当我们厌倦一个地方时，就会收拾行李重新出发。尽管我年纪很小，我还是明白了一件事：我们不断搬家的原因与我们一直带在身边的一件东西有关。

一只褐色的小木匣，差不多三拃长。

匣子上刻着一个词，是爸爸用烧红的凿子尖儿刻上的。每当我们到达一个新地方，他就会挖一个深坑，把它放在地里埋起来。我们只在必须再次离开的时候才把它挖出来。

我从来没见过那匣子里的东西，因为爸爸用沥青将它封了起来。但我知道里面锁着唯一一个不改名字的家庭成员：那名字用烧红的铁器刻在匣盖上。

对妈妈和爸爸而言，阿多会永远是阿多。

8

汉娜沉默下来，就好像她决定独自为那个故事画上句号。对目前来说应该够了。

彼得罗·格伯仍然感到迷惑。他不知道该相信什么。但还是有积极的一面：在某些时刻，倾听病人的时候，他听见了她内心那个小女孩的声音。围绕着那个小女孩，过往一层又一层地，令她沉淀成了他面前这个三十岁的女人。

"好的，现在我想要您和我一起倒数，然后睁开眼睛。"格伯说道，随即像往常一样从十开始倒数。

汉娜照做了。然后，她在办公室的半明半暗中睁开了她那双蓝眼睛，显得难以置信。

格伯伸出一只手，让摇椅停止摆动。"等它停下再站起来。"他建议道。

"我应该深呼吸，对吗？"她问道。她肯定想起了她的第一位催眠师特雷莎·沃克的指示。

"没错。"他同意道。

汉娜开始吸气和呼气。

"您不记得您亲生父母的真名，对吗？"格伯问道，为了验证他是否弄明白了。

汉娜摇了摇头。

被收养的小孩子没有保留关于他们原生家庭的记忆，这很正常。但汉娜搬到澳大利亚时已经十岁了，她本应该记得亲生父母的名字。

"我也是在去往阿德莱德后才成为汉娜·霍尔的。"女人解释道。

"当您住在托斯卡纳的时候，你们总是不断搬家？"

女人点头证实了这第二条信息。

当心理师记录下这些信息的时候，她礼貌地问道："我可以用洗手间吗？"

"当然。洗手间在左边第二道门。"

女人站起身来，但在离开之前，她取下手提包的背带，把它挂在摇椅的靠背上。

这个举动没有逃过彼得罗·格伯的眼睛。

当汉娜离开房间时，他一直注视着那个黑色的仿皮质物件，它在他面前像个钟摆一样晃动着。包里还存放着那张汉娜从他在初次面谈时递给她的笔记本上撕下来的纸。在那张纸上，她写下了伊西奥的名字。她不可能知道我堂哥的绰号，他对自己重复道。这个想法正在变成他无法摆脱的烦恼。但要想核实这个错觉，他就必须侵犯病人的个人隐私，在她的物品中翻找，背叛她的信任。

B先生是永远不会这么做的。相反，他甚至一定会反对尝试这么做的念头。

时间一秒一秒过去，彼得罗·格伯仍无法做出决定。真相就在那里，在触手可及的位置。但是，把那张从笔记本上撕下来的纸拿来读意味着他会在那种奇怪的关系中卷得更深，而汉娜·霍尔在他的病人中已经够不寻常了。

片刻后，女人从洗手间回来，发现他正注视着摇椅。

"对不起，我想，洗手液用完了。"她仅仅说道。

格伯试图掩饰尴尬："抱歉，我会让清洁工再准备些，谢谢。"

汉娜重新拿起手提包，斜挎在背上。她拿出温妮烟盒，点燃了一支烟，吸烟时却仍站着。

"之前您说，您的父母在您的脚踝上系了一只铃铛，为了把您从死者的地界接回来。"格伯几乎逐字逐句地引述道，"我理解对了吗？"

"是的。"她确认道。"一只人们通常系在猫脖子上的铃铛。我的铃铛有一条漂亮的红色缎带。"她重复道。

"真的发生过吗？"他追问道，并仔细观察着她的眼睛，"您死去后他们来接您，真的发生过吗？"

女人没有转开目光："我从小就死过好几次。"

"阿多也有一只跟您一样的铃铛吗？"

"不……阿多没有，所以他留在了那里。"

汉娜肯定可以从他脸上读到他所有的怀疑、忧虑以及不可置信。或许她感到他在同情她，但格伯没有别的方法能帮助她分辨出什么是真、什么是假。他必须向她证实，她记忆中的魔鬼并不存在。只有这样才能让她解脱出来。

"小孩子知道成年人不了解的事物吗，汉娜？比如怎么从死者的地界回来？"

"是的，就是这样：成年人忘记了那些事情。"她用细若柔丝的声音肯定道，眼中充满了一种奇异的怀念。

格伯可以听见她内心的声音：也许汉娜想要愤怒地哭泣，想要喊出她的失望。因为他拒绝承认在我们周围运行的黑暗力量可能存在。因为他和其他人一样，顽固地保持着迟钝。

但女人深吸了一口烟，说道："您的儿子是否曾在午夜呼唤您，因为在他床下有一个怪物？"

尽管他无法容忍她再次牵扯到他的家人，彼得罗·格伯还是表示了肯定，试着展现出温和的态度。

"为了让他安心，您会像一个好爸爸那样俯身去检查，向他证实事实上没什么好害怕的。"汉娜肯定地说道，"但是当您掀开床罩的时候，如果仅仅有一秒钟想到一切都可能是真的，您也会感到一阵隐秘的战栗……您能否认这一点吗？"

尽管他是个极为理性的人，他也无法否认。

"好吧，今天先到这里。"他宣布道，结束了这次会面，"如果您方便的话，我们明天同一时间继续。"

汉娜什么也没说。但在告辞之前，正如一个习惯吸烟的人那样，她快速地舔了舔拇指和食指，用手指掐灭了烟头，像是在掐一只昆虫的头。那支烟散发出一道细烟。当她确定烟已经熄灭后，汉娜并没有把烟头放进格伯递给她的手工黏土做的烟灰缸里，而是从包里拿出那张折叠起来的纸，把烟头包裹在里面，扔进了房间角落里的垃圾桶。

彼得罗·格伯的目光跟随着那个小纸团画出的抛物线，直到它落进其他垃圾之间。

汉娜似乎注意到了，但她什么也没说。相反，或许这正是她想要达到的目的：激起他的好奇心。

"那么，祝您度过愉快的一天！"在离开顶楼前，她说道。

格伯等待着前门重新关上的声音响起，感觉自己像个傻瓜。我竟会落入这么平淡无奇的圈套里，真不可思议，他对自己说道。他摇摇头，嘲笑着自己，但那笑声中藏着他所有的挫败感。接着他从扶手椅上站起身，不慌不忙地走向垃圾桶。他低头看去，甚至期待着什么也找不到，就像一场戏法中被愚弄的、傻乎乎的观众一样。

然而那张被揉成团的纸就在那儿。

他伸出手臂去捡它，把它拿到手里，再展开，确信从这一刻起，许多事情都将改变。

但他必须知道。

这张纸来自他自己的笔记本，写下那个词又胡乱涂画着画去它的墨水来自那支他之前从未借给任何人的自来水笔。

只是那个用大写字母写出的名字不是"伊西奥"。

而是"阿多"。

9

"那么，您觉得她怎么样？"

"她不修边幅，烟抽得相当多。我还注意到她双手颤抖，但我没问她是否在服用药物。"

"她告诉我她服用过一段时间的左洛复[1]，但后来停药了，因为副作用太大。"特雷莎·沃克告诉他。

阿德莱德现在是早上九点半，而佛罗伦萨是午夜。西尔维娅和马可睡在他们各自的床上，而彼得罗·格伯在厨房里，尽量压低声音，以免吵醒他们。

"她告诉过您她住在哪儿，要在佛罗伦萨待多久吗？"

"您说得有理，我本该问她的。我会弥补这一点。"

过去的一刻钟里，格伯都在电话里用英语概述汉娜那个关于她童年的奇怪故事。

1　一种抗抑郁药物。

"有什么东西让您尤其印象深刻吗，格伯医生？"

"汉娜有几次提到了一场火灾。"他回忆道，把手机从一只耳朵移到另一只，"在治疗期间，她的确提到了一个'火灾之夜'。"

……在火灾之夜，妈妈让我喝下了遗忘水，所以我什么都忘了……

"我不知道。"沃克说道，"她没有跟我提到过。"

"真奇怪，因为她告诉我，您试图用催眠寻找答案，正是因为那个经常出现的梦。"

"这个梦可能与过去的一件事有关：一件在她身上留下痕迹的事。"

事实上，格伯觉得那是过去与后来之间的一段休止："那位女士讲述她的童年时，把它形容得像一段与她生命的其他部分隔开的封锁地带……此外，'汉娜·霍尔'是她在十岁以后才采用的身份。就好像那个成年女人和那个小女孩不是同一个人，而是两个不同的个体。"

"也许，当您深入探寻她在托斯卡纳的过去时，我应该调查她在澳大利亚的现在。"特雷莎·沃克在他开口前提议道。

"这主意再好不过了。"他赞同道。

实际上，除了知道她通过不定期地做翻译来赚钱之外，他们对这位病人一无所知。

"我认识一位私家侦探。"沃克向他保证道，"我会请他帮忙调查。"

"我应该尝试和那位女士的亲生父母取得联系。"格伯肯定道，"当然，前提是他们还活着。"

"我推测，想要在二十年后再找到他们并不容易。"

"是的，您说得对。"

谁知道他们怎么样了。格伯回忆起来，他们决定在荒无人烟的地方与世隔绝地活着，不断搬家，过着不稳定的生活。

我们远离世界，并希望世界也远离我们。

"他们在地图上选一个地方，然后搬去那儿，但远离黑色的线和红色的点。"

"主干道和聚居区。"沃克解释道，"为什么呢？"

"我不知道，但汉娜坚信她经历了某种冒险，她的父母弱化了生活中的困难，把生活的不便变成专为她设计的游戏……一切都被某种新纪元运动[1]精神主宰着：父亲用弓箭打猎，母亲负责举行怪异的仪式、净化气场之类的事情。"

"当时是二十世纪九十年代。这有些不合时代。"沃克怀疑地思索道。

"在我们第一次会面的时候，汉娜提到了幽灵、女巫和不死的死者。她似乎坚定地相信这一切都是真的。"

所以，我的爸爸妈妈为了把我从死者的地界接回来，在我的脚踝上系了一只铃铛。在我看来，这很正常。

"我不担心古怪的家庭或者迷信。"沃克肯定地说道，"最让我忧虑的是那些名字。"

特雷莎·沃克说得有理。汉娜·霍尔在童年时期多次更改过

---

1 20世纪70年代至80年代在西方兴起的一系列精神或宗教活动和信仰，涉及的层面极广，包括冥想、通灵、转世等。

自己的名字，这也使格伯感到忧心。

一个个体的身份是在生命最初几年中形成的。名字并不仅仅是它的一部分，更是它的支点。名字变得像磁铁一样，那些定义我们是谁并且使我们更独一无二的特性都聚集在它周围。外貌、特殊的痕迹、爱好、性情、优点和缺点。身份对于定义人格是至关重要的。转换身份可能会损害人格，使它变成某种不定的东西。这对个体来说非常危险。

用另一个名字取代自己的名字，即便一生中只有一次，也会破坏个体的稳定性，会对自我评价造成严重的伤害。因此，法律上改变身份的程序极其复杂。谁知道汉娜·霍尔不断地转换身份产生了什么样的后果。

我是白雪、爱洛、辛德瑞拉、贝儿、山鲁佐德……世上还有哪个小女孩能说她一直是个公主呢？

他一边听着脑海里汉娜重复这些话的声音，一边打开西尔维娅存放饼干的陶瓷罐，伸手拿了一块巧克力味的。他心不在焉地咬住饼干。

"汉娜坚持强调她的家庭很幸福。"他说着，打开冰箱去找牛奶。

"您认为她说的是假的？"

格伯回想起了埃米利安，那个像幽灵一样的小男孩。"接手这个病例的同时，我还在跟进另一个病例，是一个六岁的白俄罗斯小男孩，他说他看见养父母进行某种狂欢仪式，祖父母和一位收养机构的负责人也参与其中……他声称他们戴着奇怪的动物面具：猫、羊、猪、猫头鹰和狼。"他准确地列举着，"法院委托我确认他是否在说谎，但问题不能仅仅简化成这个……对一个小孩子来说，家是世界上最安全的地方。或者，是最危险的地方——每个儿童心理师都清楚这一点。只是小孩子自己分辨不出区别。"

沃克思索了一会儿："在您看来，汉娜小时候并不处于安全中？"

"有关于规则的那回事。"他回答道，"汉娜列举了两条规则：'陌生人就是危险'，然后是'永远不要将你的名字告诉陌生人'。"

"也许，为了弄明白规则有多少，内容是什么，尤其是它们被用来做什么，您应该先深入研究'陌生人'的问题。"沃克提议道。

"事实上，这一点我也想到了。"

"还有别的问题吗？"

"阿多。"心理师回答道。

他在睡衣口袋里翻找起来，他之前把汉娜写过字的那张从笔记本上撕下的纸放在那儿了。

阿多。

"汉娜向我借了纸笔来记下这个名字。我很疑惑她当时为什么那么着急要做这样一件事。"

"您怎么解释这件事呢？"

"也许她只是想吸引我的注意。"

沃克掂量着这条信息，简短地评论了一句："对孩子们进行治疗时您会录像，对吗？"

"是的。"格伯承认道，"我保存着每一次会面的录像。"这位同行或许也会给她负责的病人录像。这个时候，他本应该跟她讲伊西奥的故事，说他把病人写在他给她的纸上的字错看成了他堂哥的名字，但他不愿意让沃克觉得他自己被汉娜影响了。相反，他总结道："所以我认为，最后汉娜故意把那张纸扔进垃圾桶，是为了让我找到它。"

这个举动引起了沃克的注意。"在对汉娜进行治疗时，请您继续录像。"她嘱咐道。

"当然，请您放心。"他向她保证道，微露一丝笑意。

"我是认真的。"她坚持道，"我比您年纪大，我知道自己在说什么。"

"请您相信我。"

"抱歉，有时候我对比我年轻的同行过于热心了。"但她的语气听上去的确很担忧，尽管她目前还不愿意解释原因。

"如果您把汉娜在阿德莱德接受第一次催眠治疗的录像发给我，或许会有用。"

"我没那么前卫，我还在用老方法做事。"她承认道。

"您是说您从始至终都记笔记吗？"格伯惊讶道。

"不，不。"沃克回答道，感到好笑，"我有一台数字录音机。我会把治疗的录音发到您的邮箱。"

"太好了，谢谢您。"

见他最终愿意尝试对汉娜进行治疗，特雷莎·沃克似乎很高兴。

"至于您的酬金……"

"这不是问题。"格伯抢在她前面说道。汉娜·霍尔完全不可能付得起钱，他们两人都很清楚。

"这几通洲际电话会花掉我们一大笔钱。"特雷莎·沃克笑道。

"但您说得有理，那位女士需要帮助。从她第一次接受催眠时所讲的故事看，我认为她的记忆里还有很多需要探索的东西。"

"汉娜正在对您产生什么影响？"沃克冷不丁问道。

格伯感到不知所措，不知道该如何回答。他多沉默了一秒，沃克就替他说话了。

"请您当心些。"

"我会的。"格伯承诺道。

打完电话后，格伯在厨房里坐了一会儿，一边对着一杯冰牛奶思考，一边又吃下几块巧克力饼干。他身处半明半暗中，仅仅被打开门的冰箱的灯光照亮。

他问自己，汉娜正在对他产生什么影响？他为什么无法回答沃克？

每位治疗师都会对病人产生影响。但相反的事情也会发生，这是无可避免的事情，尤其是当病人是小孩子的时候。无论每个心理师如何尽力保持距离，都不可能不在情感上被卷入某些恐怖故事中。

B先生曾教过他许多克服这一切的方法。用这些方法可以造出一种无形的盔甲，同时又不失去必要的同理心。

"因为如果恐惧跟随你回了家，你就无法解脱出来了。"他总这么说。

格伯从桌旁站起身，把空杯子放进水池，重新关上冰箱门。他在寂静的屋子里赤着脚向卧室走去。

西尔维娅裹藏在被子下，双手合拢，放在脸颊和枕头之间。格伯看着她，心中涌起一种负罪感。有一些东西让他觉得自己和汉娜很相似，所以他才会对病人如此热情用心，所以他才会感到有义务帮助她。

我也不知道我是谁了，他对自己说道。那是个折磨了他三年的秘密，而他不敢向西尔维娅吐露。

在钻进被子和妻子躺在一起之前，格伯去瞧了一眼马可。马可也在小床里安谧地睡着，一盏仙人掌形状的小夜灯为他守夜，正和他母亲的灯摆在同一个位置。他在这一点上也跟她一模一样，格伯对自己说道。这个念头抚慰了他。

接着，他俯向枕头，在马可的前额上轻轻一吻。孩子发出一声轻微的抗议，但没有被吵醒。他现在很暖和，但他父亲知道，几个小时后，他就会踢开被子，而他得过来再帮他盖好。格伯正要去睡觉，却又在门槛上停了一瞬。

您的儿子是否曾在午夜呼唤您，因为在他床下有一个怪物？

汉娜·霍尔的声音再一次浮现在他脑海中。他摇摇头，对自己说，在夜里的这个时间很容易让自己受到暗示。但他没有动。

他继续注视着马可床下的黑暗缝隙。

他向前走了一步，然后走了第二步。当他再次来到小床边时，他弯下腰，一边叫自己傻瓜，一边向自己重复说没有什么好怕的。但他的心并不同意，跳得比平常更加剧烈。

……但是当您掀开床罩的时候，如果仅仅有一秒钟想到一切都可能是真的，您也会感到一阵隐秘的战栗……

那个声音吸引着格伯去查验他儿子的睡梦下藏匿着什么秘密，格伯任由它说服了自己。他抓起床罩的边缘，猛地将它掀开。仙人掌夜灯的莹莹绿光比他先侦查到那漆黑的洞。格伯用目光环视了一周。

没有怪物，只有不知何时遗落在床下的玩具。

他重新放下床罩边缘，感到一阵放松，却也因为相信了一种毫无依据的恐惧而对自己生气。他松了口气，决定去睡觉。他刚走了几步，马可便在小床上挪动了一下，格伯听见了……

一阵金属般的清脆声响。

格伯转过身，犹如石化。他祈祷着这声音仅仅存在于他的脑海里。但那声音再次响起，从马可的被子下传来。那是一阵召唤。那是在召唤他。

他走近床边，干脆利落地掀开了孩子身上的被子。

那不是幻觉。他所有的理性都已消散，他无力地站在那儿，注视着那个诡异的东西。它径直来自汉娜·霍尔的地狱。

有人在他儿子的脚踝上系了一条红色的缎带。缎带上挂着一只铃铛。

10

他们约定在七点半见面，这样汉娜就不会遇见在九点左右到来的其他病人。

快七点时，格伯已经出门朝事务所走去。他又没有睡多久。只不过这一次，令他没睡好的原因很严重。当他快步走过历史中心区的道路时，他能听见放在外套口袋里的那只铃铛发出走调儿的声音。

来自死者的地界的召唤。

他不知道那条红色的缎带怎么会出现在他儿子的脚踝上。汉娜竟如此接近过他的家人，这个念头使他感到恐惧。他想不出她的真实目的会是什么。

有一个疑问比其他问题更加困扰他：马可和汉娜可能在什么时候见过面？

前一天，孩子只是离家去上幼儿园，是保姆送他去的，下午又把他接了回来。马可没有去公园散步，因为天气很糟。他没有在游戏室给别的孩子庆祝生日，没有进行户外活动。唯一的解释是，在家和幼儿园的路途中，汉娜和马可有过接触。排除在早上的可能性，因为那时汉娜已经跟他待在一起了。

关于昨晚的发现，格伯对西尔维娅只字不提。他不希望她变得激动，但他已经厌倦了总得对她隐瞒什么。尽管他对她隐瞒了三年的那个秘密无疑要比这糟糕得多，这一次他却告诉自己，这么做是为了保护她。

"今天你陪马可去幼儿园，我去接他。"在离家之前，他叮嘱道。

西尔维娅正将奶瓶递给孩子，问他为什么会提出这个不寻常的要求。但他假装没听见，走出了门。

他不能要求汉娜·霍尔解释，因为她肯定会否认与此事有任何关系。他甚至不能粗暴地跟她断绝一切关系，因为在没有证据的情况下，对病人不管不顾是会受到指责的。最终，有件事劝止了他采取激烈的解决方案，那就是他无法预见汉娜在感到自己被拒绝时会作何反应。

他问自己，换作B先生，他会怎么做？那个浑蛋肯定不会让自己被牵扯到这么深的地步。

十五分钟后，格伯迈过了事务所的门槛，走到清洁工面前。"早上好。"他心不在焉地打着招呼。

但对方注视着他，表现得很不自在。

"发生什么了？"心理师问道。

"我让她在外面等您，但她跟我解释说您允许她进来，我不知道该怎么办。"他支支吾吾道。

格伯闻到了空气里汉娜抽的香烟的气味。她也提前到了。

"您别担心，一切正常。"他说道，让清洁工放心，尽管根本不是"一切正常"。

他跟随着那支烟沿着大顶楼的走廊留下的气味往里走。他预期会在自己的办公室里看到她，但走到半路，他却发现办公室对面房间的门开着。他加快步伐，与其说是急迫，不如说是被怒火推动着，试图阻止正在发生的一切，但那已不可能了。那女人越界了，她明明被告知过不能这么做，这是被禁止的。

B先生不会希望有陌生人走进那里。

但当他走到事务所那个三年未被闯入过的房间的门口时，格伯停住了。

汉娜背对着他，站在房间中央，手举着烟，手臂优雅地放在身侧。他正要叫她，她却先转过身来，仍然穿着同样的衣服，带着一个礼品袋。格伯没有疑惑里边装着什么东西，他太愤怒了。

"这是什么地方？"她用无辜的语气问道，指着那像草地一样的绿毯；那蔚蓝的天花板，轻柔的白云和明亮的小星星点缀其间；那有着金色树冠的纸浆做的高大树木，长长的绳制藤蔓将它们连在一起。

格伯刚朝他父亲的森林走了一步，心中想要质问对方的冲动便在不知不觉间烟消云散了。他心中反而涌起了一股怀念之情。

这就是这个地方对每个小孩子产生的效果。

为了回答汉娜的问题，心理师朝一张放着唱片机的小桌走去。唱盘上有一张蒙尘的唱片。格伯突然启动了开关，自动唱臂轻柔地搁在声槽上，空转了几圈后，播放出一首欢快的短歌。

"是熊与毛克利[1]。"几秒钟后，汉娜认出了那声音，肯定地说道。"《紧要的必需品》。"她回想起歌名，惊讶地补充道，"来自《丛林之书》。"

这是吉卜林经典之作的迪士尼动画版。

"这是我父亲的办公室。"格伯向她吐露道，连他自己都对此感到惊讶，"他在这里接待他的小病人们。"我所知道的一切都是他教给我的，他想，却没有说出口。

"这是老格伯医生的办公室。"汉娜说着，思索着这条信息。

"不过，孩子们都叫他巴鲁先生[2]。"

他重新关上了那个房间，但仍感觉受到了震动。他回到自己的办公室，发现汉娜正坐在摇椅上吸烟，就像什么也没发生似的，那个礼品袋被放在地上。她已经准备好了再进行一次催眠治疗。

那女人没有意识到她闯入了一片非常私人的空间，尤其是揭开了格伯的旧伤疤。这就好像她从其他人的世界中被豁免了。她没有能力与他人建立情感上的联系。她似乎不了解人类社会中的基本礼貌。或许是因为她从小就被迫与世隔绝。事实上，这一点让她看起来仍然像个小女孩，生活中还有许多东西需要学习。

沃克说得有理：汉娜·霍尔是一个危险因子。但不是因为

---

1 英国作家鲁德亚德·吉卜林所著儿童文学作品《丛林之书》的主人公。

2 巴鲁是《丛林之书》中的一只棕熊，主人公毛克利的好友。前文中"B先生"是"巴鲁先生"的简称。

她有潜在的暴力倾向，而是因为她的天真无邪。老虎的幼崽和人类的幼儿一起玩耍，但它并不知道自己能够杀死对方，而另一个也不知道自己可能被对方杀死，他父亲过去总这么说。他和汉娜之间的关系可以用这个比喻来概括，因此他必须非常谨慎地对待她。

格伯把一只手伸进衣袋，摸到那条系着铃铛的红色缎带，以此来提醒自己。于是他走过去坐在扶手椅上，假装摆弄手机，然后才关机准备开始治疗。他想让汉娜察觉到他的不快。

"是不是不能突然中断催眠治疗，否则会对病人产生严重的后果？"汉娜坦率地问他，为了打断这阵压抑的沉默。

"对，没错。"心理师不得不确认这一点。

她的态度很孩子气，但这个问题藏着下意识的双重含义。汉娜想知道他是否在生她的气，这么问他是为了让自己安心；同时也是在告诉他，他们两人已经联系在一起了，他不能那么轻易地解除他们的关系。

"我思考过您上次跟我讲的事。"格伯说道，转换了话题，"您用一些小细节向我描述了您的母亲和父亲：母亲脚踝上的胎记和父亲难以打理的头发。"

"为什么？您会怎么描述您的父母呢？"汉娜回应道，再一次侵入了他的私人领域。

"我们不是在说我。"他尽力保持冷静。但是，如果他必须选择一种方式来描述，他会说他的母亲是静止的、沉默的、微笑的。这是因为，从他和马可差不多的年纪起，他对她唯一的记忆就只印在全家福上，保存在一本皮质装帧的相册里。关于他的父亲——B先生，他唯一能说的只有一点，他是世界上对小孩子最热心的人。

"您有没有注意到，当人们被要求描述自己父母的时候，他们从不把父母描述成年轻人，而通常倾向于把他们描述成老人？"汉娜断言道，"我经常思考这件事，得出的解释是：在我看来，这是因为当我们来到世界上的时候，他们就已经在了。所以当我们长大的时候，就无法再想象他们曾经只有二十岁，尽管在那时我们很可能已经出现在他们的生活中了。"

格伯觉得汉娜正在诱导他离题。也许她谈论父母是为了对自己的童年故事避而不谈，从而免于面对一个痛苦的事实。也许她的父母已经去世了，或者在她离开后仍然继续选择隐居。无论如何，他不想直接问她，而是相信她会在合适的时候主动告诉他发生了什么。

"您的父母选择了像流浪者一样的生活……"

"我从小就在托斯卡纳的许多地区生活过：阿雷蒂诺、卡森蒂诺、加尔法尼亚纳，在亚平宁山脉上，在卢尼贾纳，在马雷马……"汉娜证实道，"但我是在之后才发现的——在我得知这些地方实际上叫什么名字之后。如果小时候有人问我住在哪儿，我不知道该怎么回答。"

"上次治疗结束的时候，您提到了不断搬家可能与阿多有关系。"格伯提醒她，"那个小匣子的盖子上刻着他的名字，你们无论住到什么地方都会带着它。"

"阿多总是被埋葬在声音之家旁边。"汉娜确认道。

"为了弄清您和阿多之间的关系，我们应该一步一步来。"

"好的。"

"关于陌生人。"心理师说道。

"您想知道什么？"

格伯看了看他之前写在笔记本上的内容："您跟我谈到了规则，并且引述了其中几条……"

"规则五：如果有陌生人唤你的名字，那就快逃。"汉娜开始罗列，"规则四：永远不要靠近陌生人，也不要让他们靠近你。规则三：永远不要将你的名字告诉陌生人。规则二：陌生人就是危险。规则一：只能信任妈妈和爸爸。"

"所以，在我看来，这五条规则决定了你们和人类社会的关系。任何其他的个体，除了您的父母，都被视作一个潜在的威胁，所以，对你们来说，这个世界只充斥着邪恶的人。"他总结道，带着明显的激动。

"不是所有人。"汉娜·霍尔解释道，"我从来没有说过这样的话。"

"那么请您解释得更清楚些……"

"那些陌生人藏身在普通人当中。"

格伯脑海中浮现出一部很老的电影。在电影里，外星生物在人们睡着的时候取代了他们，然后平静地生活在普通人中，没有人发觉。

"如果陌生人和其他所有人一样，你们怎么分辨出他们呢？"

"我们分辨不出他们。"汉娜回答道，睁大蓝眼睛注视着他，就好像这是个再平淡不过的推论。

"所以你们远离所有人。这在我看来有点儿太过头了，您不觉得吗？"

"您对蛇了解多少？"女人出乎意料地问道。

"完全不了解。"格伯回答道。

"当您看见一条蛇时，您能分辨出它是否有毒吗？"

"不能。"心理师不得不承认道。

"那么您要怎么避免危险呢？"

格伯停顿了一会儿："我会避开所有蛇。"

他感到很尴尬。汉娜的推论不容反驳。

"你们为什么害怕陌生人？"他问道。

女人目光游离，似乎迷失在某个黑暗的影像里。"陌生人会把人抓走，把他们从亲人身边带走。"她说道，"没人知道他们最终去了哪儿，或者在他们身上发生了什么。也许我当时年纪还太小，从来没人愿意跟我讲这些……我知道的唯一一件事就是，那些人之后再也没有回来，再也没有。"

格伯没有补充评论，而是启动了节拍器。接收到这个信号，汉娜闭上眼，开始在摇椅上摇摆起来。

11

第一次感知到陌生人的存在时，我差不多七岁。

对我而言，直到那一刻之前，只存在我们和其他人。

在我短暂的生命中，我没有遇见过多少人。其他人总是小小的、远远的，从地平线上走过，你可以用食指和拇指测量他们的高度。我知道他们存在。我知道他们所有人都住在一起，通常在大城市里。但我也知道，他们中有些人像我们一样。他们从一个地方搬迁到另一个地方，是社会意义上的隐形人。每个人都有远离世界的个人原因：有人为了逃离战争，或是逃离他遭遇的坏事；有人迷了路；有人离开了就不想再回去；或者，也有人仅仅是独自生活，因为他不想让别人对他指指点点。

我们这些属于这一类流浪者的人组成了某种群体。尽管我们从来不在同一个地方相聚，但我们会四处留下一些记号，只有我们知道如何解读它们。我爸爸就会做这种事——在一棵树的树皮上刻下某个特定的符号，在一条路的角落里用某种特定的方式摆放石块。这些记号或是指出一条可行的路径，或是警示一个应该避开的危险。它们能告诉我们在哪里可以找到食物和水，在哪里人们可能会注意到我们，以及在哪里我们又可以不被发觉地经过。

我们也会扮演好自己的角色。每当我们从一个声音之家重新出发的时候，我们都有义务为之后到来的人整理好它。爸爸称之为"徒步旅行者的准则"。这些准则有：不要污染水源；当你离开时，保证那些东西的状态比你找到它们的时候好；不要剥夺别人住在那里的可能性。

多亏了这些教导，我对其他人总体保持着乐观的看法，尽管我从未遇见过他们。

但这一切都在施特罗姆农庄结束了。

这个地区数英里[1]之内荒无人烟。我们在一大片树林的边缘搭起一个帐篷。爸爸没有埋下装有阿多的匣子，因为这只是一个临时的落脚点。那只匣子和我们一起待在帐篷里。我们在这里住了大约一个星期。

这一次，前往我们选择定居的地区的旅程比预期长了将近一个月。这是十一月底，天气已经开始变冷了。我们用于取暖的只有睡袋和几张毯子。清晨，妈妈生火做饭，爸爸则背上背包去巡查四周。直到天开始黑时，他才回来。

1　英美制长度单位，1英里合1.6093公里。——编者注

一天晚上，我正要在帐篷里睡着时，听见我的爸爸妈妈在火堆旁说话。

"如果我们不能尽快找到一座房子，就得在这里过冬了。"爸爸说。

我不喜欢他的语气。那不像往常一样愉悦，而是充满担忧。

"我们不能回去吗？"妈妈提议道。

"不，我们不能。"他回答道，从未如此干脆利落过。

"但储备物资快用完了。"

"根据地图，很久以前这儿有一个煤矿。人们在旁边为矿工和他们的家人建造了一座小村庄；如今那儿应该没人住了。"

"我们可以待在那儿。我得种些菜，现在只剩下收获一季蔬菜的时间了。"

"我不知道这是不是个好主意。"爸爸说道，"那个地方相当与世隔绝，可能在冬天谁也不会踏进那里……但一个村庄里藏着太多陷阱，而且很难看管。"

"那我们该怎么做呢？留在这里简直是发疯，这你也知道。"

"从明天开始，我不会像之前那样在黄昏时回来。"他对她说道，"我会尽可能走得更远些，直到找到一个可以安居的地方。"

从我的睡袋里，我可以听见妈妈开始啜泣。爸爸靠过去拥抱她，我知道，因为我从帐布上看见他的影子挪动了。

"一切都会好起来的。"他安慰她道。

我也想哭了。

自从爸爸在一个清晨出发以来，已经过去了两天。妈妈一直伤心沉默，但她努力不让我看出来。

第三天黎明，在我们为了生一堆新的篝火收集木柴的时候，我们看见爸爸从树林里钻了出来。他的脸上印着一个奇怪的微笑。

"我找到了一个地方。"片刻后，他一边向我们宣布道，一边放下背包。他打开包，让我们往里面看。

那是罐头盒，里面有菜豆、肉和金枪鱼。

"你从哪儿弄到这些东西的？"妈妈问道，她无法相信自己的眼睛。

"离这儿两天路程的地方有座农庄，但想要到那儿去得穿过一条河。"

他们俩立刻看向我。爸爸很早就教过我游泳，但想要游过那条河，需要强健的臂力。

"我能做到。"我说道。

当渡河的时刻来临时，我对于要涉过那条湍急的河流感到十分恐惧，但我并没有表露出来。爸爸在我的腰上系了一根绳子，然后把绳子的另一端绕在他的肩上。在我们两人之间有两米的距离。妈妈也对装有阿多的匣子做了同样的事。

"你不要抓着绳子，绳子只是用来保证安全的。"爸爸叮嘱道。"你得游泳。"他在我们下水前命令我。

一开始，我过于害怕自己无法做到，以致甚至感受不到水的寒冷。我游着泳，但在游了大约十米后，我意识到自己正在失去力量。我的双臂向前挥动着，却无法让我前进丝毫。河流正在卷走我，往下拉着我的双腿。我开始胡乱挣扎。我寻找那条绳子，却没有找到。我沉到了水下。一次，两次，三次。尽管我知道不该这么做，到第四次的时候，我还是张开嘴叫喊起来。爸爸在当初教我游泳时向我解释过："如果你溺水了，最不该做的事就是喊救命。"事实上，我一试着开口，冰冷的水就涌进了嘴里。河水流过喉咙，猛烈地灌进肚子，取代空气，充满了我的肺部。

然后一切都变黑了。

一阵重量压在我的胸骨上。接着，一股热流突然从我口中涌出，落到我身上。我一下子睁开眼睛。我感觉到背后光滑的鹅卵石，于是明白自己正躺在河滩上——我不知道怎么会这样，但我明白自己在那儿。天空显得极白，太阳像个冰冷、模糊的球体。父亲俯在我身体上方，妈妈在他身后：她惊慌地看着我，他则再次用双手按压我的胸膛。又有一股水从我肺部里喷射而出。

"快呼吸。"爸爸对我喊道。

我试着吸气，但只能将一丝细微的氧气吸入肺中。我重复着这个动作，一遍又一遍。我感觉自己像是一个用来给自行车车胎打气的充气泵。我的胸口一阵灼痛。我当时还不知道，爸爸刚刚压断了我的一根肋骨。

但是我从死者的地界回来了。我终于开始呼吸，呼吸得很微弱，但总算是在呼吸了。

爸爸将我扶起来，使劲儿在我的背上拍了几下，好让我咳出来。与此同时，我往下看去：从我肺里排出的水汇成小小的几股，忧郁地重新流回河里。我觉得这条河正从我身边撤退，就像一个被击败的魔鬼，不得不放弃夺取一个灵魂，灰溜溜地逃回地狱去。

妈妈将我抱在怀里，爸爸抱住了我们俩。我们跪在那儿，感谢阿多没有把我一起带走。

爸爸立刻生了一堆火，让我烤干身子。我一边等待，一边冷得发抖。妈妈脱下我身上的衣服，从帐篷上撕下几条布，把它们系在我的胸部。我身体上的瘀伤已经十分明显，很快就显现出各种不同的颜色。

"你走得动路吗？"妈妈问我。

"是的，我走得动。"

那片树丛非常茂密。爸爸在一片交缠的树枝中开路，在我们毫无察觉间，那些树枝就会划伤我们手臂、小腿、膝盖和脸上的皮肤。太阳被树冠掩盖，消失了好几分钟，重新出现后又被再次掩盖。四周很潮湿，我们再一次被打湿了。

最终，我们不是走了两天的路，而是走了四天。

那座小山谷出现了，远在天边又近在眼前。山谷中流淌着一条小溪，旁边是一片废墟。

施特罗姆农庄。

它的名字被刻在房子附近一块灰色的大石头上。上面还刻有建造日期：1897年。我们走进去，四处看了看。房子很大，但大部分房间都是空的。能住人的几个房间都在底层。

有一个用于做饭的生铁炉子。有一些家具。一张桌子上仍然摆放着上釉的碗盘。餐具柜里存放着各种各样的储备品——米、饼干、面粉、糖、腌制品、浓缩奶粉、奶酪、菜豆、金枪鱼和肉，甚至还有覆盆子糖浆。衣柜里堆着毯子和床单，还挂着几件衣服。床是铺好的。

一切都静默着，蒙着一层灰。我的第一印象是，时间在这个地方停滞了。原来的居住者已经抛下它一段时间了，但后来又有人在此落脚：那个人放置好了自己的物品，修好了屋顶和水泵，为了种菜而开垦了土地。在这之后，那个人重新出发了，遵循"徒步旅行者的准则"，为后来的人留下了生活必需品、家具和衣物。

和我们一样的人。

首先，爸爸在树林边缘的一棵栗子树旁挖了一个坑。接着他把匣子放进去，用新鲜的泥土重新覆盖上。在这棵长满节疤的树的保护下，阿多会很安全。

妈妈点燃熏香，以示对这座老房子的尊敬与感激，然后她为它歌唱，驱走负面的能量。于是我们选择了各自的新名字。对于我的名字，我已经考虑了一段时间，迫不及待地想要这么称呼自己：辛德瑞拉。像一直以来那样，我们分开行动，一边在房间里转悠，一边喊出自己的新名字。我们很快乐。我们谁也没有直率地说出来，这种快乐是因为我们知道自己逃过了一大堆麻烦：逃过了在一个帐篷里、在寒冷和饥饿中度过冬天的窘境；逃过了那条试图将我们永远分开的愤怒的河流。我跑上楼梯，骨折的肋骨也不再痛了。当我来到顶楼时，我发现了一件意想不到的东西。那是一件可能会破坏我们的快乐的东西，我一看见它就明白了。

那是第一个记号。

有人用粉笔把它画在了地面上。三个风格化的幼稚的人像：一个男人、一个女人和一个小女孩。阳光从屋顶的横木间穿透进来，照亮了这片蒙尘的半明半暗处。我看着那些用线条画成的人物，立刻想到了一件事。

我认识他们。那个家庭就是我们。

我决定什么也不告诉妈妈和爸爸。我不想扫了他们的兴。于是我用鞋底擦去了那些粉笔线条。

我们点燃了生铁炉子，妈妈为晚餐做了一道热汤。爸爸在贮藏室里找到了一瓶红酒，他说那儿还有别的酒。我被允许喝一点儿用井水稀释过的红酒。在餐桌旁，我一言不发，但那红酒把我的心神带到了远处。我继续想着那幅画。那些人像真的是我们吗？这怎么可能呢？我给自己的回答是，我们曾经来过这里。但是在什么时候？为什么我们忘记了？

妈妈许诺说，她一有时间就给我缝个布娃娃。

第二天，发生了一件怪事。我正在屋后帮妈妈晾晒床单，但她停了下来。我看着她将一只手举到额前，为双眼遮挡阳光。她看见了什么东西。她的目光朝向离我们一百来米远的废弃牲口棚。

一群群云团般的苍蝇从一扇小木窗里飞进飞出。

我们决定叫爸爸来，他正在房子的另一边劈柴。他走过来，站在我们身边看着那个场景。

"好吧。"他一脸严肃地说道，"我去查看情况。"

片刻后，我们看见他从牲口棚里走出来。他用衬衫袖子捂着口鼻，弯腰朝地上啐了一口，然后做手势叫妈妈也过去。

她注视着我。"你就在这儿等着。"她命令我道，然后走到爸爸那里。

当爸爸去拿斧子和好几袋石灰的时候，我才意识到那些属于这座农庄原先居住者的动物全都死了。但令爸爸妈妈不安的是它们死去的方式。那天晚上，当我在客厅里玩耍时，我看见他们坐在厨房的桌旁交谈。我知道牲口棚里的母牛因为没有食物而发了疯。

"徒步旅行者的准则"规定，当人们从一个地方重新出发的时候，那里的动物应该被释放。

然而，那些可怜的母牛仍然被关着。

日子一天天过去，白天变得越来越短，冬天近了。每天早晨，我都会在草地上采些花儿，把它们带到那棵栗子树下。我把花儿放在那里送给阿多。但在这之后，我总会和他聊一会儿发生在这里的事，这些事看起来只有我意识到了。

那些征兆。

除了那些死去的母牛和地上的那幅画，在夜晚，门会被拍响，但只限于上面的楼层，没有人住在那儿。爸爸说这很正常，这座农庄四处透风。但为什么在白天从不发生这样的事呢？没人知道该如何回答我。

妈妈还没有给我缝布娃娃，她说要处理的事情太多了，过不了多久可能就会开始下雪。但她重复了净化房子的仪式。妈妈总说，房子会记得原先居住者的声音，会守护着它们。我试着在夜晚去倾听那些声音，但它们说着一种我听不懂的语言，那种语言由低语声构成，让我感到害怕。于是，为了让那些声音安静下来，我会把头藏在被子下面。

那是在白天。我穿着一条及踝的天鹅绒长裙、一件有彩色菱形图案的羊毛开衫、一件紧身高领毛衣、一双羊毛长袜和一双胶底靴子。妈妈告诉我，我出门时还应该戴上围巾。我踩着卷起来的落叶玩耍，它们盖住了农庄前的草地，我喜欢它们发出的声音。风向变了，天气突然变得更加寒冷。我们所处的小山谷上空飘过黑色的云。草地上的草是干枯的，因此我现在才注意到有什么东西从土地里冒了出来。那是一块布头。我靠近它，小心翼翼却又满心好奇。我弯下膝盖，观察着它，试着弄清楚被埋起来的是什么。我伸出一只手，擦过那块彩色的布头。然后我开始用手指挖开周围的土。那是一只小手臂。它很柔软。然后另一只小手臂也露了出来，接着是两条小腿，却没有脚。最后是头部，和身体其他部位相比，要更大些。那个用碎布做成的娃娃正用它仅有的一只眼睛看着我。我把它沾满泥土的羊毛头发清理干净。我为这个意想不到的礼物开心不已。我没有去想它为什么会被埋到地下，或是谁把它埋进去的。我甚至没有疑惑它是被缝制来送给哪个小女孩的。我决定，它现在属于我了，我们会永远在一起。

然而，这个布娃娃是另一个记号。

我们等待着又害怕着的冬天到来了。大雪开始落下，一连下了好几天。由于天空依然苍白沉重，我们过了好一会儿才知道雪停了。

我厌倦了总是被关在家里。爸爸也一样，但为了不让妈妈生气，他什么也没说。妈妈坚持在这个季节就应该待在温暖的地方。一天清晨，在我们吃早餐时，爸爸告诉我们他要去用弓箭打猎。他注意到了一只漂亮的野猪四处游荡时留下的足迹，如果让它跑掉会很可惜。我们将在很长一段时间内都有新鲜的肉吃，不必被迫总是吃罐头肉。妈妈倾听他的话，神色像往常那样耐心，但仍然没有完全被说服。我的目光一会儿转向他，一会儿转向她，想知道这件事会怎么收场。爸爸动之以情，晓之以理。妈妈由着他说，因为无论如何，她知道最终还是由她说了算。我希望她同意，这样，在漫长的日子里，我们至少有事可干了：切肉、腌肉、加工毛皮。或许爸爸会把野猪的头挂在家里，当作一个吉祥物。妈妈最终开口了，但她的话出乎所有人的意料。

"好吧，但我们要一起去。"她微笑着宣布道。

我感到身上充溢着欢乐，两眼放出光来。

我和妈妈准备了加了炼乳的三明治点心和一壶加了覆盆子糖浆的水，把所有东西放进一个帆布背包。爸爸用油脂润滑弓弦，背上箭袋，里面装着大约三十支削尖的箭。我们让炉子燃着，为的是让房子在我们回家时依然保持温暖。我们披上羊毛大衣，戴上羊毛帽子，穿上厚重的靴子。

我们的脚步印在深深的雪里。树林里一片寂静，好像所有的声音都被雪地吸收了。就连最细微的声响都会反弹在无形的回音之墙上，直到在远处消散。

爸爸发现了野猪的足迹，为了出其不意地捉住猎物，他走在我们前面几米远处。我牵着妈妈的手，知道自己应该保持安静。我观察着这场景，忧心忡忡。接着，不知为什么，我朝天空抬起目光。我停住了。由于不能说话，我只是举起手，向妈妈指着我看见的东西。她也看见了，为了不喊出声，她捂住了自己的嘴。但爸爸还是听见了她压抑的哀叹声。他朝我们走回来，想弄清楚发生了什么。最终，当他抬眼去看的时候，他也被惊得呆住了。

在一棵树的枝丫上，高悬着三双运动鞋。两双成年人的，一双小孩子的。它们像钟摆一样，在树林里冰冷的微风中慢慢地摇晃着。

我立刻想起了施特罗姆农庄之前的居住者——那些在我们到来之前离开的人。但没有了鞋子，他们是怎么离开这里的呢？我问自己。答案是那些人从来没有离开。他们还在这里，或者有人抓走了他们。

于是我明白了，要么他们已经死了，要么抓走他们的人仍然在近处。我不知道哪种可能性更让我害怕。

"妈妈，在那些人身上发生了什么？"

她沉默不语，试着朝我微笑，但她的忧虑更加明显：她不自然地弯着嘴唇，让那个微笑成了一个鬼脸。

夜晚降临。火焰在客厅的壁炉里噼啪作响。爸爸在屋外绕着房子巡查，我不清楚他在检查什么。最终，我们没有猎到野猪。我们回了家，留下那些鞋子在树上摇晃。

"你想要我再给你的布娃娃缝一只眼睛吗？"妈妈问我道，试着让我不再去想下午发生的事。

"不用了，谢谢。"我礼貌地回答道，"我的布娃娃这样就很好。它只有一只眼睛，但用这只眼睛可以看见我们看不见的东西。隐形的东西。"

妈妈打了一个冷战。也许我的布娃娃吓到了她。

当我睡觉的时候，我的布娃娃看见妈妈和爸爸在厨房里争论。

"我们必须立刻离开这里。"妈妈说道，几乎要哭出来了。

"我们无法在春天到来之前动身，这一点你也知道：我们必须等待积雪融化。"爸爸回答道，试着安抚她。

"如果他们也来找我们呢？"她问道，绝望地注视着他。

我的布娃娃不明白那些随时可能到来的人是谁。

"你也看见树上的那些鞋子和牲口棚里的那些母牛了。"妈妈继续道，"我们从来没有问过自己，房子里的那些东西是从哪儿来的，以及那些在我们之前住在这里的人为什么会把它们留在这里。"

"确实，我们没有问过自己。但我们需要有个住的地方，否

111

则我们熬不过去。"

妈妈抓住爸爸的衬衫，把他拉到自己身边："如果他们来了，把她从我们身边带走，我们就永远见不到她了……"接着，她补充道："陌生人根本不在乎我们，他们只想伤害我们。"

布娃娃听见了那个词——陌生人。它立刻告诉了我。这是我第一次听见有人提到陌生人，也是我第一次清楚地意识到，我们的流浪生活不是一种选择。我们在逃离某些东西，尽管我不知道那是什么。

冬天很漫长，在等待春天的时候，我们小心翼翼掩藏着自己的存在。比如，我们只在天黑的时候点燃炉火，因为这时候从远处很难注意到烟。

几个月过去，施特罗姆农庄周围的积雪终于开始融化了，但还没有融化到足以允许我们离开的程度。妈妈比平时更加焦虑，爸爸无法让她平静下来。她坚信陌生人即将到来，我们必须做些什么来避免最坏的事发生。我不知道妈妈所说的"最坏的事"是什么，但我一样害怕。

一个下午，我发现她在她房间的窗边，在光线最充足的地方缝东西。我不知道她在缝什么，但她从一件旧的节日礼服上抽下了缎子边儿，从我们在行李箱里找到的一枚徽章上取下了一件银色的东西。爸爸则把自己关在牲口棚里，他带了一些木板，我听见他在锯木和锤打。

晚餐后，在上床睡觉前，爸爸坐在那张旧扶手椅上，把我抱在膝盖上。妈妈蹲在地毯上，靠在我们身边。他们为我准备了东西——一件礼物。我的双眼闪烁着喜悦的光。我立刻抓住那只系着拉菲草蝴蝶结的棕色小包裹，把它拆开。

包裹里是一个系着一只小铃铛的红缎带饰品。

妈妈把它系在我的脚踝上，说道："明天我们要玩一个有趣的游戏。"

我非常兴奋，好不容易才睡着。醒来后，我匆匆跑去吃早餐，想要了解更多关于这个神秘游戏的事。因为那只铃铛，我的脚步在屋子里发出欢快的丁零声。爸爸妈妈已经起床了，正在客厅里等我。他们站在壁炉前，朝我微笑，然后向旁边挪了一步：他们背后的地毯上有一只木箱，和装着阿多的木匣很像，但这一只要更大些。

"游戏就是在这只箱子里尽可能地待上更长的时间。"爸爸向我解释道，"快，来吧，我们来试试。"

我感到困惑。我不想进入那只箱子。这是什么游戏啊？但看着他们如此高兴的样子，我不想让他们失望，于是照他们说的做了。我躺在箱子里，从低处看着他们在上面微笑着探出身。

"现在我们放上盖子。"爸爸说道，"但你放心，我现在会扶着它。"

我不喜欢那个"现在"，但我什么也没说。我们试了试，他们一起计算过了多少时间。而我在问自己，我要怎样才能赢得这个游戏？

"早餐之后，我们会把盖子关上。"妈妈向我宣布道，"你会发现这很有趣。"

一点儿也不有趣。这个游戏让我害怕。当爸爸开始钉上盖子的时候，锤击声在我的四周和我的头脑里回响，每一次锤击都带来一阵震动。我闭上眼睛，但愿这并没有真正在发生，这只是一个糟糕至极的梦。我开始哭泣。我听见妈妈的声音。

"别哭。"她说道，用的是她最严肃的语气。

箱子里一片漆黑，空间狭窄：我无法挪动手臂。

"当你感觉坚持不下去的时候，就摇摇腿上的铃铛。我们会听见你的声音，然后重新打开箱子。"爸爸向我解释道。

"但是你必须尽可能地坚持下去。"妈妈嘱咐道，又重新开始计时。

最开始几次，我在数到一百前就摇响了铃铛。我想要停下，但他们坚持不许，说这非常重要。我不知道为什么，但我甚至无法反抗。他们不允许我这么做。就这样，我们持续了一整天。有时候，我哭得难以抑制，让他们也感到很不好受，我意识到了这一点。于是我们暂停了一会儿，但接着又从头来过。

到了晚上，我筋疲力尽，甚至吃不下晚饭。妈妈和爸爸把我送到床上，他们陪着我，抚摸着我的手，直到我睡着。他们亲吻我，请求我的原谅。到了最后，连他们也哭了。

第二天清晨，妈妈来叫我起床。她让我穿上衣服，带我出了门。我看见爸爸站在那棵栗子树下，他手里握着一只铁锹。当我们走近的时候，我注意到他在埋葬阿多的地点旁边挖了一个坑。在他脚边放着我的那只箱子。我的眼泪开始汹涌而出。你们为什么要这么对我？我害怕极了。妈妈和爸爸从来没有伤害过我，这种恐惧对我来说是全新的，因此也就更加可怕。

妈妈在我身前跪下："现在我们要把箱子埋进坑里。我们一步一步来，到最后的时候，你爸爸会用土盖在上面。"

"我不想这样。"我啜泣着说道。

但妈妈的目光很严厉，容不下任何同情："当你觉得喘不过气的时候，就摇响铃铛，我们会把你拉出来。"

"我不想这样。"我不安地重复道。

"听着，你是个特别的小女孩。"

特别的小女孩？我从来不知道这一点。这是什么意思？

"所以，我和爸爸必须保护你不受陌生人的伤害。陌生人正在找你。如果你想要活着，就必须学会死去。"

经过几次尝试后，终于来到了最终试练的时刻。爸爸已经钉上了箱子。片刻后，我感觉到泥土一下一下落在盖子上，伴随着一阵凌乱又猛烈的声响。慢慢地，在我上方的土层越来越厚，那些声音逐渐减弱了。我听见铁锹有节奏地插进土里，也听见自己的呼吸在加速。接着，只剩下我那颗小小的心怦怦跳动的声音。但四周的沉寂比黑暗还要糟糕。我想起了阿多。我从来没有想过被关在箱子里埋入地下是什么感觉。现在这让我感到难过。阿多甚至没有一只系在脚踝上的铃铛。没有人能帮助他。过去了多长时间？我忘记计时了。我开始喘不过气来。我无法坚持太久。我摇晃着腿，铃铛的响声震耳欲聋，让我心烦意乱。但我继续摇晃身体。我不想再待在地下。我不想死。但什么也没有发生。为什么我听不见铁锹再次插进土里的声音呢？于是，我产生了可怕的怀疑：如果妈妈和爸爸听不见呢？如果他们弄错了呢？我开始叫喊。我知道我不该这么做，这就像我当初几乎淹死在那条河里一样——"如果你溺水了，最不该做的事就是喊救命。"空气消耗得很快，我感觉自己像一根被倒扣在杯子里的蜡烛。我的呼吸正在衰竭，越来越微弱：我无法再发出任何声音了。我闭上眼睛，大口喘着气，开始颤抖。我在这个狭小的空间里剧烈地挣扎，被痉挛和抽搐折磨着，无法让自己停下来。

一只无形的手盖在我的嘴上。我死了。

12

汉娜突然撑起身体，从摇椅上探出身来，睁大眼睛。但她仍然呼吸困难。

"……四，三……"彼得罗·格伯急忙倒数，帮助她重新和现实取得联系，"……二，一：呼吸。"他鼓励她道："加油，呼吸。"

她身体僵硬，紧抓着摇椅的扶手。她在挣扎。

"现在您不在箱子里了，那已经过去了。"格伯试着安抚她，同时握住她的手。

格伯在这个故事里沉浸得如此之深，连他也无法确定他真的在自己的办公室里。他可以听见收存在他衣袋里的那只铃铛发出的声音。他感受到了和汉娜·霍尔同样的恐惧。而且我又一次触碰了她。但这一次是因为惊恐，他对自己说。他又想起他熟睡的儿子脚踝上系着那条该死的红缎带。

最终，女人说服了自己，她重新和周围的现实取得了联系，重新开始规律地呼吸。

"做得好，就这样。"格伯激励道。与此同时，他抽回了自己的手。

汉娜继续环顾四周，仍然难以置信。

格伯向书柜走去。他打开一扇柜门，取出一瓶水，往杯子里倒了些水，递给病人，这才意识到自己在颤抖。我必须冷静下来，他告诉自己。他害怕她会发现这一点。

"我死了。"汉娜重复道，惊恐地注视着他，"我死了。"

"这从来没有发生过。"

"您怎么知道呢？"她问道，几乎是在哀求。

格伯坐回到扶手椅上："如果这发生过，您现在就不会在这里了。"这是浮现在他脑海中最明显却又最不合宜的回答。他一直在跟一个患有严重妄想症的女人打交道，他不该忘记这一点。对于一个沉浸在恐惧中的人来说，强调这个不言而喻的事实并不能让她改变想法。

"我把施特罗姆农庄从记忆里消除了。"

"我很遗憾这段记忆突然浮现出来，尤其是，我很遗憾从催眠中苏醒对你造成了伤害。"

但是，汉娜仿佛在一瞬间从震惊中缓了过来。她脸上的表情变了，变回了她一直以来的冷漠神色。她将一只手伸入手提包中，取出打火机和温妮烟，仿佛什么也没发生一样。

格伯惊讶于她这个突然的变化。就好像两个不同的人格存于同一个人身上。

"他们可以听见我……"

"陌生人吗？"

"我的父母……他们从土坑上方可以清楚地听见铃铛的声音，他们之后告诉我了。但他们没有立刻把我挖出来。"汉娜长长地吸了口气，观察着格伯的反应，"他们知道我会失去知觉，但这样做的目的是要验证我能在地下坚持多久，铃铛是用来让我相信我可以求助的，但事实上，这只是为了让我乖乖听话。"

"您认为他们做得好吗？"

"陌生人从来没有来过施特罗姆农庄，夏天到来的时候，我们就离开了那里。"

"我问的不是这个……"格伯坚持道。

汉娜思考着。"一个父亲和一个母亲的任务是保护自己的孩子。那个箱子是他们所能想到的最好的藏身之处：陌生人不会找到我。我的父母必须不惜一切代价避免他们找到我……说到底，我是个'特别的小女孩'。"她苦笑道。

"您认为您特别在什么地方？"

汉娜什么也没说。她把烟灰弹进手工黏土做成的烟灰缸里，然后看了看时间。

"其他病人很快就会来了，也许我还是先走的好。"

格伯没什么好反对的。然后他看见女人从地板上重新拿起了她早上带来的礼品袋。

"我把这个带来送给您的儿子。"

心理师这时才发现，礼品袋里有一本用彩纸包裹的书。

"我不能接受这份礼物。"他说道，尽量显得不失礼。

对方看起来很失望："我无意冒犯您。"

"我没有感到被冒犯。"

"我想这并没有什么不对。"

"这不是不对，只是不合适。"

汉娜思考了片刻，像是在努力理解被她遗漏的含义。"请别让我再带着它回旅馆。"她坚持道，再一次把礼品袋递给他。

你未经允许就闯进了我父亲的房间。你接近了我的家人。我不知道你是怎么做到的，但你在我儿子的脚踝上系了一只铃铛。我不会允许你再进一步侵入我的生活。

"这对治疗不利。"他向她解释道，"我们之间有必要保持安全距离。"

"为了谁的安全？"女人反问道。

"为了我们两人的安全。"彼得罗·格伯直截了当地回答道。

他记起自己曾答应过特雷莎·沃克，他会负责弄清楚汉娜住在哪儿。既然她提到了旅馆，他便想利用这个机会。

"您住在佛罗伦萨的哪家旅馆？"他问道。

"普契尼旅馆。这家旅馆很旧，还不包早餐，但我负担不起更贵的了。"

格伯记住了这个名字。在必要的时候——或者在危急的时候——他就会知道到哪儿去找她。

女人在烟灰缸里熄灭了烟头，重新拿起自己的东西，正准备离开。但她又朝他转过身来。

"在您看来，我应该因为箱子的事对我的父母生气吗？"

他把问题抛回给她："您觉得您应该生气吗？"

"我不知道……每一次我们搬到新的声音之家的时候，我的父母都会想出一个办法来保证我的安全。那个箱子就是其中之一。在那些年里，我有过不同的藏身处：墙壁之间的间隙、家具的隔层、壁炉下的一个小密室。"接着汉娜停了一会儿，"您会为了守卫您的儿子做什么事？"

"做任何事。"格伯立刻回答道。他强调了这句话，为的是让她明白，他同样在告诫她。

汉娜·霍尔一离开顶楼，令人忧心的想法便开始在彼得罗·格伯的脑海里回旋。

如果你想要活着，就必须学会死去。

为了抚平心中的不安，格伯感觉有必要验证那女人所讲故事中某些内容的真实性。他所掌握的信息并不多，于是决定从施特罗姆农庄着手调查。

汉娜提到了一个被荒废的矿工村庄。格伯想起来，在格罗塞托、比萨和利沃诺几个省之间的矿山上有一些聚居点。

那座房子肯定在那儿附近。

不过，施特罗姆不是一个典型的托斯卡纳姓氏。但当他上网搜索时，格伯发现，实际上在十九世纪末，一个丹麦裔家庭就搬迁到了那个地区，从事养殖行业。

他打开一张带卫星照片的地图，寻找汉娜遇到溺水危险的那条河。他追溯河流，确定了一个树林茂密的地点。他又放大图片，在一条小溪旁分辨出一片几乎被植被完全遮盖的废墟。

那座农庄还在那里。那个牲口棚还在那里。那棵栗子树还在那里。汉娜·霍尔或许正是在那棵树下体验到了被活埋的感觉。

您会为了守卫您的儿子做什么事？

在接下来的几小时内，格伯本应致力于治疗他的小病人们，但他无法集中精力。早上的经历给他留下了巨大的影响。而且，汉娜在离开前的最后一句话使他恐惧。她想说什么？那是一个威胁吗？

正在发生的是他职业生涯中可能出现的最糟糕的麻烦：病人在试图取得掌控。通常，这种情况足以让他立刻终止他们的关系。但是，他很清楚，在催眠治疗中，这是不可取的。无论如何，他感觉这段治疗正在超出他的掌控。

快到中午时，在结束了对一个常做噩梦的九岁小女孩的治疗后，他决定休息片刻，给妻子打个电话。

"你想我了吗？"她问他，对于这意料之外的新鲜事感到愉悦又惊讶，"你通常不会在上午给我打电话。"

西尔维娅常常抱怨丈夫不懂找准时机，但这一次她似乎很高兴。

"我想聊几句天，仅此而已。"他不自在地为自己辩解道。

"今天过得很糟吗？今早吃早餐的时候，我就觉得你不太顺心。"妻子说道，想起了他走出家门的样子：步履匆匆，面色阴沉。

"今天确实不怎么样。"格伯承认道。

"别跟我说这个。"她抱怨道，"今早在事务所，我不得不忍受一对新婚夫妇，他们一过完蜜月就产生了一种谋杀对方的本能冲动。"

"时隔三年，我再次走进了那个被锁上的房间。"格伯打断了她的话，他不知道自己为什么要这么做，也没有向她补充细节，关于他怎么会走进《丛林之书》里的那片森林的细节。

西尔维娅沉默了良久："那你现在有什么感觉？"

"感觉不知所措……"

他的妻子和B先生从来没见过面。显然，他父亲也没来得及看到小孙子出生。彼得罗·格伯在父亲去世几个月后才遇见这个他想要共度一生的女人。他们很快就订了婚。有人会说，这是一见钟情。

事实是，他需要找到她。

他一直在寻找这样一个人，为此花费了不少工夫。他感到有必要建立一个新家庭，开始新生活，因为他成长的家庭已经成了一段关于过去的痛苦回忆。也许他对结婚生子的渴望并非一件好事。西尔维娅当时可能还需要一点儿时间。他们没有经历过订婚初期无忧无虑的时光，在他们对彼此一无所知的时候，一点点地了解对方本是一件美好的事。然而在决定共同生活的那一刻起，他们将一切都置于危险之中。尽管后来一切都走上了正轨，他们二人却都觉得，他们跳过了从相遇到承诺相守一生之间的过渡阶段。

"你为什么从来不跟我谈起他呢？"

格伯没有意识到自己正紧握着手机，指关节因绷紧而泛白："因为我甚至无法把他称作'我的父亲'……"

她也注意到了这一点，但他们从来没有谈论过这个话题。格伯早就开始称他为B先生了，模仿的是巴鲁先生——父亲负责治疗的孩子们通常都这样称呼他。格伯主要是想借此来表达对已故父亲的蔑视。

"你从来都不想告诉我你们之间发生了什么。"西尔维娅断言道，带着明显的不满。

但格伯没有勇气向她坦白自己的秘密："我们可以换个话题吗？拜托了。我甚至不知道自己怎么会提起这回事。"

"好吧。只有一件事，"妻子坚持道，"如果你真这么恨他，为什么要和他干同一行？"

"因为等到我发现他的真面目时，已经太迟了。"

西尔维娅把这件事按下不提了。他为此而感激她。也许有一天他能够告诉她真相，但就现在而言，到此为止吧。

"我的助理刚才带来一个包裹。"当他们正准备挂断电话时，她说道，"我本想回家再跟你说的，但既然我们打了电话……"

"什么包裹？"格伯警觉地问道。

"似乎是一本书。有人把它留在我的事务所送给马可。"

他迅速结束了通话，尽可能不吓到西尔维娅。然后他重新拿上防水外套，气喘吁吁地跑下楼梯，叫了一辆出租车。

焦虑正在吞噬他：想到他的儿子——他的孩子——可能因为他的过错而陷入危险，他既感到脆弱，又感到愤怒。

他告诉出租车司机幼儿园的地址，请求他尽可能地加快速度。即便如此，他仍觉得这段路程长到了极点。

您会为了守卫您的儿子做什么事？

汉娜·霍尔说的是"守卫",不是"保护"。谁知道她是不是偶然选用了这个词。但在他看来,那个女人给出的信号没一个是偶然的。

来到幼儿园,他付了车费,冲向大门。跨过门槛后,他停下脚步,惊讶而又迷惑。他立刻感到一阵无力。

迎接他的是十来只铃铛的清脆声响。

跟随着铃声,他走过长长的走廊,一直走到有着管道迷宫、滑梯和充气垫的公共休息室。在那儿,一位女老师终于前来接待他。

"马可爸爸。"她认出了他,热情地说道,"您怎么会这么早就来接他呢?"

格伯看见儿子和其他孩子在一起玩耍,爬上架子,又钻进管道。他们的脚踝上全都系着一条红缎带。缎带上系着一只小铃铛。

格伯在衣袋里翻找,取出他昨晚从儿子的脚踝上解下的铃铛。根据汉娜·霍尔所讲的故事,这个被施了魔法的物件是用来将人从死者的地界召回人世的。

"这是我们已经做了几天的声音游戏。"女老师在他开口提问前解释道,"孩子们玩得很开心。"

但是,彼得罗·格伯不知道自己是因此感到更加轻松还是更加紧张了。

13

"如果汉娜·霍尔注意到了马可脚踝上的铃铛，那就意味着她在催眠中对这个细节说了谎。"

"重点是，那个女人见过我们的儿子。"西尔维娅怒气冲冲地提醒他，"这意味着她从远处观察我们，甚至可能还跟踪我们。"

"为什么她一定要在她的故事里故意插入一个谎话，即便知道我很有可能会发现？"

"也许是因为她是个精神病人？"妻子提醒他道。

但彼得罗·格伯并不甘心。这就像她在纸上写下阿多名字的那件事。这些怪事加重了那女人身上的谜团，把他弄得发狂。

西尔维娅不耐烦地听着丈夫从头叙述和汉娜·霍尔接触后发生的所有事情。正如他猜想的那样，她为这件事的走向感到忧虑。他们已经在家中的客厅里讨论了半个小时，甚至跳过了晚饭，因为两个人都无心吃东西。整个气氛都很紧张。他们必须赶紧找到解决办法，以免为时已晚。

西尔维娅坐在沙发上，继续翻看着汉娜送给马可的那本书。

《欢乐农庄》。

一点儿也不欢乐，彼得罗·格伯在把它和施特罗姆农庄快速类比之后，对自己说道。又一次，汉娜想要向他传递一条令人不安的加密信息。这条信息可以有上千种解释，其中许多种解释光是想一想就令人恐惧。

这就像一个残酷的解谜游戏：每一次他试着解出一个谜题，就发现谜底中藏着一个更加晦涩的谜题。

"我不喜欢这件事。"西尔维娅说道。

"也许汉娜·霍尔只是在试着告诉我一些事，如果我无法理解的话，这是我的错。"

西尔维娅突然从沙发上站起身，将那本童话书扔到地上："你为什么要维护她？可能是因为你无法接受她在操纵你这个事实，对吗？"

她很愤怒，格伯不能怪她。

"你怀疑过她有没有在关于铃铛的细节上说谎，却没有怀疑过她的整个故事是否都是谎言。这真荒谬！"

"她的回忆太生动了，不可能是想象的结果。"他反驳道，"天哪，当她在今天的催眠中以为自己被埋在地下的箱子里时，我看见她几乎要窒息了。"

格伯意识到自己把音量提得过高了。想到马可已经睡了，他沉默了片刻，害怕把他吵醒。但他们并没有听见从儿童房里传来任何哭声。

"听我说。"他一边说着，一边靠近妻子，"如果她是个骗子，我们很快就会知道：她在澳大利亚的心理师已经委托了一名私家侦探去调查她的背景。"

这让他想起来，特雷莎·沃克答应过要把她和汉娜的第一次——也是唯一一次——治疗的录音通过邮件发送给他，但她还没有发过来。

"还有另一件事。"他认真地补充道，"我一开始认为她小时候杀死了那个小男孩的故事是一段假记忆，是因为她精神脆弱又渴求关注才产生的……现在我确信汉娜·霍尔所说的是事实。"

西尔维娅看上去平静了下来："如果你觉得她没有说谎，那么你认为真相是什么？"

"你还记得二十世纪五十年代的那个案子里，那位母亲因谋杀自己的儿子而被判刑吗？"

"记得，那是大学时犯罪学考试的内容。"

"那你还记得我对于那个案件的论点是什么吗？"

"大儿子是杀害弟弟的凶手，于是母亲为了救他，替他顶了罪。"

是被视作一个杀人的母亲，还是被视作一个杀人犯的母亲？彼得罗·格伯问过自己，想象着那个女人反复挣扎时的疑虑。

"你提到这个是想跟我说什么？"

"汉娜·霍尔声称她杀死了阿多，当时她年纪太小，还无法意识到自己行为的严重性……我认为阿多是她的兄弟。"

西尔维娅开始明白了："在你看来，她的父母隐瞒了谋杀一事。为了防止女儿被带走，他们就开始从一个地方搬到另一个地方？"

他表示同意。

"他们不断改变身份，是因为他们在逃亡。如果某个爱管闲事的人问起汉娜的名字，她就会用一位童话故事中的公主的名字来回答。"

"不仅如此，"格伯肯定道，"你知道，如果没有遭受脑损伤，记忆是不会被删除的。比起生活中的其他任何事件，心理创伤更会给人留下无形却深重的伤痕：埋藏在潜意识中的记忆迟早会重新浮现出来，有时候会以其他形式出现……那名为儿子牺牲自己的母亲以为这样可以拯救他，实际上却让一名杀人凶手逍遥法外。他保留着有关自己杀人行径的记忆，却没有首先考虑清楚这种行为的严重性和意义。因此，他有可能在任何时刻重复这种行为。"

想到汉娜可能会重复自己的罪行，他感到一阵战栗。

"汉娜·霍尔的父母知道，仅仅在逃跑时带着尸体藏匿行踪是不够的……"西尔维娅总结道。

"他们必须向女儿隐瞒发生的事情。"格伯肯定道，"于是他们就编造了关于'陌生人'的故事，然后是在施特罗姆农庄消失的一家三口。"

"演了一场戏。"

"是一种洗脑方式。"格伯纠正道，"把她活埋是他们的治疗手段。"

为了说服她这是为了她好，母亲让她相信她是一个"特别的小女孩"。

西尔维娅重新坐在沙发上，向后躺倒，感到心烦意乱。彼得罗很高兴妻子赞同他的推论，但他主要是高兴她又重新站在他这边了。

"你会让她离我们远远的，对吧？"她不安地问道。

"当然。"他向她保证道。他完全不希望汉娜进一步干涉他们的生活。

西尔维娅平静了下来。于是他让她安静地待一会儿，自己则从地板上捡起那本《欢乐农庄》。书是敞开的，被倒扣着扔在地上。格伯捡起书，但在重新合上它之前，他漫不经心地看了看其中一幅插图。

那幅图把他打了个措手不及。他开始狂乱地翻动起汉娜·霍尔的这件礼物，想弄清楚这个荒谬的新谜题是什么意思。

他唯一能说出的一句话是："我的天哪……"

14

游戏室里的东西从不改变。

只有这样，孩子们才会对这个环境感到熟悉，在接受问询时才能不受干扰。那些因使用而磨损的玩具会被及时更换。填色书、铅笔和蜡笔永远是全新的。

每一次，其他客人留下的痕迹都会被抹去。每个小孩子都应该觉得这个地方是专为他而设的，就像母亲的子宫一样。

为了让催眠奏效，需要帮助孩子形成习惯。每一个对现状的改变都有可能扰乱治疗，有时甚至会产生毁灭性后果。

节拍器衡量着一段只存在于这四面墙间的时间。每分钟四十下。

"最近怎么样，埃米利安？你还好吗？"当确定小男孩的确已经进入轻微恍惚的状态后，格伯问道。

小男孩正忙于完成一幅蒸汽火车的画，点点头表示肯定。他们两人坐在小茶几旁，面前摆着一沓纸和许多可供选择的颜料。

这天早上，这个白俄罗斯小男孩穿着一件有点儿紧身的T恤衫，突出了他身上厌食症导致的衰弱迹象。格伯试着不让自己被他瘦弱的外表影响：被小男孩"指控"的五个人的生活正岌岌可危。

"你记得你上次跟我说了什么吗？"他问道。

埃米利安再次表示肯定。格伯不怀疑他还记得。

"可以请你重复一遍吗？"

小男孩犹豫了一会儿。格伯很肯定他理解了这个要求，但不知道他是否愿意把故事重复一遍。然而，从他们中断的地方继续讲下去是很重要的。

"我当时正像现在这样画画，然后听见了一首关于好奇小孩的童谣……"埃米利安开始低声讲述，仍然专心致志，"于是我走到地下室……妈妈、爸爸、爷爷、奶奶和卢卡叔叔都在那儿。但他们脸上戴着面具，动物面具。"他详细解释道："一只猫、一只羊、一头猪、一只猫头鹰和一头狼。"

"但你依然能认出他们，对吗？"

埃米利安平静地发出两个短促的音，表示同意。

"他们当时在做什么，你还记得吗？"

"对的，他们都光着身子，在做网上的那些事情……"

格伯想起来，埃米利安选择了这个非常有效的转喻方式来描述性行为场面。他用几乎同样的词来确认上一次庭审时讲的故事，这让人欣慰。他的记忆清晰明了，没有被更多的幻想干扰。

格伯抬起目光，朝着安装着镜子的那面墙看了片刻。他无法看到安妮塔·巴尔迪的表情，但他知道这位未成年人法庭法官正在再一次问她自己，这个说法是否与事实相符。他也能想象出被告人紧张的面容：谁知道此刻埃米利安的养父母、祖父母和收养机构的负责人卢卡的脑海中在想些什么。他们未来的生活取决于这个六岁的小男孩将会说出或不会说出的话。

"你还在其他时候去过地下室吗？"

小男孩摇头表示没有，展现出毫无兴趣的样子。于是，为了让他回到当时的场景，格伯开始重复那首童谣——埃米利安那晚听见了这首童谣，并在它的指引下走到了涉案现场。

"有个好奇小孩，在角落里玩耍，在寂静黑暗里，听见一个声音。开玩笑的幽灵，唤了他的名字，他想要吻一吻，这个好奇小孩。"

埃米利安拿起了一支黑色蜡笔。格伯注意到他开始修改自己的画。

"茶点……"他说道。

"你饿了吗？你想吃点儿东西吗？"格伯问道。

埃米利安没有答话。

"到吃茶点的时候了吗？我不明白……"

小男孩可能在试着转移话题。但小男孩抬起目光看向他，接着又看向镜子。格伯觉得他是在用关于茶点的话来干扰在屏障后听他说话的人。埃米利安想要引起注意——但只想要引起他的注意。于是，格伯把精神集中在那幅画上。他一点儿也不喜欢自己看见的内容。

彩色的火车被改成了一张脸——双眼锐利，却没有瞳孔，嘴巴巨大，牙齿尖利。

在这些模糊的面部特征中凝聚着他童年中所有的焦虑和恐惧。你小时候的那些怪物虽然不见了——格伯想起来——但它们还在那里。你看见了它们。

画完这幅画的时候，小男孩给它起了个名字。

"马奇。"他低声为它命名道。

格伯明白，是时候把这个天真的孩子从他的噩梦中解救出来了。在游戏室里，所有东西永远都是一个样，什么都不会改变，然而格伯带来了一件意料之外的新东西。他把埃米利安面前的纸张挪开，向他展示治疗开始前藏在这些纸下面的东西——汉娜·霍尔送给马可的童话书：《欢乐农庄》。

"你看过这本书吗？"他问道。

小男孩端详了它片刻，但一言未发。心理师开始翻动这本简短的插画书。在关于农庄的画中，常常出现同一群柔顺的主角。

一只猫、一只羊、一头猪、一只猫头鹰和一头狼。

一小时前，在格伯的指示下，一位社会工作者已经搜查了小男孩的房间，并找到了一本同样的书。

格伯发现细小的泪珠开始从埃米利安的脸庞上滑落。

"放心，一切都会好的。"格伯鼓励道。

然而，一切都不好：一股全新的、强烈的情感闯进了游戏室的安谧中。像幽灵一样的小男孩被揭穿了，现在他感到自己被暴露、被羞辱。

于是埃米利安把头埋进自己的画里，细声细气地重复道："我的茶点总是很糟糕……"

小男孩支支吾吾，明显很慌乱。

格伯认为这样足够了："现在我们从十开始倒数，然后一切都会结束，我向你保证。"

那位社会工作者来游戏室接走了埃米利安。格伯在庭审中设计揭穿他后，小男孩就被接到了慈善机构。但现在格伯无法知道他的命运将会如何。

在他把养父母指作怪物之后，他们还愿意照料他吗？

心理师又在游戏室里待了一会儿。他从自己的座位上起身，走去关掉节拍器。他在大厅里的无声寂静中寻求慰藉，注视着镜子里映出的自己的脸庞。在镜子后已经没有人了。他精疲力竭，对埃米利安感到歉疚。每一次揭穿一个孩子的谎言时，他都会有这样的感受。因为他明白，即使是在最糟糕的谎言中，也永远藏着一丝真相。那真相由恐惧和抛弃构成。

埃米利安的养父母没有犯任何错。但令格伯担忧的是，真正负有责任的人安然逃脱了。他们没有隐藏在令人不安的动物面具后。不幸的是，他们就是把他带到世上来的妈妈和爸爸。

心理师带着汉娜·霍尔送的书出门来到走廊上，把它交给了书记员，让这本书作为辩护证据。他问自己，他那位女病人怎么会知道埃米利安的案子。然后他不得不再一次承认，他什么也没弄明白。是汉娜具有超自然的能力，抑或是无数次的巧合之一？两种情况都很荒唐，所以他立刻厌烦地排除了这两个想法。

正当他忙于寻找一个合乎情理的解释时，他看见不远处聚集了一群人。

被告们正在与辩护律师和前来支持他们的那些人交谈。正如预料的那样，他们感到宽慰。案子尚未判决，但结果已经能预见了。夫妻二人非常年轻，正跟他们握手道谢。祖父母明显很感动。这些人无论如何不会想到自己会站在审判庭里，被迫面对一个有损名誉的指控，为自己辩护。但是，看着他们拥抱，格伯无法不为可怜的埃米利安深感遗憾，因为他失去了拥有一个家庭的机会。

"你准备什么时候把最终报告交给我？"

格伯转过头，立刻与巴尔迪目光交汇："等我决定好要不要再和埃米利安交谈一次后，就把报告交给您。"

巴尔迪显得很惊讶："你想要再听他讲什么？为什么？"

"我们不想弄明白他为什么要说那个谎吗？"他回答道。

"遗憾的是，我们已经明白了，答案在于他在白俄罗斯遭受的暴力和虐待。但对埃米利安来说，向新家庭报复更加简单。你听到了，不是吗？'我的茶点总是很糟糕'。"巴尔迪重复道。

"您认为他是在寻找借口吗？"格伯感到难以置信。

"不管怎么说，被揭穿的说谎者倾向于归咎于他人：连六岁的说谎者也会这样……'我不喜欢茶点，所以我编造了关于地下室的整个故事'。"

"那么，您认为这个小男孩是在刻意报复？"

"不。"巴尔迪反驳道，"我认为他仅仅是个小男孩。"

他们停止了交谈，因为这时卢卡正在招呼他的同行者：他让他们聚集在一起，为埃米利安祈祷。不一会儿，他们排成一圈，低下头，闭着眼睛，互相牵着手。

就在这时，格伯抓住了一个不寻常之处。

在没人能看见的时候，埃米利安的养母——一位相当令人喜爱的女士——脸上浮现出一抹微笑。那笑容既不表达欣慰，也不表达感谢。非要形容的话，那就像是一个心满意足的笑，在她和其他人一起眨眼的瞬间就消失不见了。

格伯正要提醒巴尔迪注意这一点，但他停下了，因为他衣袋里的手机开始振动。他取出手机，在屏幕上读到一个已经很熟悉的号码。

"沃克医生，我昨天就在等您打电话来。"他算了算时间，如果在佛罗伦萨大约是正午，在阿德莱德就差不多是晚上九点半，"您应该把汉娜·霍尔第一次接受催眠治疗的录音用邮件发给我，您记得吗？"

"您说得对，对不起。"她语气激动道。

"发生什么了？"格伯问道，他凭直觉意识到出了状况。

"我很抱歉，我很抱歉。"沃克多次重复道，"我很抱歉让您卷进了这一切……"

15

她在试着告诉他什么？特雷莎·沃克有什么应该感到"抱歉"的呢？她说她让他卷进了什么？格伯感觉自己受到了欺骗。

他快速离开法院，来到街上，正像他第一次和沃克通话时那样。在这种似曾相识的不安中，一阵寒风从大楼上刮下来，冲击着他的脸：现在也要下雨了。

"请您冷静些，试着跟我解释清楚。"他说道，试图让沃克平静下来。

"我本该立刻告诉您的，但我害怕……您让我把跟汉娜的第一次治疗录音发给您，于是我意识到自己犯了一个错误。"

格伯依然很困惑："您故意不把文件发给我？您是想告诉我这个吗？"

"是的。"她承认道，"但我是出于好意，请相信我……等您听完录音后，请您立刻打电话给我，其他的我会亲口告诉您。"

这份录音里有什么？沃克之前决定向他隐瞒什么秘密？尤其是，这为什么现在才成了问题？格伯凭直觉明白另有蹊跷。那是一件非常严重的事。他暂且搁下录音的事，专注于当下的谈话。

"好吧。"他简短地说道，"但您现在为什么这么慌乱？"

"我的侦探朋友结束了对我们这位病人的调查。"

格伯想起沃克提过会寻求一位熟人的帮助，但他没有料到会得出令人忧虑的结果。看来是他想错了。

"在澳大利亚有六个女人名叫汉娜·霍尔。"沃克继续道，"但只有两个人年龄在三十岁左右……一个是国际知名的海洋生物学家，但我马上就意识到她和我们认识的那个人不是同一个。"

格伯表示同意："另一个是谁？"

特雷莎·沃克停顿了一会儿，带着喘息的声音，十分惊恐："另一个两年前试图在光天化日之下抢夺一个新生儿，把他从公园里的婴儿车中带走。"

不知不觉间，格伯逐渐放慢了脚步，直到完全停下。

"她没能成功，因为孩子的母亲开始叫喊，她就逃走了。"

他无法相信自己从电话中听到的一切。

"格伯医生，您还在吗？"

"在。"他确认道，但已无法呼吸。谁知道他为什么确信这个故事不会就此结束。

"几个小时后，警方找到了汉娜。当警察去逮捕她的时候，他们在她家里找到了一把铁锹和一只小木匣。"

格伯突然感到疲惫不堪，他害怕手机会从手中滑落。他背靠在一座房子的墙上，俯下身，浑身颤抖，等待着更糟的结局。

　　"在诉讼中没能证明这一点，但警察怀疑汉娜·霍尔意图将那个新生儿活埋。"

7月7日

这一天会永远扰乱彼得罗·格伯的生活，它以一个澄澈的黎明开始。佛罗伦萨夏季的天空有一道玫瑰色的光，但这道光一落在屋顶上就成了琥珀色，尤其是在清晨。

实习期结束后，格伯用他作为儿童心理师的第一笔工资，立刻在卡诺尼卡大街上租了一间公寓。公寓位于一座旧大楼的顶楼，楼里没有电梯，想要到那里，就不得不徒步爬八层楼梯。把它称作公寓实在有些夸大。事实上，它只有一个小房间，里面勉强能放进一张单人床。没有衣柜，衣服都挂在从天花板上牵下来的绳索上。有一个做饭的角落，厕所藏在一扇屏风后：当有客人要过夜时，就得轮流用厕所，另一个人得在楼梯平台上等。

但这个小小的地方允许他完全独立。他并不讨厌和父亲一起住在家里，但到了三十岁，他认为重要的是拥有一个自己的地方，承担起一些小小的责任，比如付账单或供养自己。

另一个好处是，当他有新的追求对象时，可以不必再光顾旅馆——这个狭窄居所的花费也更少。因为有一件事是彼得罗无法放弃的：追求女人是他的一大爱好。

女人们都说，年轻的格伯是个美男子。他感谢上帝，因为自己并没有遗传父亲的鼻子和难看的招风耳。最讨女孩子喜欢的是他的微笑。"仿佛有磁力"——她们通常这样定义它。是那三个酒窝的魅力，他说，强调了"三"这个不对称的奇怪个数。

与他的许多同龄人不同，格伯脑中从来没有浮现过组建家庭的想法。他不能想象自己和同一个人共度一生，也毫无生儿育女的意愿。他喜欢小孩子，否则，他不会选择和父亲一样的职业。他认为小孩子的复杂程度令人感到不可思议，这使得他们比成年人更加有趣。尽管如此，他无法设想自己作为一个好父亲的样子。

那个七月的早晨，彼得罗·格伯在六点四十分醒来。阳光透过百叶窗，温柔地滑过迷人的布里塔妮赤裸的背部，仿佛一块金色的汗巾，突出她肩膀的完美曲线。彼得罗翻过身，侧目观赏这位俯身睡着的美人身上独有的景色：栗色头发长长地披下，但露出了一部分迷人的脖子；双臂交叉着放在枕头下，像一位跳舞的美人；被单包裹至腰部，隐约露出她雕塑般的臀部。

他们认识还不到一天，在当晚的航班把她带回加拿大前，他们就会告别。但彼得罗·格伯决定，他会让她在佛罗伦萨的最后几个小时变得难以忘怀。

他准备了一个完美无缺的小计划。

早餐他会带她去吉利咖啡馆吃面食，然后去圣塔玛利亚诺维拉附近的著名香料药坊买古龙香水和化妆品。这样的安排绝不会出错：女孩子们都发疯似的爱去那儿。接着是一场游览，专为探索在旅行指南里找不到的秘密风光。之后开着敞篷跑车到马尔米堡去吃洛伦佐绝妙的维西利亚风味意面。但与此同时，当格伯等待他年轻的女友醒来时，他开始想起他的父亲。因为这些热情是他传给他的。

巴鲁先生热爱他的城市。

只要可以，他就喜欢四处闲逛，发现佛罗伦萨新的事物、气味和人。所有人都认识他，所有人都向他打招呼。他瘦高个儿，永远穿着博柏利外套，即便在晴天也戴着宽檐挡雨帽。夏天他穿着方便的齐膝短裤和印花衬衫，但也穿着糟糕的皮凉鞋。他走过时绝对会引人注意。他离家前会在衣袋里装满彩色小气球糖果，之后再把这些小玩意儿一视同仁地分送给大人和小孩。

在彼得罗小时候，他的父亲会牵起他的手，带他在城里游逛，向他展示那些他之后会用来给女孩子惊喜的东西。比如维琪奥宫一面外墙上雕刻的人脸，据说这是米开朗琪罗雕刻的一个死刑犯的面部轮廓，在犯人被带往刑场时，他恰巧经过；或者本韦努托·切利尼[1]的自画像，它被藏在他的《珀尔修斯》的后颈上，只有站上佣兵凉廊[2]，从后方看向这座雕塑时才能发现；还有出现在一幅十五世纪的圣母像上的不明飞行物；或者在瓦萨里走廊[3]展出的古代儿童肖像移动画展。

---

1 本韦努托·切利尼（Benvenuto Cellini，1500—1571），意大利文艺复兴时期的雕塑家，下文的《珀尔修斯》是其雕塑作品。
2 佣兵凉廊是佛罗伦萨著名古建筑，位于领主广场，建于14世纪。
3 瓦萨里走廊是连接佛罗伦萨两座古建筑维琪奥宫和皮蒂宫的通道，建于16世纪。

但是，在所有稀奇古怪的事物中，从彼得罗小时候起就一直给他带来极大震撼的是"弃婴轮盘"，它位于育婴堂[1]外部，可追溯至十五世纪。这是一个旋转的圆柱形石盘，就像一个摇篮。无力抚养新生儿的父母会把孩子放进这个装置里，然后拉动一条系着铃铛的细绳，提醒修道院里的修女。修女们会转动圆盘，抱出新生儿，这样孩子就不必被迫在露天中待得太久。这个发明主要的好处是可以让遗弃孩子的人保持匿名。在接下来的几天里，这些孩子会被展示在公众面前，以便让愿意照料他们的好心人收养，或者为了让内疚的亲生父母有机会再领回孩子。

通常，彼得罗的女伴们听到这个故事会很感动。这对他来说是好事，因为从那一刻起，他几乎就能完全肯定，不久之后他就会把她们带上床。他从来不对感情抱有太大信任，他会毫不费力地承认这一点。既然他不知道如何坠入爱河，也就不觉得自己会被一个女人所爱。这也许是因为在他的成长过程中缺少一个作为参考的女性形象：他的父亲很早就成了鳏夫。

巴鲁先生做了他力所能及的事。他搁下巨大的悲痛，负担起养育一个年仅两岁的孩子的责任，而这个孩子对他的母亲没有任何记忆。

直到上小学，彼得罗从来没有问过关于母亲的任何事，也并不想念她。他无法为一个他从来不认识的人感到悲伤。他的妈妈是一位美丽的女士，她出现在一本皮质装帧的旧相册的全家福里，仅此而已。

1　佛罗伦萨育婴堂建于15世纪，是佛罗伦萨乃至欧洲最早的慈善性孤儿院。

但是，在六岁到八岁时，他心中有时会跃出某些东西。

在那段时间里，他纠缠盘问过父亲：他想要知道一切——她的声音是什么样的？她喜欢什么口味的冰激凌？她什么时候学会骑自行车的？或者她小时候的洋娃娃叫什么名字？遗憾的是，父亲并不知道所有的答案，常常不得不即兴发挥。但是，在那段时间过后，他的好奇心毫无缘由地完全消散了。他再也没有问过任何事。仅有的几次，在家里提起这个话题时，他们在几句毫无结果的话之后便结束了谈话。但是，有一句话是父亲每一次都会说的。

"你的母亲非常爱你。"

这就像是一个借口，为了勾销她在他出生仅仅二十一个月后就去世的过错。

在很长一段时间里，彼得罗都没有看见巴鲁先生和其他女人在一起。他甚至从来没有问过为什么。但是，在他快九岁的时候，发生了一件事。一个星期天，他的父亲带他去吃维沃利冰激凌。这次出行看上去像一段平淡无奇的闲逛。在路上，父亲再一次向他讲述，这种冰镇甜品是在佛罗伦萨发明的，它第一次出现是在美第奇家族的宫廷里。然后，当他们坐在那家历史悠久的冰激凌店外面的小桌旁时，一位优雅的女士走近他们，父亲介绍说，她是"一位朋友"。小彼得罗立刻意识到，这场相遇并不像他们两人希望他相信的那样是出于偶然。相反，这是为另一个目的预先安排好的。无论那是什么目的，他都不愿意知道。为了表明自己的态度，杯子里五颜六色的榛子巧克力味冰激凌，他甚至一勺也没尝。他任由冰激凌在他们沉默的注视中融化，脸上显出只有小孩子才知道如何表现出的凶狠模样。他从未有过一个正式的母亲，也不想要一个替代的母亲。自那以后，他再也没见过那个女人。

许多年后，在那个七月的清晨，迷人的布里塔妮开始在床上屈身扭动，预示着她即将醒来。她转向彼得罗，在睁开她那双绿眼睛后，赠予他一个最灿烂的微笑。

"早安，加拿大东部光彩照人的女孩，欢迎来到佛罗伦萨的美好清晨。"他一边庄重地问候她，一边拍拍她的臀部，轻吻她的双唇，"我为你准备了一大堆惊喜。"

"是吗？"女孩兴致勃勃地问道。

"我想让你忘不掉我。五十年后，你会向小孙子们讲起我，我向你保证。"

年轻女孩向他靠近，在他耳边低语道："向我证明这一点。"

于是彼得罗滑到了被单下。

布里塔妮让他这么做了：她向后仰起头，半闭上眼睛。

就在那一刻，他的手机开始振动起来。他咒骂了在那个不恰当的时刻打来电话的人，无论那是谁。然后他重新钻出来，接听了那个陌生号码的来电。

"是格伯先生吗？"一个冰冷的女声问道。

"是的，您是哪位？"

"我从卡勒基医院心脏病科打来电话，请您立刻到这儿来。"

这些话在他脑海中多次拆解开又重新组合起来，而他努力想要抓住它们的含义。

"出什么事了？"他问道。与此同时，从布里塔妮的脸上，他仿佛能模糊地看见自己惊恐的神色。

"您父亲出事了。"

不知为什么，这个坏消息让其他的一切突然间看上去好笑又怪诞。在那一刻，他觉得甜美的布里塔妮与她丰满的嘴唇和柔软的胸部十分可笑。他自己则感到滑稽。

抵达医院后，他匆匆赶往重症监护病房。

这个消息已经在家族里迅速传开了。在等候室里，他遇见了他的伯父伯母，以及堂哥伊西奥。还有他父亲的几个熟人，他们前来了解他的情况。巴鲁先生是个受欢迎的人，许多人都爱他。

彼得罗观察着在场的人，所有人也都看着他。他产生了一种荒谬的恐惧，害怕他们嗅到他身上布里塔妮的气味。他感到自己既轻浮又极度格格不入。在这个养育了他的男人突然心脏衰竭的时候，他却和一个女孩子在一起。在场所有人的目光中没有丝毫指责他的意思，但彼得罗仍然感到愧疚。

巴尔迪法官靠近他，将一只手放在他的手臂上："你得坚强，彼得罗。"

这位老朋友正在向他告知屋子里其他所有人都已经知道的事。他看着那些人，发现了一张熟悉的脸，尽管他只在快九岁的时候见过一次。那个女人待在一个角落里，他的父亲曾试图在某个星期天下午向他介绍她，而他拒绝和她一起吃冰激凌。她小声地哭泣着，避开他的目光。那一刻，彼得罗明白了一件他此前从不理解的事：父亲完全不是一个伤心欲绝的鳏夫，他也并非因为仍然爱着一个故去的女人才拒绝重新组建家庭。

父亲这么做是为了他。

他内心的堤坝轰然倒塌，被一阵无法承受的悔恨所淹没。一位护士朝他走来，彼得罗想象着她会问自己是否希望和父亲最后道一次别，难道这不是惯例吗？他几乎要开口拒绝，因为一想到他剥夺了父亲重新获得幸福的可能，他就再也无法忍受了。

然而她却说道："他要求见您。请您来见他吧，不然他平静不下来。"

医护人员让他穿上一件绿色的罩衫，把他带进父亲所在的病房，里面的设备仍然维持着他微弱的生命。氧气面罩盖着他的脸，露出缩成两道缝的眼睛。但他的意识还相当清醒，因为他在彼得罗刚跨过门槛时就认出了他。他开始激动起来。

"爸爸，安心些，我在这儿。"他让父亲放宽心。

父亲用仅有的些许力气抬起手臂，挥动手指，叫他到身边来。

"您不该累着自己，爸爸。"他一边嘱咐道，一边走向床头。他不知道还能对父亲说什么。每一句话都将是谎言。他想，让父亲知道自己爱他是对的，于是他朝父亲俯下身。

巴鲁先生在他开口之前低声说了什么，但因为隔着面罩，他没能听清。他又靠近了些，父亲努力重复了刚才所说的内容。

父亲揭露的事像一块巨石砸在年轻的格伯心上。

彼得罗感到难以置信又心烦意乱，离开了奄奄一息的父亲。

他无法想象父亲偏偏选择在这一刻向他透露一个如此可怕的秘密。他觉得他荒唐又无礼。他觉得他很残忍。

他犹豫地往后退了几步，向门口走去。但不是他在后退，而是他父亲的病床在远去，就像一条随波漂去的船，就像要在他们二人之间制造一段距离。它最终自由了。

在他们诀别时，他在巴鲁先生眼中看见的不是遗憾，而是宽慰。冷酷又自私的宽慰。他的父亲——他所认识的最温和的人——摆脱了那个在他心中藏了大半生的难以消化的结。

现在，那份重负完全落在他身上了。

16

雨水从车窗和挡风玻璃上滑落，形成一道道交错的细小水纹。在雨幕之外，一切都显得模糊不清，转瞬即逝。其他车辆的灯光混杂在一起，扩散放大，变得模糊，而后像海市蜃楼一般消失又重现。

格伯坐在他那辆旅行车的驾驶座上。在马可出生后，他就满怀遗憾地用它替代了那辆拉风的阿尔法·罗密欧敞篷跑车。他一动不动地注视着自己手中的手机。

屏幕上显示特雷莎·沃克发来邮件，还附有一个音频文件。

……我很抱歉让您卷进了这一切……

那是汉娜·霍尔第一次接受催眠治疗时的录音。

……等您听完录音后，请您立刻打电话给我，其他的我会亲口告诉您……

几天前，在沃克请他接手这个病例的那个清晨，这位同行告诉他，病人曾经突然开始大喊大叫，因为她的脑海中重新浮现出了关于她小时候那场谋杀的记忆。

在那通电话之后，又发生了什么变化？她没有向他透露的是什么？

格伯戴着一副连接到手机上的耳机，但他还没有勇气开始听这段录音。沃克骗了他。在那次治疗过程中，还发生了别的事情。因此，她才迟迟不把录音发给他，一直将秘密隐瞒到这一刻。

……但我是出于好意，请相信我……

让她改变主意的，是她的私家侦探朋友发现的事情：汉娜试图抢夺一个年纪很小的孩子。

……在诉讼中没能证明这一点，但警察怀疑汉娜·霍尔意图将那个新生儿活埋……

彼得罗·格伯做了个深呼吸，大型超市的停车场对他而言是一个完美的藏身之处。在这个冬日的黄昏，人们匆匆去购物，然后早早回家。在暴风雨中，他把自己关在驾驶室里，没人注意到他，没人能看见他。然而他并不感到安全。

无论录音里的内容是什么，都能把沃克吓得不轻。

……我本该立刻告诉您的，但我害怕……

格伯在感到自己做足了准备后，将右手大拇指落在了手机屏幕上。只需要一个简单的动作——在邮件里的图标上轻按一下，就能打开地狱之门。

录音机的噪声。麦克风被放置到正确的位置，但同时也蹭到了别的东西。

"那么，您准备好开始了吗？"首先传出的是特雷莎·沃克的声音。

短暂的停顿。

"是的，我准备好了。"汉娜·霍尔回答道。

一声机械声响：发条在齿轮间转动。当装置上足了发条后，开始播放一段浪漫的、不协调的旋律。

每一位催眠师都使用自己的方式让病人进入恍惚状态。格伯偏好用节拍器，这样做很老套，但也不失雅致。B先生用迪士尼的老动画电影里的歌曲。其他催眠师会简单地变换着音调说一些暗示性话语，或者调节灯光。让钟摆或钟表在病人眼前摇晃的主意是电影的虚构产物，让病人注视一个螺旋体转动同样如此。

沃克使用的是一个音乐盒。

音乐声持续了一分半钟，然后开始放缓。格伯想象着，随着音乐声渐渐消逝，病人也在慢慢进入昏睡状态。

"汉娜，我想要你回到过去的时光……我们从你的童年开始……"

"好的……"汉娜回答道。

沃克的语调是慈爱和令人安心的。事实上，这应该作为整理记忆的常规治疗的开头。在这种氛围中，没有什么会预示一个令人不安的结局。

"我来向你解释我们要做的事……首先，我们要去寻找一段幸福的回忆：我们会用它作为你潜意识中的向导。每一次有东西让你不安或感到奇怪时，我们就会回到那段记忆，你就会重新感觉好起来。"

"没问题。"

一段漫长的停顿。

"那么，你找到什么东西了吗？"

汉娜吸了口气，然后呼气："花园。"

17

爸爸非常清楚下一个季节从何时开始。他只需观察植物的根。或者，他闻到风的味道就能预料到夏天什么时候到来，或者什么时候会下雪。在某些夜晚他会观测天空，根据某些星星的位置告诉妈妈在菜园里种什么最好。

我们不需要时钟，甚至不需要日历。所以他们不清楚我的确切年龄。什么时候过生日由我自己决定：我选择一个日子，然后告诉父母。妈妈会做一个砂糖面包蛋糕，然后我们会一起庆祝。

正值春天，我们刚搬到这个地区不久。我这次的名字叫山鲁佐德，声音之家位于一个荒废的果园边缘。

那个花园。

那些树没有因为缺乏照料而枯死，反而自由生长，于是我们整个夏天都会有水果吃。

房子位于一座小山丘的顶部，不大，但在那上边可以看见许多东西：群鸟突然飞起又滑翔至地面，和谐一致地飞舞着；尘土的旋涡在一行行树木间顽皮地相互追逐。有时候在晚上能看见远处有一些奇怪的光亮。妈妈说那是烟花，人们让它们在空中爆炸，用来庆祝。我疑惑我们为什么没有在那儿和他们一起。我没有得到答案。

房子的正中间长了一棵樱桃树。树长得很高，简直要撑破屋顶。爸爸决定把阿多安置在树下，这样树根就会保护他。但我觉得还有另一个原因：这样一来，阿多就能和我们靠得更近一些。我喜欢全家人聚在一起，妈妈和爸爸也更高兴。

春天是个美好的季节，但夏天更好。我迫不及待地想要夏天到来。现在的天气很奇怪，有时是晴天，有时会下雨。下雨的时候，我通常会读书。但我已经读完了所有书，其中一些已经读了好几遍，我感到厌倦。爸爸答应会给我找些别的书，但他还没有找到。我感到很无聊，于是我认定，我上一次生日已经过去够久的了。晚上，我走进厨房，郑重地告知爸爸妈妈，第二天是我的生日。像往常一样，他们对我微笑，并表示同意。

第二天，一切都准备好了。妈妈点燃了烧木柴的炉子，但不仅仅是为了做那著名的砂糖面包蛋糕。她还做了很多非常美味的食物。这天晚上，等爸爸带着找给我的礼物回到家时，我们将会有一场令人难以置信的盛宴。

下午很快就过去了，我快乐得永远无法忘记这一天。最让我激动的是为生日宴做准备。我等待着那个时刻的到来，一切都会变得更加美好。整个世界都被我的喜悦感染了。

为了生日宴，妈妈在樱桃树周围点了许多蜡烛，并在树枝上系了一些彩色布条。她铺了一条床单，在上面放置食物，还有一壶柠檬水。爸爸弹着吉他，我们唱着我们的歌谣。我用我的铃鼓给爸爸伴奏。然后我独自继续唱下去，而爸爸放下乐器，搂住妈妈的腰，邀她跳舞。她笑了，任由他带着她跳。只有他知道如何让她笑得这般开怀。裙摆扬起，露出她的脚踝，她那双裸露在地上的脚美极了。她直视着他的双眼，而爸爸的目光也无法从她的眼睛上挪开。只有她知道如何让他感到这般幸福。我太快乐了，几乎要哭出来。

接下来是送礼物的时刻。我欣喜若狂。通常我不会收到太大的物件，因为我们重新出发时会很难带走。爸爸会为我做一把弹弓，或者用木头雕刻一些小玩意儿：有一次，我收到了一个漂亮的海狸木雕。但这一次不同。爸爸从家里消失了一段时间，当他回来时，他带着一辆自行车。

我简直无法相信。一辆专属于我的自行车。

这不是一辆新车，有点儿生锈，一只轮子和另一只不一样。但这有什么要紧？这是我的自行车。我从未拥有过一辆自行车，这是第一辆。我高兴得忘记了我其实不会骑车。

我没花多长时间就学会了骑车。爸爸为我上了两堂课，但在摔倒过几次后，我就停不下来了。我上气不接下气地在一行行树木间骑车飞奔，妈妈说从家里都能看见我激起的飞尘。我们订立了一个协议：我知道，当我们离开的时候，我必须留下这辆自行车，但爸爸承诺，我会拥有别的车。但是，没有任何一辆车和这一辆一样。没有任何自行车和我的第一辆自行车一样。

我的头发长长了许多，现在已经长到我的后背下部了。我为自己的头发感到非常骄傲，它们和妈妈的头发一样长了。她说，如果我不想剪掉头发，至少得把它们束起来。她给了我她的一只发夹，爸爸非常喜欢的那只带有蓝色花朵的发夹。我很清楚她有多爱惜那只发夹，我绝对不会弄坏它。

　　但有一天晚上，当我像往常一样骑完车回家时，那只发夹却不在我头上。

　　我感到非常难过，但是没有把这件事告诉任何人。尽管妈妈和爸爸在晚餐时注意到我的情绪和平常不一样，我也不愿意解释。只是到了第二天，我还是没能找到发夹。虽然我还是和前一天一样骑行了同一段路。我来来回回地骑过那段路，却什么也没找到。

　　花园是个迷宫。我告诉自己，在这里很容易迷路。但是我再次向自己承诺，我会把这座花园走个遍，直到找到妈妈的发夹为止。

　　第四天，当我在离家更远的一个区域巡查时，发生了一件极其诡异的事情。有个东西突然打在我的脸上。我伸出脚后跟，踩在岩石上刹住车，然后转头去看。

　　地上正是那只带有蓝色花朵的发夹。它怎么会突然直直地撞到我脸上呢？没有风，四周的树木也都静止不动。我惊讶得呆住了。我感到自己在急促地喘气，却无法阻止自己。

　　我戴上那只发夹回了家，但对发生的事只字不提。我还得为这件事找到一种解释。而且，不知道为什么，我感到那是我的错。我不知道具体是什么错。但那是我的错。

夜里，我无法入睡。我决定，第二天我要去重新检查那个地方。是的，我会这么做。因为我无法相信这是真的，事情竟会这样发展，简直太荒谬了。

第二天清晨，我吃过早餐就匆匆跑出了门。我记得我是在哪里找到发夹的——而且地上还有我用脚后跟急刹车时留下的痕迹。这个地方处于一阵怪异的寂静中。没有任何昆虫、鸟儿或其他动物：就好像所有的生灵都消失了。正当我思索原因时，我环顾四周，看见了一样昨天没有的东西。或者是我昨天没注意到。

在树皮上，有人刻了一个箭头。

我感到既困惑又慌乱。这是个什么玩笑？这不可能是真的。

规则四：永远不要靠近陌生人，也不要让他们靠近你。但我不确定这个箭头是不是他们刻的。我内心的一部分说，这一次与他们无关，所以我可以朝箭头指示的地方走。我观察着箭头指示的方向，那地方什么也没有，只有树。我把车停在地上，走过去检查。走出十来步后，我发现了另一个箭头。

这一次，箭头被刻在一棵桃树的树皮上。

我顺着这个箭头的指示继续走，接着又冒出了第三个箭头，被刻在一棵巴旦杏树上。然后是第四个，第五个，第六个。这是个寻宝游戏。我激动万分，忘记了我本应感到害怕。我很擅长找记号，事实上，我对最终的奖励是什么兴趣不大。我没有想过奖励的事，也许是因为这是第一次并非我一个人在玩耍。

因为有一件事是确定的：这出自某个人之手。

我走到一片小小的林间空地。让我极为惊讶的是，最后一个箭头画了一个圈。

这到底表示什么？我应该往哪儿去找？突然间，我感到自己很傻。就好像他们只是想捉弄我一样。这可不好玩。但有什么不对劲儿。我环顾四周，感到自己并非独自一人。有人在观察着我。我感觉到有一双眼睛正在直直地盯着我。

"喂！"我朝灌木丛喊道。

"喂！"回声答道。

"出来！"

"出来！"

"你在吗？"

"你在吗？"

"你在哪儿？"

"你在哪儿？"

"我知道你在……"

"我知道你在……"

我知道那人在。这回声听上去像我的声音……但不是我的声音——我几乎可以肯定。一阵怪异的痒爬上了我的背部。

我应该回到我的自行车那儿去。我应该回家去。

我整个晚上都在想这件事。当我在餐桌旁吃着蔬菜时，我用一根手指在面包屑里画出了我在最后一棵树上看见的环形箭头。妈妈和爸爸没有注意到。当我冲洗晚餐的碗碟时，我满脑子想的都是那个标记是什么意思。躺在床上时，我无法入睡。

第二天，我再一次来到了那片小小的林间空地。我的手心在出汗，我无法保持平静。但我必须这么做，否则，那个念头会让我不得安宁。最后那个箭头有一个可能的含义。我脑海中出现的唯一一个含义。我知道，这有点儿傻，但我想不出别的办法。我做了个深呼吸，张开双臂。接着，我开始旋转身体，先是慢慢地转，然后不停加快。我转啊转啊，环顾着四周。那些树木像旋转木马一样围绕着我快速旋转，越来越快，越来越快。我小心翼翼地保持着平衡。我的身体掀出一阵轻风，我的头发飘扬飞舞。现在，连树木都和我一起旋转了。

然后，在树木间突然出现了一张脸。

我试着停下来，但绊了一跤，向后摔倒在地上。一阵小女孩的笑声。我的心怦怦直跳，我因疲惫和激动而气喘吁吁。阳光晃花了我的眼睛，但我辨认出一片向我靠近的阴影。我快速起身，但仍然感到眩晕。最终，我看见了她。

"你好。"她对我说道。

"你好。"我对她说道。

她穿着一件印有黄色蜜蜂的连衣裙和一双白色的凉鞋。她的金色长发梳得比我头发整齐，皮肤非常白皙，而我的皮肤已经被夏日的太阳晒黑了。我一直想知道其他小孩子是什么样子的。现在我知道了，他们看上去与我并没有什么不同。

我不知道在这种场合该怎么表现。

"你叫什么名字？"她问我。

规则三：永远不要将你的名字告诉陌生人。

"我不能告诉你……"

"为什么？"

"因为我不能说。"我已经违反了规则四，我不会再自找麻烦。

"好吧，那就不说名字了。"

"也不要问问题了。"我要求道，这样看上去我就没有过分违反和爸爸妈妈订立的规则了。

"不说名字，也不问问题。"她同意道，然后向我伸出一只手，"你想来看一样神奇的东西吗？"

我犹豫了，并不相信她的话，但我有了一种从未有过的感觉。比起对后果的恐惧，想要越界的冲动要强烈得多。于是我牵起她的手，跟随着她。我从来没有触碰过除了妈妈和爸爸以外的人。这种全新的触感很奇怪。我想，这对那个小女孩来说应该很平常，不过谁知道为什么呢？说到底，我对她一无所知。仅仅因为这一点，我就感觉自己变了。

我们突然停下来，她转头望向我。"闭上眼睛。"她命令我。

既然我已经走到了这一步，那就可以再走远些，我告诉自己。于是我听从了她的话。

我感到自己被拉着往前走。我的双脚自动迈着步子。我紧握着那个陌生小女孩的手，直到我们再一次停下。

"到了。现在你可以睁开眼睛了。"

我睁开眼。在我们面前的，是一片白色，像雪一样。但那是小小的雏菊。成千上万朵花儿。我立刻明白自己到了一个宝藏地，因为这里除了我们之外，没有别人。如果我新认识的小女孩想要跟我分享她的秘密，那么这些秘密在我心中也珍贵起来。我不想这么说，但有一个词在我的脑海中萦绕着。说出这个词会让我很尴尬，我等待着由她说出口。

"我们是朋友了吗？"她问我。

"我想是的。"我微笑着回答她。

她也笑了："那么我们明天也要见面……"

明天变成了后天，又变成了大后天。实际上，我们几乎天天都见面。约定的地点在刻着环形箭头的那棵树下，或者在雏菊花田里。我们一起逛了很久，谈论了很多我们喜欢的东西。正如约定好的那样，我们不问私人问题。因此她不问我任何关于妈妈和爸爸的事，我也不想知道她家在哪儿——尽管我从未注意到附近有房屋——或者她为什么总是穿着那件印着黄色蜜蜂的连衣裙。

我们彼此都不知道关于对方的太多事，但这不成问题，尽管我也许应该向她坦白，我迟早会离开这儿。这样一来，就像我无法带走我的自行车一样，我也不得不向我拥有的唯一一个朋友告别。

有一天，发生了一件事。我们坐在一个池塘边，扔着小石子打水漂。我几乎可以肯定，我的朋友有话要说，然而她只是转过头来看我。接着，她垂下目光，注视着我的肚子。

"怎么了？"我问道。

她没有回答，而是伸出手掀起我的背心，然后把自己温热的手掌贴在我的肚子下部，靠近肚脐的地方。我由着她这么做，事实上，她的抚摸很令人愉快。但我意识到她很不安。

"你不会喜欢的。"她对我说道。

"什么？"

"但这有必要。"

"什么？我不明白……"我紧张起来。她为什么不解释得清楚些？然而她什么也没说。她拿开手，突然站起身来，我知道她要走了。"我们明天还见面吗？"我问道，因为我害怕自己冒犯了她。但我不觉得自己说了或做了什么让她生气的事。

她像往常一样对我微笑，但接着回答我道："明天不见面了。"

夜里，我在睡觉。我在床上不停地翻身。我在做梦。我的朋友把一只手放在我的肚子上，但这一次她的抚摸并不令人愉快。这一次她的抚摸让人痛苦。

我睁开眼睛。天还黑着。我的朋友消失了，但那痛苦还在，还在那里——在下部，在深处。我在流汗。我感觉自己在发烧。我开始呻吟，妈妈和爸爸闻声赶来。

我烧得更厉害了。我觉得热，然后觉得冷，接着又觉得热。我不知道自己在哪儿，不时会失去知觉。我在山丘上的声音之家里——我知道，然后又不知道了。屋外是夜晚和花园——夜晚的花园一片黑暗，甚至没有月亮。我开始说胡话。我呼唤着我的朋友，尽管我不知道她的名字。我的肚子很痛，非常非常痛。我从来没有感觉这么痛苦过。为什么是我？我犯了什么错？妈妈帮帮我，让痛苦走开。爸爸帮帮我，我不想要这样。

我看见他们了。爸爸站在房间中央，抱着双臂，将身体的重心从一只脚换到另一只脚上。他惊恐地看着我，不知道该怎么办。妈妈哭着跪在我的床边，一只手放在我的肚子上。她很绝望。

"原谅我，我的孩子。"

我不知道应该原谅她什么，让我痛苦的不是她，而是我体内的某样东西。那像是某种在我的肚子里挖洞的昆虫。一只黑绿色的、长长的、有绒毛的昆虫。它有着锐利的小爪子，用来切肉，然后吸我的血。

拜托了，爸爸妈妈，把它从那儿弄走吧。

就在这时，我看见了一个正在靠近的阴影。是我的朋友，她来看我了。我通过那件印着黄色蜜蜂的连衣裙认出了她。她坐在床上，拨开粘在我额头上的头发。

"我告诉过你，你不会喜欢的。"她重复道，"但这有必要。"

什么有必要？我不明白。接着，她转向妈妈和爸爸，我意识到他们并不因为她的出现而生气。

"对他们来说有必要。"我的朋友肯定道，同情地看着他们。

"为什么？"我气喘吁吁地问道。

"有一个地方叫作医院。"她回答道，"你在你的书里读到过相关的内容，不是吗？"

没错，这是真的。人们生病时就去那里。但我们不能去那儿，因为陌生人。规则二：陌生人就是危险。

"你的情况很糟糕，你有可能会死，你知道吗？"

"我不想死。"我惊恐地回答道。

"但如果不立刻吃药的话，你就会死。"

"我不想死。"我抽泣着说道。

"你妈妈和你爸爸明白这一点，所以你爸爸现在很害怕，而你妈妈向你请求原谅……因为他们不能带你去医院。如果他们带你去了医院，一切都完了。"

妈妈哭泣着，恳求着我，就好像我自己能做些什么一样。爸爸则不同，他和平常的样子不同，平常的他总会让我感觉到安全。而现在他似乎很无力，他看着我的眼神就像我在感觉到危险时看向他的那样。

"我会死吗？"我问道，但我知道答案是什么。

"想想吧，如果你现在死了，我们就可以永远待在这儿的花园里。"我的朋友说。

"为什么我一定得死？"我知道有一个理由，我们对那只在我体内横行的该死的昆虫无能为力。这样的事在很久以前已经发生过一次了。

我的朋友把头歪向一边，端详着我："你知道为什么……你杀死了阿多，并且取代了他的位置。这就是对你的惩罚。"

"我没有做过你说的事。"我抗议道。

"不，你做过。"她反驳道，"如果你现在不死，将来某天你们都会死。"

18

汉娜发出绝望的叫喊声："不是我做的，我没有杀他！"

"好的，现在冷静些……"沃克的声音盖过了病人的声音，"你得冷静下来。你听得见我说话吗，汉娜？"

在结束催眠的倒数开始前，录音就突然中断了。

彼得罗·格伯等待了几秒才摘下耳机。那女人的尖叫声像耳鸣一样仍在回响。现在格伯需要重新找回宁静。他发现自己的脖子和手臂僵硬，手指紧紧抓在双腿的膝盖位置。

他回想起，一切都是从那次治疗开始的。在催眠状态下，汉娜·霍尔认为自己杀死了阿多。这不是因为她拥有对那场谋杀的直接记忆，而是那个她想象中的小女孩告诉她的。这是什么意思？必须再深入挖掘她的脑海，找到那段确切的记忆，如果那段记忆真实存在的话。但现在，他已不再确定自己是否还想这么做。

他朝方向盘伸出一只手，颤抖着点亮了仪表盘。他没有发动汽车，只是想要把车窗打开一道缝。

雨中的清新空气涌进了驾驶室，扫走了恐惧的刺鼻气味。格伯慢慢地吸气和呼气，试图恢复过来。接着，他想起了特雷莎·沃克的话。

等您听完录音后，请您立刻打电话给我，其他的我会亲口告诉您。

他本想回家，回到西尔维娅和马可身边。他本想回到过去，拒绝帮助沃克。然而他却陷入了一个自己无法理解的故事中，尤其是，他感觉到自己处于危险之中，却不知这种感觉从何而来。

他抓起手机，检查了电量。汉娜·霍尔第一次接受治疗的录音时长将近两小时，也许剩余的电量不够打一通电话了。但他必须知道沃克所说的"其他的"。他输入了那个已经被存在手机备忘录里的电话号码。

"那么，您已经听过录音了？"手机响了两声后，沃克立刻问道。

"是的。"他回答道。

"您有什么想法？"

"和我之前所想的一样：汉娜·霍尔在她很小的时候杀死了她的哥哥。也许并非有意，也许是一个意外。这件事发生后，她的父母认为法院无论如何都会把女儿从他们身边带走。此外，他们想要保护汉娜不受她犯下的罪行的影响，于是带着她与世隔绝：她永远不该得知真相。为了达到这个目的，他们创造了一种生活方式，在这种生活方式中，他们不把其他人纳入考量，远离其他人，也从来不需要任何人……但显然，这一切都是有代价

172

的，比如，他们不能去看医生。"

"如果没有一个合适的理由，您会让您孩子的生命陷入危险吗？"沃克语气激动地问道。

"当然不会。"他不情愿地回复道，"您这么说是想证明什么？"

"只有为了逃离一个更大的危险，汉娜·霍尔的父母对待女儿病情的举动才合情合理。"

"您是说陌生人？"他用嘲讽的语气反驳道，"陌生人根本就不存在。汉娜的父母是在逃离他们自己，逃离社会的审判。有了子女，人们就可以容许自己做出任何自私的行为，只要把那称之为爱就够了。"

他很清楚这一点，因为他的父亲就曾对他做过同样的事。

"关于花园里的那个小女孩，您怎么看呢？"

"汉娜从小就能听见那些声音……和所有的精神分裂症病人一样，很遗憾。"

他本应该听从西尔维娅，他的妻子比他们先诊断出汉娜的病症。然而现在，他感到自己和这个陌生的女疯子拴在了一起，而他不知道她究竟能做出什么事来。

……在诉讼中没能证明这一点，但警察怀疑汉娜·霍尔意图将那个新生儿活埋……

"那么，照您看来，一切都可以被归结为一个想象出来的朋友？"沃克反对道，她偏偏不愿意接受他的解释。

"那个穿着白色凉鞋和印有黄色蜜蜂连衣裙的金发小朋友是汉娜想要成为却又没有成为的形象：一个和其他小女孩一样的小

女孩。这个形象是她的精神创造出来的，是一个为了避免独自面对现实的权宜之计。"格伯愤怒地答复道。

"现实是什么？"

"现实是汉娜一直都知道自己对阿多的死负有责任，但有时候最好是由其他人向我们揭示真相。"

"寻找借口拒绝接受真相的不是汉娜·霍尔，格伯医生……是您。"

"我能知道那个女人身上有什么让您害怕吗？因为您没有跟我解释，那段录音的内容。您为什么对我隐瞒到今天……"

沃克停顿了一会儿。"好吧。"她终于肯定道，"我有个孪生姐妹，名叫丽兹。"

"这有什么关系？您为什么告诉我这个？"

"因为她八岁时就去世了，死于急性阑尾炎。"

彼得罗·格伯不由得发出一声短促的轻笑："您真的认为……"

沃克没让他说完话："尽管那时是冬天，丽兹被埋葬时仍然穿着她最喜欢的衣服：一件棉质连衣裙，上面印着黄色的蜜蜂。"

19

巴尔迪法官穿着一件长长的天鹅绒睡袍，踩着拖鞋，拖着脚步走到二楼的客厅里。她的家位于阿尔诺河畔的一座小楼，毗邻维琪奥桥[1]。屋子有着花格平顶式天花板，装潢豪华，内部装饰着古董家具、地毯、挂毯和帷幔。每层楼都摆满了装饰品，特别是雕塑和银器。

巴尔迪家族的人从十七世纪起就是精明的商人，因而积攒了一笔财富。数代继承者都从年金中获益，可以不必管其他事，尤其不必工作。但是，这个家族最新的一位继承人从来不满足于闲散的生活，于是选择在现实世界中从事一种职业。

在埋首于未成年人法庭的办公室工作之前，安妮塔·巴尔迪曾担任地方法官，亲力亲为地做着外勤工作，在调查领域积累经验。尽管在一座奢华的住宅里长大，她却去过摇摇欲坠的公寓、

1　维琪奥桥是佛罗伦萨最古老的桥梁，位于阿尔诺河上。

棚屋、像地狱一样糟糕的家，以及一些无法被定义为"房子"的地方。她一直在寻找需要拯救的未成年人。

彼得罗·格伯环顾四周，自问是否应该这么晚来找这位老朋友寻求建议。为了让巴尔迪了解情况，他已经向她概述了最近几天发生的事件，但还没有提到汉娜·霍尔的名字。现在，他正坐在缎纹扶手椅上，但没能放松地靠在椅背上，因为他仍然非常紧张。

他来请求她的帮助。

巴尔迪向他走来，端着一杯他要的水："很明显，你的这位同行让自己受到了暗示。"

"特雷莎·沃克是位受人尊敬的专业人士，她在这行已经干了很多年。"他反驳道，同时也为自己所做的事情辩护，"在接收这个病人之前，我在世界心理卫生联合会的网站上查证过她的职业资质。"

"这并不意味着什么。你对我说过，她是位上了年纪的女士。"

"大约六十岁。"他明确道。

"到了人生的这个阶段，她可能需要听到某些东西……那位病人利用了这一点。"

格伯没有考虑过情感方面，也许是因为他只有三十三岁。但既然巴尔迪年近七十岁，这个解释显得合情合理。

"如果我更脆弱些，而现在有人告诉我，我很久以前失去的某个人以幽灵的形象回来了，那会非常令人欣慰。"巴尔迪总结道。

"所以，您认为沃克被骗了？"

"你很惊讶吗？"巴尔迪一边回应道，一边走到一张长沙发上坐下，"外面充斥着骗子：通灵者、巫师、神秘主义者……他们很擅长从人们那里挖出信息，哪怕是最隐秘的细节或者我们以为绝对保密的事情。有时候他们光靠翻找我们的垃圾就够了。他们利用这些信息来策划并不怎么高明的骗局，只基于一个简单的论断：每个人都会相信他们需要相信的东西。"

"这些骗子通常都试图骗取钱财，但汉娜的动机是什么呢？坦率地说，我看不出来……"

"这个女人精神不稳定，你自己也这么说。在我看来，她构思出这个骗局是为了获得关注和满足感……说到底，想到能够操纵他人，她就会获得巨大的快感。"

为了达到这个目的，汉娜·霍尔把她的治疗师——沃克和格伯——的私人生活的细节插入到了她自己的故事中。

"正如我们观察和倾听她一样，她也观察和倾听我们。尤其是，她会从我们身上学习。"

沃克早逝的姐妹、他的堂兄伊西奥，以及马可的幼儿园里的孩子们在脚踝上系铃铛的事。虽然最令人费解的谜团要数那本解决了埃米利安的案子的童话书：格伯做梦都没想过会向汉娜提起那件案子。

他一边专心致志地考虑着这个方面，一边小口喝着杯里的水，然后把杯子放在身前的水晶茶几上。他这时才注意到书架上放着那个像幽灵一样的小男孩在游戏室里画的画。

那列火车被改成了一张邪恶的脸。怪物"马奇"，这是埃米利安给它起的名字。

巴尔迪保存着这幅画，但让格伯激动的不是这个。

"我向特雷莎·沃克提过埃米利安。"他回想道，"她可能在这之后告诉了汉娜。"

这就是其中的关联。他为此感到宽慰。但为汉娜·霍尔的"神秘能力"提出一种可能的解释并没有解决他的问题，反而引发了新的问题。

"病人和沃克仍然保持着联系，但沃克没有告诉我。"他的脸色阴沉下来，"这证明一位像她那样专业的心理师也被骗了。"

"我先前对你说过什么？"巴尔迪强调道。

现在他的的确确感到担忧了。

"我应该怎么做？"他向巴尔迪问道。

"你认为这个病人会对你和你的家人构成威胁吗？"巴尔迪反问道。

"我真的不知道……那个女人曾经试图抢夺一个新生儿，也许是想要把他活埋。"

"你不能向警方求助，因为你无法指控她犯了任何罪。此外，报警会严重违背医生和病人之间的保密协议。"

"西尔维娅认为她在监视我们。"

"但这不够，这不是犯罪。"

遗憾的是，他也很清楚这一点："我一直在对自己说，突然中止催眠治疗的做法是不可取的，但事实上我害怕这样做的后果。"

"什么样的后果？"

"我害怕这会刺激她做出反应，让她成为一个威胁。"他考虑道，过了一会儿又接着说，"如果巴鲁先生处在我的位置，他会怎么做？"

"你父亲与此无关，这一次你必须自己解决一切。"

他想念那个浑蛋，这使得他更加生气。

"沃克的私家侦探朋友说，在澳大利亚只有两个三十岁左右的女人叫作汉娜·霍尔……其中一个是国际知名的海洋生物学家。"

"这有什么关系？"

"我之前在想，两个同龄且同名的人却有着截然不同的命运，仅此而已。如果我不是我父亲的儿子，也许我就不会做心理师，现在我也就不会处于这个境况。"

巴尔迪从沙发上起身，走到扶手椅旁，坐在了扶手上："帮助那个陌生女人不会解决你和他之间的问题，无论那是什么问题。"

彼得罗·格伯抬起目光看她："直到十岁时，我的病人都和亲生父母一起生活：他们在许多地方住过，常常改换身份。然后发生了一件事，那个女人提到了一个'火灾之夜'，在那个晚上，她的母亲让她喝下了'遗忘水'。那个事件想必突然中断了她与原生家庭的关系，之后她移民到了澳大利亚，成为众人认识的汉娜·霍尔。"

第一次听见这个名字时，巴尔迪身体一僵，格伯注意到了这一点。

"你来是想问我什么事？"她怀疑地问道。

"我猜测，二十年前，汉娜被人从亲生父母身边带走了，也许存在一份解释其原因的文件。或许那个谋杀哥哥的故事也有人负责处理。"

"这个故事是无稽之谈。"巴尔迪忍不住说道，"醒醒吧，彼得罗，不存在什么谋杀，那个女人在骗你。"

但格伯并不想听从，于是他毫无畏惧地继续说道："她的亲生父母允许她选择自己的名字，所以她在意大利时有过很多个名字。汉娜·霍尔这个身份是她去往澳大利亚后才采用的。所以，我猜测她在十岁时被阿德莱德的一个家庭收养了。"

"你这么晚还在这儿做什么？"巴尔迪打断了他，"你为什么不回家去陪伴妻儿呢？"

但他没有听她的："显然，这些只是我的推论。为了证实这件事，我需要获得授权查阅未成年人法庭保存的卷宗。"

那些卷宗就是所谓的"23号模式"，专用于最微妙的收养案件。巴尔迪很清楚这一点。

巴尔迪深吸了一口气，然后走近一张旧写字台。她拿起笔，在一张纸上写了些东西，然后把它递给格伯。

"把这个给文书处的工作人员看，他会让你进去找你想找的任何文件。"

格伯接过那张纸，折叠起来放进衣袋里。他简单地点了一下头，向老朋友道谢并告别，没有勇气再补充些什么，或是直视她的眼睛。

当他从巴尔迪的家里出来时，雨已经停了。一团冰冷的雾从阿尔诺河上升起，侵入了空无一人的街道，使人无法看清三四米以外的东西。

在他头顶上，阿尔诺福塔[1]的古老大钟敲响了午夜十二点的钟声。声声钟鸣在佛罗伦萨的街道上相互追逐着，直到在沉寂中消散。

格伯沿着维琪奥桥行走。他的脚步声像金属声一样在寂静中回响。金银首饰店都关着门，商店的招牌都熄了灯。公共照明系统的路灯一会儿亮起，一会儿消失，如同光线组成的模糊屋景——像古老的灵魂，它们是这片白色的虚无中唯一的向导。为了不失去方向，格伯跟随着它们，甚至想要感谢它们。

他过了桥，走在历史中心区迷宫般的小路上。湿气侵入他的衣服里，在他的皮肤上蔓延。格伯裹紧身上的外套以对抗寒冷，但只是徒劳。于是，为了让自己暖和些，他加快了步伐。

起初，那些音符散乱无序地从远处传来。但当它们靠近后，就开始组合起来，在他的脑海中组成了一段似曾相识的甜美旋律。他放慢脚步，想听得更清楚些。有人播放了一张老唱片。唱针在声槽上滑过。彼得罗·格伯完全停下了脚步。现在，那些音符传来又消散，就像一阵阵风。与音符一起传来的，还有两个声音，有些失真……但很耳熟。

熊巴鲁和毛克利正合唱着《紧要的必需品》。

一个低级趣味的玩笑，或者也许是一个恶意的玩笑。寒意

---

1 维琪奥宫的塔楼，佛罗伦萨的地标建筑之一。

穿透了格伯的身体，直达他的心底，他思索起开玩笑的人可能是谁。他环顾四周：戏弄他的人藏身在一片朦胧中。他立刻想起了他的父亲。从地狱中再次回响起父亲最后对他说的话——一个垂死之人苦涩的倾诉。

在他为正在发生的事找到合理的解释前，那音乐声突然消失了。但寂静并不能让他解脱，因为彼得罗·格伯现在担心，他仅仅在自己的脑海里听见了那音乐。

20

　　他扶着铁栏杆爬上法院的台阶，因前一晚的再度失眠而疲惫不堪，双腿沉重。他至少有两天都忘记了刮胡须，在出门前试图给儿子一个告别吻时，他才从儿子的反应中意识到这一点。当他从西尔维娅面前走过时，她带着越来越强烈的担忧观察他。他的妻子沉默的目光比任何镜子都要真切。这天早晨，他把自己关在洗手间里，服下一粒十毫克的利他林[1]，试图减轻失眠的后遗症。结果是，他四处乱逛，就像在睁着眼睛梦游。

　　一些治疗师称之为"僵尸效应"。

　　他来到文书处，认出了那位常常出现在巴尔迪庭审上的工作人员：一个五十岁左右的女人，不是很高，梳着一头整整齐齐的金发，戴着一副眼镜，金色的眼镜链挂在脖子上。

　　他向她出示了巴尔迪法官昨晚给他的那张纸。

1　一种精神兴奋药。

"这个案子发生在大约二十年前。"他解释道,"关于一个十岁的无名小女孩,她后来采用了汉娜·霍尔这个身份。她可能被澳大利亚阿德莱德的一个家庭收养了。"

工作人员查看了巴尔迪的便条,然后抬起眼看着格伯疲惫的脸。也许她正在疑惑他是不是身体不适。

"一个23号模式案件?"她用怀疑的语气说道。

"没错。"心理师确认道,没有再补充别的。

"我去终端设备上核查。"工作人员肯定道,然后消失在旁边的房间中,那儿收存着庭审的卷宗。

格伯坐在一张写字台前等待,想知道这需要多长时间。他早早就到了这儿,一心希望能够快速解决。事实上,没有花去多少时间。

工作人员十分钟后就回来了,但空着手。

"没有23号模式案件涉及那个名字。"她宣告道。

格伯不相信,他坚信在"火灾之夜"过后,汉娜被领养到了国外。

"您仔细核查过了吗?"

"当然。"工作人员回答道,带着点儿愠怒,"没有意大利小女孩被外国家庭收养并采用汉娜·霍尔这个身份。"

彼得罗·格伯感到疲乏无力。昨晚去拜访巴尔迪完全是徒劳无功。而且,围绕着这个病人的谜团之网上又多了一个结。

就好像汉娜·霍尔的过去是一个只被保管在她记忆中的秘密。如果他想知道这个秘密,就必须重新回到她脑中的晦暗里。

离开法院后，格伯决定立刻赶往事务所。走到楼梯平台时，他停住了脚步。有人藏身在半明半暗中等他。他慢慢地向前走，随后便看见了她：汉娜·霍尔坐在地上，蜷缩在他的办公室门旁边的角落里。她睡着了，但有那么一瞬间，他觉得她像失去了知觉。

让他产生错觉的是她右脸上的青肿——覆盖了她的右眼、额角和一部分面颊。格伯注意到她手提包上的皮带断开了，她身上的衣服也被撕破了，还断了一只鞋的鞋跟。

"汉娜。"他低声唤她，轻柔地晃了晃她。

她却突然惊醒，睁大眼睛，惊恐地向后退。

"别害怕，是我。"他试着安抚道。

她缓了一会儿才渐渐明白自己并不处于危险中。

"抱歉。"她接着说道，同时试图快速恢复镇定，为他突然看见自己这个样子感到尴尬。她用手背擦干净流出一道口水的嘴角，整理好遮住前额的头发，但事实上，她只是在试图遮掩脸上的肿胀。

"发生什么了？"格伯问道。

"我不知道。"她回答道，"我想有人袭击了我。"

格伯估量着这条信息，感到惊讶。谁会干出这种事？为什么要这么做？

"是在您今早来这儿的路上发生的吗？"

"不，是在昨天晚上，十一点以后。"

格伯意识到她整个晚上都待在这儿。他没有疑惑她为什么不回旅馆，因为他想起了那张在佛罗伦萨空无一人的街道上回响的老唱片：《紧要的必需品》。

"您愿意告诉我这是怎么发生的吗？"

"我从普契尼旅馆出来，我的烟抽完了，所以在找一台自动售货机。雾很浓，我觉得我迷路了。过了一会儿，我听见身边有脚步声，有人抓住了我，用力拽我，让我摔倒在地。我的脸撞在了地上，我当时以为他们想要抢劫，但袭击者跑掉了。别的我不记得了。"她顿了片刻。"啊，对。"她补充道，"当我恢复过来的时候，我的手里捏着这个……"

一粒黑色的纽扣。

格伯拿起它开始研究。纽扣上还挂着一截扯开的线头。

"我们应该去报警。"他说道。

"不。"汉娜立刻回答道，"我不想报警，拜托了。"

格伯为她的过度反应感到惊讶。"好吧。"他同意道，"但我们还是到办公室里去吧，我们应该处理一下这块青肿。"

他帮助她起身，打开门后，扶着她走过走廊。除了头上有伤，汉娜走路也一瘸一拐的。而且，她好像仍处于惊吓中。格伯揽住她的一侧腰部，靠得这么近，他闻到了她常穿的黑毛衣散发出的温热味道。那味道并不令人讨厌。在劣质肥皂、汗水和香烟的混合气味深处有种甜甜的东西。他让她坐在了摇椅上。

"您有感到恶心或头痛吗？"

"没有。"她回答道。

"这样更好。"他对她说道，"我去弄点儿东西来处理那处挫伤。"

他下楼走到街角的咖啡馆，片刻后带着一些裹在餐巾里的碎冰回来了。汉娜已经点燃了第一支温妮烟，但在她把烟放到唇边的时候，格伯注意到她的手比之前颤抖得更加厉害。

"我知道怎么给您弄到一张处方。"他说道，设想她正在戒断药物。

"不必麻烦了。"她礼貌地回答道。

催眠师没有坚持。他跪在她面前，没有征求她的同意就用手指抬起了她的下颌，朝她靠得更近些，以便更好地检查那处青肿。他轻抚她的面颊，让她把脸一会儿朝右转，一会儿朝左转。汉娜由着他这么做，同时却探查着他的眼睛。他假装没有注意到，但这种意料之外的亲密接触开始扰乱他的心神。他感觉到她呼出的气息使他的脸一阵发痒，他确信她也有同样的感觉。他小心翼翼地把冰袋敷在准确的位置上。汉娜疼得做出一个怪相，但她的面部轮廓接着又恢复了温和的样子。她用她那双忧郁的蓝眼睛注视着他，在他的目光里寻找着什么东西。格伯与她对视，然后拉起她的手，代替自己的手放在冰袋上。

"请您按着它。"他一边嘱咐道，一边匆匆起身，就这样结束了所有接触。

汉娜却拉住了他的手臂："他们回来了……我不知道是怎么做到的，但他们找到我了……"

看着她那恐惧的表情，格伯不得不再一次问自己，这究竟是真话，还是一个高明的骗术师的第无数次表演？他决定直截了当地面对她。

"汉娜，您知道昨晚袭击您的人是谁吗？"

女人垂下头。"不……我不知道……我不确定。"她支支吾吾道。

"您刚才说'他们回来了',所以那不只是一个人。"他追问道。

病人没有表示肯定,只是摇头。

"他们找到您是什么意思?有人在找您吗?"

"他们三个人都发过誓要找到我……"

格伯试图解读这些支离破碎的话语:"发誓?我不明白……是谁?是陌生人吗?"

汉娜再一次看向他:"不,是奈利、卢乔拉和维泰罗。"

这三个名字仿佛出自一个恐怖童话。

"您过去遇到过这些人吗?"格伯问道,试图弄得更明白些。

"当时我还小。"

格伯凭直觉明白他们的相识要追溯到汉娜在托斯卡纳的经历。"我今天不能给您做治疗。"他毫不犹豫地说道,"无论如何,我不能这么做。"

"拜托您了。"女人恳求道。

"您的精神非常疲惫,这样做不安全。"

"我愿意冒风险……"

"您所说的风险,是更加深刻地铭记关于发生的事的情感记忆。"

"我不在乎,我们开始治疗吧。"

"我不能把您带到那儿,让您独自面对他们三人……"

"我必须在他们再次找到我之前先找到他们。"

女人的话如此诚挚，让他不愿再表示反对。他在衣袋里翻找，拿出汉娜从前一晚袭击者身上扯下来的那粒黑色纽扣。

"好吧。"格伯说着，把纽扣抛向空中，然后又接住它。

21

这是沼泽地里一个炎热的夏天。天气这么热，白天几乎无法待在户外。将近下午两点的时候，一切都停止了，变得一片寂静，连蝉也停止了歌唱。只能听见植物之间在用窸窣声的秘密语言交谈。晚上，从平静的水面上隐约能看见一道泛绿的光。爸爸说，这是埋在沼泽里的树根散发出来的沼气。沼气很好看，气味却让人难以忍受。除了臭气外，从沼泽里还会冒出一群群像云团一样的蚊子，如果有人落到它们中间，就无路可逃了。还有在草丛里爬行的蛇，挖掘泥土的长长的蚯蚓。

没有人想住在沼泽地里。除了我们。

我叫贝儿，这一次的声音之家是一座教堂。妈妈说教堂是人们去寻找上帝的地方。但我们到这儿时并没有找到上帝。也许是因为我们这座教堂已经荒废很久了。爸爸说这座教堂在这儿至少五百年了。我知道那是一段很长的时间，因为我们之中没人会活五百年。至少不会在仅仅一世的生命里。

当我们到达的时候，教堂里满是泥泞。我们费了好大力气才把它清理干净。但之后，当地面露出来时，就可以看见它由五颜六色的小石块组成，勾勒出人的肖像，就像拼图游戏一样。有些人像的头上还有一个白色的环。我兴致勃勃地把一切都清理干净，因为我想要发现藏在那下面的其他画。爸爸由着我去做，但他也告诉我这么做没有用，因为秋天一来，沼泽又会重新占领我们的教堂。到时候，一切都会再次充满污水和泥泞。

不过，到秋天时，我们肯定已经离开了。

教堂里有一座钟楼，但我们不能敲响那口小小的钟。陌生人会听见，会来到这儿。

我喜欢这个地方，阿多也喜欢。教堂旁边有一块墓地。那儿有很多铁质十字架和墓碑。但很多十字架和墓碑都不是立在土里，而是仰卧在地上。我、妈妈和爸爸为阿多挑选了一座坟墓，那座最漂亮的。我想他会在那儿待得很好。

一座石雕天使像守护着他。

我在教堂里找到了一本书。我之前从来没有见过它。书名叫《圣经》。妈妈说这是一本非常古老的书。书里全是故事。一些故事很有趣，另一些则很奇怪。比如，有一个关于耶稣（人们又将他称为基督）的故事，这个故事是最长的；还有一个有许多儿子的人，他写了世界将会如何终结。不过，我最喜欢的故事讲了一座很久以前建造的方舟，在世界被海水淹没的时候，它拯救了所有的动物。书里还有一系列规则，但没有提到陌生人。我最喜欢的规则之一正是耶稣基督所说的。

"你们要彼此相爱，就像我爱你们一样。"

我爱妈妈、爸爸和阿多。他们也爱我，这是肯定的。我不明白这本书里的规则是用来做什么的。但正是因为这些规则，一切都变得糟糕起来。

我正带着我的布娃娃走在一条小径上。我们采摘桑葚，放在一个篮子里，这样妈妈就会给我们做果酱馅儿饼。我的手指和嘴唇都被果汁染成了红色，因为我吃了一些桑葚。我全神贯注于正在做的事，什么也没有察觉。

"嘿，小女孩。"

说话的声音仿佛来自一口井或一个洞穴。我立刻回头，看见了那人。那个老人坐在石墙上，正在把烟草卷进一张纸里。爸爸有时候也这样卷烟草。老人有着灰色的头发，我觉得他有段时间没洗澡了。他的皮肤上满是皱纹，带着粉色的斑块。我从来没有这么近地看到过一个老人。妈妈向我解释过，随着时间的流逝，人们身上会发生什么变化，但我没有想到年老的人会变得像他这样满脸皱纹。

老人穿着一条牛仔裤、一双皮鞋，格子衬衫的胸口敞开着。他的衣服上满是补丁和污点。他拿着一根拐杖，两只眼睛很奇怪。他的瞳孔像两颗白色的弹珠。

"嘿，小女孩。"他重复道，"你知道在哪儿可以找点儿水喝吗？请告诉我，我很渴……"

我望着他，明白了他看不见我。他只能听见我的声音。于是我不出声，也不动，希望他会以为自己弄错了，以为实际上周围没有人。

"我在跟你说话。"他强调道，"难道你的舌头被吞了吗？"接着他爆发出一阵大笑："一个盲眼老人和一个哑巴小女孩，我们可真是一对儿。"

我不知道该怎么办。规则四说，我不应该靠近他，也不应该让他靠近我。但这个老人看上去不是个威胁。他只是一个面容丑陋的老人。沼泽地里的蟾蜍也丑陋，但它们很有趣。所以我不应该从外表来评判。而且我一向很会逃跑，他肯定无法追上我。

"你是真的吗？"我问道，一直与他保持着距离。

"抱歉，我不知道你是什么意思……"

"你是一个真人还是一个幽灵？"和花园里的那个小女孩交朋友的时候，我已经犯过错了，我不想再落进同一个圈套。

老人做了个怪相，他被惊呆了。"一个幽灵？当然不是。"他喊道。然后他再次爆发出一阵大笑。笑声变成了咳嗽。为了止住咳嗽，他往地上吐了口唾沫："你为什么觉得我是个幽灵？"

"我从出生起，就没有见过多少真正的人。"

老人思索着我刚刚说的话："你住在这附近吗？"

我什么也没说。

"你不回答是对的，好孩子。我敢打赌你父母教过你不要理会陌生人。好吧……你应该只信任妈妈和爸爸。"

"你怎么会知道？"

"知道什么？"

"规则一……"

"事实上，我知道所有的规则。"他断言道。但我不相信他。

"那么你再告诉我一条规则……"我想要考验他。

"让我们看看……"老人开始思考，"还有一条规则让你不要把你的名字告诉我，对吗？"

他是怎么做到的？我感到惊奇。这么看来，他说的是真话。

"如果你不介意的话，我想去你家喝点儿水。"

"我不能带你回家。"我礼貌地回答道。

"我走了一整天的路，什么也没喝。"他从衣袋里取出一条脏兮兮的手帕，擦了擦汗湿的脖子，"如果不喝水，我会死的。"

"如果你死了，我会很抱歉，但我帮不了你。"

"《圣经》里说应该给口渴的人水喝，你没有读过教义吗？"

我感到难以置信："你也读过这本书？"

他再次大笑："当然读过！"

"你知道这本书是用来做什么的吗？"

"用来进入天堂的。"老人回答道，"没有人告诉过你吗？"

我感到羞愧，因为确实如此。

"天堂是个极其美好的地方，好人在生命结束后会到那儿去。而坏人会下地狱，在那里受永恒的焚烧之苦。"

"我是好人。"我立刻说。

"如果是这样的话，你就应该给我水喝。"

他向我伸出手。我不知道该怎么办。我朝他走了一步，但又改变了主意。他明白了我的想法。

"好吧，我们这么做。"老人说道，"你走在前面，我跟着你。"

"但你看不见我，怎么跟着我？"

"我的耳朵比你的眼睛看得更清，我向你保证。"

当我们走到教堂附近时，我们的狗开始吠叫。妈妈正在洗衣服。她远远地注意到我们，停下了动作。从她的脸上，我看不出她在想什么。她叫爸爸过来，爸爸立刻来了，也朝我们的方向看过来。我希望他们不会对我生气。

"你们好，"老人露出一个憔悴的微笑，向他们打招呼，"我遇到了这个漂亮的小女孩，她好心带我过来。"

我很高兴他对妈妈和爸爸说我"漂亮"，尽管实际上他不可能知道我是否漂亮，因为他看不见。他们肯定会为这句赞美感到自豪，但从他们的表情上看不出来。相反，他们看上去很担忧。

"你在找什么？"爸爸问道。我不喜欢他的语气。

"我一开始只想找些水喝，现在我想了想，恳请你们好心留我在这儿过夜。我不会给你们添麻烦，只需要一个安静的地方就够了。"

妈妈和爸爸看了看彼此。

"你不能待在这儿。"妈妈说道，"你得离开。"

这个答复让我很失望。这个可怜的老人能做出什么坏事呢？妈妈不想和我一起上天堂吗？

"拜托你们了。"老人恳求道，"我走了太多路，需要休息……"然后他开始像狗一样嗅着空气："而且我能听到一阵暴风雨就快来了。"

不知道爸爸今天是不是也在风里感受到了雨的气息。

"我明天一早就上路。"老人承诺道，"我应该在两天后和我的两个孩子重聚，我已经很久没有见过他们了。"

我对自己说，他有家人，这是一件好事。有家庭的人不会是坏人。但在老人说出最后一句话的时候，妈妈和爸爸的脸上掠过一道阴影。

"有面包沙拉做晚餐。"妈妈决定让他留下来后，开口说道。

"那太好了，谢谢。"老人回答道，感到非常满意。

我和妈妈在祭坛中央布置餐桌。当天色变暗的时候，我们在周围分散着点上了几乎所有的蜡烛，那些蜡烛是我们到达的当天在圣器室里找到的。这氛围如此美好，就像一场节日宴会。在此刻之前，我们从来没有接待过任何客人，我的心情十分激动。

老人走到教堂长廊的尽头吸烟。爸爸走过去和他说话，我不知道他们说了些什么。我先前在父母脸上注意到的害怕神色已经消失了。但他们俩仍然表现得很奇怪。

我们在餐桌旁坐下。爸爸开了一瓶他储藏的酒，妈妈端来一盘盘浸在汤里的面包沙拉。罗勒的香气非常诱人。

"好吃极了。"老人肯定道。"我们还没有告诉彼此自己的名字。"他指出。

我期待着由妈妈和爸爸先来回应这个话题，但他们什么也没说。

"不管怎样，我叫奈利。"

我的父母再一次望向彼此。于是我凭直觉明白他们知道他是谁。我不明白他们是怎么知道的，但他们知道。

在餐桌上，我的父母话说得非常少，只听见老人的声音在教堂里回荡。他看上去完完全全像个爱闲聊的人。他并不令人厌倦，反而有很多可讲的事。他也是一个徒步旅行者，经常旅行。与我们不同的是，他让人觉得他游览过整个世界。他讲述着那些我只在书里读到过的遥远地方。从他的描述来看，那些地方似乎好极了。我疑惑着，他是一个盲人，怎么会了解这么多细节。

爸爸给他斟酒的时候，老人抓住了他的手腕。"我不知道为什么……但我觉得自己好像经历过这一切。"他肯定道，"也许是在一个梦里。"他笑了："我们或许在某个地方早就认识了，不是吗？"

"不是。"爸爸立刻说道。"我并不这么认为。"他肯定地补充道。

"可我却有这种感觉。"老人变得严肃起来，"而且在某些事情上，我通常不会出错……"他再次嗅了嗅空气："你们身上有种熟悉的味道。"

恰恰在他说出这句话的时候，一声惊雷传入了教堂中。一阵穿堂风吹动蜡烛上的火焰，影子开始在墙壁上跳舞。

"也许是时候上床睡觉了。"妈妈说道，"我们睡在教区长寓所，你可以在这儿对付一下。"

"当然。我会睡得很舒服，谢谢。"奈利礼貌地回答道。

在小小的教区长寓所的三楼，妈妈、爸爸和我睡在同一个房间里：他们俩睡在大床上，我睡在地上的一张床垫上。夜色被一道道闪电照亮，大雨倾盆。挺好，也许这场暴风雨会带走炎热。我喜欢雷声。我喜欢计算闪电和雷声之间隔了多少时间，这样我就知道乌云是在靠近还是在远离。

妈妈和爸爸或许已经睡着了，我却睡不着。今天发生的新鲜事让我心烦意乱。在雷雨声中，我似乎听见了什么。是奈利的声音。我听不清他在说什么，那些话断断续续地传来。我唯一立刻明白过来的是他在和别人说话。我起身想去看看，蹑手蹑脚地不吵醒妈妈和爸爸。我来到通往底楼的楼梯，往楼下的黑暗中看去。那些声音从黑夜中浮现，就像池塘里蟾蜍的尸体。现在那些声音更加明晰了，但仍然听不清。除了那个老人的声音外，还有两个声音，分别属于一个男人和一个女人。他们低声交谈着，也许是为了不吵到他人。接着他们突然沉默下来。谁知道这些人是谁，我疑惑地想着。然后我回到了床上。

这一次我睡着了。但在我陷入沉睡之前，一阵声响吵醒了我。一阵哀叹。我抬起身，环顾四周。雨已停了，教区长寓所里一片寂静。但那声音不是我想象出来的，我的的确确听见了它。那哀叹声又开始了。我是对的：有人在楼下哭泣。我伸出一只手臂想去摇醒爸爸，但我的手落在了空荡荡的床上。我起身，看见大床上一个人也没有。他们已经起床了？他们丢下我去了哪里？我向楼梯走去，跟随着那阵低声的哭泣。我觉得那不是妈妈或爸爸的声音。发生什么了？在下楼查看前，我点燃了床头柜上的蜡烛。我慢慢地走下阶梯，心脏在胸腔里狂跳。但我还不知道自己是否应该害怕。

我到了楼下，注意到发出那哭声的人恰恰在我面前。我走过去，试着用烛光照亮他。琥珀色的烛光映出了那个叫奈利的老人。他坐在一把草编椅上，弓着背，两只手都扶在拐杖上。他抽噎着，剧烈地晃动着背部，从那双盲眼里涌出许多泪水。

"发生什么了？"我问道，"你为什么哭呢？"

他似乎在此时才注意到我，因为他停止了哭泣，看不见的眼睛转向我的方向。

"啊，小女孩……你不知道发生了多么不幸的事。"

"有人伤害你了吗？"

奈利抽着鼻子。"不是对我。"他回答道。

我立刻想到我的父母，内心充满恐惧："妈妈和爸爸在哪里？他们为什么不在这儿？他们去哪儿了？"

在回答之前，老人从口袋里掏出手帕，大声地擤着鼻子。他为什么不告诉我？他为什么要浪费时间？

"我的孩子们在预计的时间之前赶上我了。"

我环顾四周，寻找着他们，但我谁也没看见。"他们在哪儿？"我问道。

"就在你身后。"奈利对我说道。

我知道我应该立刻回头，但我没有这么做。我慢慢地转过身，背后的黑暗在我脖子上激起一阵痒。我拿着蜡烛站在一面黑暗的墙壁前，试图分辨出什么——一个动作，一个形状。我察觉到一阵脚步声，然后我看见他们出现了。两个人的身形：一个高些，另一个矮些。

那个男孩又高又瘦，一头直发长度过肩，双眼深陷在面孔里。

那个女孩穿着一套绿色背带工装，化着浓妆，抽着一支烟。

"他是维泰罗，她是卢乔拉。"老人向我介绍他们。刚才他就是在和他们说话。

维泰罗手里拿着一把小刀，他把刀刃从手掌上蹭过，就像是在把刀磨快。卢乔拉握着一把生锈的剪刀。我被他们包围着。

"我的孩子们不是坏人。"奈利发誓道，"他们只是有时候让我担忧。"

那两人看着对方，然后笑了。我再一次转向老人。

"妈妈和爸爸在哪里？"我问道，试着表现出坚定的样子……但我听见自己的话音在颤抖，他们肯定也察觉到了。

"如果你想再见到他们，就得把一件东西交给我们。"维泰罗说道。他的声音像他握着的那把刀一样尖细。

"你们想要什么？我们什么也没有。"

"一件你们有的东西。"老人插话道，"那件宝物。"

当他说出那个词的时候，他的声音变了，不再哀怨，而是充满恶意。但我们没有什么宝物。

"但我们没有什么宝物。"

"不，你们有。"

这不是真的。

"这不是真的。"

"那个匣子。"老人平静地说道,"你们一直带在身边的那个匣子。"

我无法相信。他们想要阿多?

"那里面没有宝物,"我反驳道,"只有我的哥哥。"

他们三人开始大笑起来。然后奈利抬起拐杖,敲了一下地面,于是所有人都停止大笑。

"把宝物给我们,作为交换,我们把你的父母还给你。"

我感觉到自己的眼中涌出了泪水:"我不能……"

老人没有出声。

"我不能,拜托你们了……"

奈利呼出一大口气:"听着,小女孩,你的妈妈和爸爸昨晚没有对我说实话。当人们对我说谎时,我会很生气……但更糟的是,他们也对你说了谎,这让我非常不高兴。"

"对我说了谎?"这是什么意思?

"他们在今天之前就已经认识我了。我记得,我从来不会弄错人们身上的气味。但他们装作不认识我……在一段时间以前,我们所有人都在红顶屋……"

在红顶屋,这是什么意思?

"但有一天夜里,他们带着宝物逃跑了,什么也没跟可怜的奈利说。"

"我发誓,我们有宝物的事不是真的。"

"不要发什么誓!"奈利对我吼道。

我感到有人抓住了我的头发,有只手拉了我一把,让我向后跌去。卢乔拉压在我身上,用她身体的全部重量压着我,把剪刀

如果你不知道读什么书

就关注**书单来了**微信号

快点扫吧！
我抱不动了！ →

微信号：shudanlaile

反面查看书单

如果你不知道读什么书
就关注书单来了微信号

关注后，回复数字，
即可查看相关书单！

微信号：shudanlaile

1. 这5本小说将中国文学抬到了世界高度
2. 5本适合零碎时间读的书，有趣又长知识
3. 等孩子长大，一定会感谢你给他看这5本书
4. 这5本书，都是各自领域的经典之作
5. 我要读什么书，能够让我内心强大

6. 情绪低落的时候，就看这5本书
7. 这5本小书，我打赌你一本都没看过
8. 十个心理成熟的人，九个读过这本书
9. 5位大师的巅峰之作，好看得让你灵魂震颤
10. 这5本书启发你思考，怎样度过你的一生

11. 这5本文学经典，看完仿佛度过了一生
12. 如果你对人生感到迷茫，就看看这5本书
13. 这5本书，教你如何安放矛盾中的自我
14. 5本极其烧脑的推理经典，令人拍案叫绝
15. 文学史上五个绝世无双的男人，你选谁？
......

对准我的一只眼睛。维泰罗跪在我身边，用小刀抵着我的喉咙。我感觉到刀片划过了我的皮肤。

"听话，孩子们，乖乖的。"盲眼老人责备他们道。但他们不放我走。盲眼老人接着说："现在我们的朋友会告诉我们那个匣子埋在哪儿……"

"在墓地里。"我用微弱的声音说道，同时感觉自己就要死了，因为我辜负了妈妈和爸爸的信任。但我不知道还能怎么办。

"在墓地的哪里？"

"在石雕天使像下面……"

湿润的泥土是最难挖掘的，爸爸曾经告诉我。但维泰罗力气很大，当他把铁锹插入土里时，泥土似乎一点儿也不沉重。他甩出一铁锹泥土，又低头开始挖，他不知疲倦。卢乔拉提着一盏煤气灯，照亮坑洞。奈利坐在一块墓碑上，把我抱在他的膝盖上。他那虚情假意的温柔令我直起鸡皮疙瘩。那座石雕天使像监视着我们，它无能为力，正像每当你需要天使的帮助时，所有的天使都无能为力。

"需要多久？"卢乔拉抱怨道。

"我发誓，如果下面什么也没有，我就宰了她。"她的兄弟威胁道，恶狠狠地看了我一眼。

"有的，有的。"老人安抚他们道。"我们的朋友说的是实话。"他肯定道，抚摸着我的头发。

我不确定他们三个是否真的是一家人。事实上，在这个时刻，我什么都不能确定。我只想知道我的父母在哪里。我不知道他们遭遇了什么事，这使得我满心恐惧。他们对我的父母做了什么？一旦他们打开匣子，发现里面根本没有什么宝物，他们又会对我做什么？

老人靠近我的耳朵。他的气息温热且充满腐臭味，但同样让我打了一个寒战。

"紫寡妇在找你……"他对我说道，"你是一个特别的小女孩，但你不知道这一点……"

又是那个词：特别的。我不明白这是什么意思。紫寡妇是谁？她想从我这儿得到什么？

一声低沉的响动。铁锹头撞上了什么东西。我看见维泰罗跳进洞里，开始徒手挖掘。

"往里照亮。"奈利向卢乔拉命令道。

我没有靠近，仍待在老人的怀里。片刻后，我听见坟墓里传来一阵笑声。

"我找到了。"维泰罗高兴地喊道。

我看见他那两只长长的手臂伸了出来，举着装有阿多的匣子，然后把它放置到坑洞的边儿上。卢乔拉向她的兄弟伸出一只手，把他拉了上来。他们二人转向老人，等待着他的指示。

"我们把它打开吧。"老人吩咐道。两个孩子满意地微笑起来。

盲眼老人站起身，留我站在墓碑旁，走向他的同伙。我看见他们在摆弄那只匣子。维泰罗用那把小刀刮开封住匣盖的沥青，匣盖上刻着我哥哥的名字。然后他把刀身插入一个缝隙，开始撬起匣盖。

我不想去看。我不想见到阿多。我做不到。我问自己，在这些年里他变成了什么样子，过去这么久，他还剩下什么？在此刻之前，我从未见过一具尸体。我害怕自己即将看见的东西。该死的家伙们，但你们很快就会发现没有什么宝物。你们只不过唤醒了一个死去的小男孩。

匣盖被撬了起来。我站在那三个人背后，尽管我向自己保证不过去看，却还是偷偷看去。盲眼老人也很好奇，想知道匣子里有什么。

"那么，匣子里是什么？"他问道。

维泰罗和卢乔拉观察着匣子里的东西，但没人说话。然后他们走近奈利，低声对他说了些什么。

我看见了阿多。他的面庞美丽极了，仍然完好无损。死亡对他很仁慈。他看上去仿佛的确只是睡着了。

老人的怒吼震撼了黑夜。他转向我，用他那双看不见的眼睛盯着我。在他空虚的目光后，我看见了地狱。我明白我不会有第二次逃走的机会了。于是我转身开始逃跑，一头扎进黑暗里。

我感觉到老人的手抓着我的左臂。他的指甲插进了我的肉里。我想要叫喊，却屏住气息，我需要屏息静气。我成功脱身了，但他的指甲在我身上留下了几道深深的抓痕。

"抓住她，别让她跑了！"他怒气冲冲地向他的孩子们命令道。

我听见他们在我身后跳起来，试图来追我。维泰罗和卢乔拉提着那盏煤气灯追来，但他们没能抓到我。其中一个绊了一跤摔倒了，另一个试图拦住我的去路，但我跑得太快了。快得像野兔一样，爸爸总这么说。过了一会儿，我再也听不见身后有叫喊声和脚步声了，只能听见自己的呼吸声。我这时才停下来。我气喘吁吁，耳朵里嗡嗡作响，脑袋简直要爆炸。但我独自一人了。我发现自己跑到了沼泽地里。那些垂柳接纳了我，保护着我。

我在那儿站着，甚至不知道自己站了多久。我的膀胱仿佛要爆炸，但我只是静静地站着。接着，晨曦开始照亮天空，在树叶间滑动，前来寻找我。我知道我应该回去，但我不知道什么东西在等待着我，或者我会找到什么东西。最终我下定决心，动身走上回程的路，祈祷某个我不认识的神明保佑我不必承受失去一切的痛苦。

当我来到教堂附近时，我远远地发现爸爸在墓地里，在那座石雕天使像旁边。他正在用沥青重新封上装有阿多的匣子。我向他跑过去，看见他的一只眼睛肿了。

"你们到哪儿去了？"我绝望地问道。

他抚摸着我。"他们把我们锁在钟楼里，但现在他们离开了。"他用悲伤的语气告诉我，接着他注意到了我左臂上被奈利抓出的伤口，"妈妈在屋里，她会给你包扎的。"

我没有问，在那三个人强迫我说出匣子埋在哪里之前，他们遭遇了什么事情，甚至没有问我们的狗下场如何。他也什么都没有问我。我想知道关于红顶屋和紫寡妇的事情，但我明白，我们永远也不会再提起这个故事。

"他们还会再来吗？"

"不会了。"他向我保证道，"但我们今天就要离开。"

22

这是汉娜·霍尔第一次把阿多称作她的哥哥。

"那里面没有宝物……只有我的哥哥。"

格伯把这看作一个重大的进展。

病人在数到"四"的时候就从催眠状态中醒来了，无须再完成倒数。这个过程很自然，几乎让人感到解脱。

故事中关于打开装有阿多的匣子的那一段让格伯大受震撼：唤醒一个死去的小男孩对他的妹妹来说不会是个令人愉快的场面，尤其是，那个妹妹要为他的死亡负责。

汉娜坚信她瞥见哥哥的容貌完好无损，他的尸体没有因时间流逝而腐坏，这只能是她的精神在重新呈现她真实所见的场景时的一种权宜之计，绝无其他可能。

格伯想象着那具被做成木乃伊的幼小尸体在腐烂的过程中变成黑色，变得凹陷。

他甩开这幅画面，集中精力去看他在笔记本上记下的内容：

那些一如既往需要在治疗的第二阶段深入研究的问题。与此同时，他手中仍然紧握着汉娜在开始治疗之前交给他的那粒纽扣：那次深夜袭击的唯一一条线索。

"您真的认为昨晚袭击您的是他们三人中的某一个？我看不出这与您刚才讲述的故事有什么关系。"

汉娜什么也没说。她掀起左边的袖子，露出象牙白的皮肤上那三道被抓伤的旧伤痕。

"这就是奈利最后的爱抚。"她说道。

接着，她同样展示了右臂。在毛衣下面的是另外三道抓痕，血液凝结在伤口上。这些是新伤。

格伯试图表现得镇定自若，尽管他并不相信这些伤口出自那个盲眼老人之手。

"在您还是个小女孩的时候，奈利已经是个老人了，您清楚这一点吗？他可能已经不在人世了。"

汉娜从手提包里拿出烟盒。"您与死亡有种奇怪的联系，格伯医生。"她说道，随即点燃一支温妮烟。

他不会让自己被她拖入又一场关于幽灵的对话中。他必须保持对局面的掌控。

"关于紫寡妇的事，您能跟我讲讲吗？"

"紫寡妇是个女巫。"汉娜毫无表情地回答道，"据奈利说，她在找我……"

"因为您是一个特别的小女孩，对吗？"格伯复述道。

病人表示同意，但这一次，她仍然没有明确指出是什么天赋让她变得特别。然而，格伯对这些话已经感到厌倦了。

"您刚才转述了奈利的话：'在一段时间以前，我们所有人都在红顶屋。'"他看着笔记本读道。

"是的。"女人确认道。

"在您看来，这句话是什么意思？"

汉娜思索着，吸了一口烟，又呼出一阵灰色烟雾。然后她摇摇头："我不知道。"

格伯并不怎么确定："'红顶屋'是佛罗伦萨的老人们用来称呼圣萨尔维医院的，那是一家现在已经关闭了的精神病院。"

这是B先生告诉他的：当他还是个孩子的时候，大人们说"他去红顶屋了"，意思是某人疯了。在他父亲的童年时代，精神疾病是一件不可捉摸的事，就像一个女巫的诅咒。

汉娜·霍尔观察着他的脸，试图弄明白他的那句解释是什么意思。"我的父母是疯子？"她问道，"他们是从一家精神病院逃出来的，您想说的是这个吗？"

格伯注意到她有些生气，但假装没有发觉："您为什么没有告诉我，您在澳大利亚曾试图从一辆婴儿车里抢夺一个新生儿呢？"

汉娜身体一僵。"我从来没有做过这种事。"她为自己辩护道。

不，你肯定做过，他想。"您当时想对那个孩子做什么？"

"是谁告诉您的？是沃克，对吗？"

她开始变得激动。格伯必须保持冷静，必须表现得专业且态度坚定。

"沃克对您说了谎。"她喊道，站起身来，开始紧张不安地在房间里走来走去，"我当时想救那个孩子……"

"救他？"格伯被这个苍白的辩解震惊了，"从什么危险中救出他？"

"从他母亲那里。"汉娜立即回答道，"她伤害了他。"

"您怎么能确定这一点？"

"我知道。"她不假思索地回答道，"对一个小孩子来说，家是世界上最安全的地方。或者，是最危险的地方。"

听见她不合时宜地引述这句话，格伯简直要气炸了。"汉娜，我想要帮助您。"他肯定地说道，试着展现出真心为她的状况担忧的样子。"您身上某种精神分裂症的症状很明显。"他试着向她解释，"当然，其他治疗师肯定也会告诉您同样的事……"

"他们错了。"女人厉声喊道，"你们全都错了。"

"但在今天早上的治疗后，我们知道，你的原生家庭貌似有一种缺陷……现在我们可以治疗您的病症。"

女人抽着烟，仍然烦躁不安。

"不存在什么幽灵，您脸上的青肿和手臂上的抓痕很可能是您自己造成的……"他追问道，"您知道这意味着什么吗？这比被他人袭击还要糟糕，因为这意味着您无法逃离想要伤害您的敌人。"

汉娜突然停下了。"也无法逃离幽灵。"她断言道。接着，她用一种让人难以捉摸的神情看向他，看起来既愤怒又像在恳求："是因为您父亲对您说的话，对吗？"

格伯呆若木鸡："我父亲和这有什么关系？"

汉娜坚定地靠近他："他在临终前跟您说了一件事……"

他突然感到自己变得十分脆弱。他产生了一种毛骨悚然的感觉——这个女人能够读懂他的内心。

"是的，您父亲跟您说了一件事。"她坚持道，"这让您感到不安。"

她怎么会知道B先生在临终前告诉他的秘密？没有人听见他们的谈话。他也从来没有透露给任何人，甚至没有透露给西尔维娅。

"和所爱的人之间从不需要有秘密。"汉娜肯定道，预料到他想起了自己的妻子。

他本想反驳说他不相信她的超自然能力，说这场拐弯抹角的表演骗得了像特雷莎·沃克那样的人，但一定骗不了他。

"不存在什么秘密。我父亲选择了在那个时刻告诉我，在他的一生中，他从未爱过我。"

她摇了摇头："这不是真的，而是您推论出来的……当他临终前对您说话的时候，您听见的已经是一个幽灵的声音了，对吗？"

格伯什么也没说。

"说下去吧，他究竟对您说了什么？"

汉娜对自己非常有把握。彼得罗·格伯觉得，没有哪句反驳能够浇灭她贪婪又无耻的好奇心，而她正试图用这种好奇心挖出他心底的秘密。于是他选择说出最简单的真相。

"一个字。"他说道，"仅仅一个字……但我不会把它告诉任何人。"

格伯理解了一件他此前一直不明白的事。一件把他吓得要死的事。

汉娜·霍尔不是来接受他的帮助的。这个女人坚信自己是来帮助他的。

23

圣萨尔维医院有许多幢楼，每一幢楼都标有一个从A到P之间的字母。

在很长一段时间里，它曾是欧洲最大的精神病医院，落成时间是1890年。这家医院占地宽广，面积达三十二公顷。由于在现代化的村落结构中插入了一大片绿地，它至今仍被看作城市建筑的一个典范。它所在的地方在一个世纪前是佛罗伦萨的市郊，是货真价实的城中之城，完完全全自给自足：从供水系统到供电系统，从食堂到教堂，再到墓地。

彼得罗·格伯清楚地记得某本大学教材里对圣萨尔维医院的描述，但其中漏掉了一个细节。

圣萨尔维医院是座地狱。尽管格伯选择了心理师的职业，他却从未踏足过那个地方。

佛罗伦萨人把这座"疯人院"称为"红顶屋"——得名于这个仿佛处于人世之外的建筑远远看上去的样子。没有人确切知

213

道这个地方发生了什么事，因为人们一旦进去了，就永远不会再出来。

在一段时间以前，我们所有人都在红顶屋……

奈利的话很有说服力。他、维泰罗和卢乔拉曾经是那家医院的住院病人。正是在那个地方，他们认识了汉娜的父母。汉娜的父母是精神病人，这个事实并没有让格伯感到惊讶：怪异的举止、偏执和受迫害妄想是精神疾病的明显症状。

在与汉娜会面结束后，格伯决定去一趟圣萨尔维医院，想要看看能否找出那女人的父母在那里待过的痕迹。

他开车来到医院的大门口，观察着延伸至栅门之外的凄凉的花园：一道草木组成的墙，用以对所谓的"精神健全人"掩藏起那个地方的样子。

他只需按下对讲机，让人开启自动开门装置。他挂上挡，把车开进一条深入树林的小路。

开了大约一公里后，出现了第一座建筑，主体呈椭圆形。他熄了火，走下车，迎接他的是一片凄凉的寂静。

除了几条流浪狗，这个地方已经多年无人居住了。

1978年的一条法令宣布关闭所有拘禁精神病人的机构，出发点基于一条假设，即病人在这些机构里遭受了不人道的、有辱人格的对待。

终于，一个人影从保安室里冒了出来。一个健壮的男人，穿着深蓝色制服，佩挂着一大串钥匙，钥匙在他身侧丁零作响。

"我还以为是维修人员来了。"这位年老的看门人抱怨道，"但我想您不是为那根坏掉的水管而来的，那东西已经漏了好几天了。"

"不是。"格伯热情地微笑道,"我是来参观的。"

"很抱歉,博物馆已经关停了。政府请不起人维持它的运转。"

"什么博物馆?"格伯不知道圣萨尔维医院还有一个博物馆。

"那个记录医院院史的博物馆。"看门人肯定道,"您不是为这个而来的?"

"我叫彼得罗·格伯。"他立刻自我介绍道,担心自己会被赶走,"我是个儿童心理师。"

在过去,实习生们会被派往圣萨尔维医院进行实习。很少有人能经受得住,他们通常会改行。但是,在他毕业的时候,这家医院已经关门了。

"心理师?"那男人疑惑地问道。

格伯感觉到自己在被人审视,意识到自己外表欠佳。"是的。"他确认道。

"您在找什么?"对方怀疑道。

"两个病人的临床记录……我想知道那些档案被存放在哪儿。"

看门人笑了起来。"和其他所有东西一起,"他回答道,指向自己周围,"全都被毁了。"

格伯无意间把目光落在那男人的外套上。

"您掉了一粒纽扣。"他说着,指着那个位置。

看门人查看了一下。然后他也指了指格伯:"您也是。"

格伯看向自己：事实上，他的博柏利外套上也掉了一粒纽扣。遗憾的是，他们两人掉的纽扣没有一粒像汉娜声称她从袭击者身上扯下来的那粒。

我怎么了？他对自己说道。突然间，他开始注意起其他情况下不会在意的细节。这也属于汉娜·霍尔在他的脑海中灌输的顽念。

"您这一趟是白来了。"看门人断言道，"不过，如果您想，我可以让您在博物馆来一次专属参观……我不常遇到能跟我聊两句的人，我今天的值班时间太难打发了。"

从系在腰间的钥匙串中找出正确的钥匙后，看门人打开了一扇沉重的铁门，引他进入一条长长的走廊。因为有着带栅栏的高大窗户，所以走廊里光线明亮。

走廊两侧有着贴满了照片的巨大嵌板。有些照片是黑白的，其他的是彩色的。这些照片表明了曾经居住在这里的病人们的情况。这是一个人类苦难的样本集，那些男男女女被抽空了自我，像船难者一样永远听任风暴的摆布。他们称不上在生活，只是勉强度日，被强壮的护士看管着。而那些精神科医生站在高处，从连接不同楼栋的通道上观察他们，就像在动物园里一样。这里缺少相应的精神药物，治疗手段是不加区分地使用胰岛素和电击。

"那些人被分为平静型、了无生气型和激动型。"看门人解释道，"然后是半激动型，也有患病的和瘫痪的。还有患了癫痫的和淫乱的，那些人的性生活很混乱。老人们住在养老院里。"

格伯知道，流落到类似地方的并非只有患有或轻或重的精神疾病的人，还有身体残疾、没有家人照料的人。直到几十年前，这些地方收容的人还包括酗酒者、女同性恋者和男同性恋者，因为他们属于被文明社会排除在外的类别。事实上，被关进像圣萨尔维医院这样的地方并不难。对女性来说，尤其如此。只要一个女人我行我素，或者有人指控她的举止与现行的道德伦理不合，她就会被送到那里，通常是经过了她亲属的同意。大部分诊断与真实的医疗卫生需求毫无联系。因此，这些地方也会收容缺少资财的孤寡老人，让他们自生自灭。

对那些甚至不能早早进入真正的地狱的穷人来说，圣萨尔维医院就是地狱。

这座博物馆和馆中的永久展品有一个伪善的企图，意图治愈佛罗伦萨因为那个世界受到的伤害。因此，格伯无法再在这个地方待下去。

"我弄错了。"他说道，"圣萨尔维医院在1978年就关停了，但我要找的人那时候还是小孩子，他们当时不可能住在这里。"

格伯是现在才想起来的。奈利对汉娜撒了谎，说他在红顶屋认识了她的父母。或者，更有可能的是，汉娜对格伯撒了谎。但她为什么想引他来这里？

"等等。"看门人拦住了他，"这个说法不准确。有件事一直没有被透露出去：在被宣布关停后，这家精神病医院仍然继续运转了二十年。毕竟医院总不能把在这里度过了大半生的病人随随便便扔到大街上吧？这件事从来不是什么秘密，只是没人想要了解。"

他说得有理，格伯之前没有考虑到这一点。

"那些精神病人的家人不愿意把他们接回家，而那些可怜的家伙也没有别的地方可去。"

"那么，在1978年之后，这里依然收容了其他人？"

"这个地方一直是人类社会的废弃品处理站……那条法令本意是好的，但人心不会因为一纸文件就改变。"

他说得有理，尽管没人会公开承认这一点。在这个紧要关头，格伯产生了一种直觉："这些天里，还有别人来参观博物馆吗？"

"您是今年以来的第一个人。"那男人立即回答道。

"没有人到这里来问问题吗？"

看门人思索了一会儿，摇了摇头。

格伯决定给他一条线索："一个时常抽烟的金发女人……"

"您说她抽烟吗？也许……"

格伯正要请他把话说完，但对方先开口了。

"这里有时会发生诡异的事。"他断言道，但从他的脸上可以明显地看出，他担心自己不被相信，或者更糟，被看作疯子，"请别误解我，我不是个傻瓜，我很清楚人们对这种事是什么看法……但如果你在一个废弃的疯人院工作，传播出某些流言，也许会有人开始笑话你。"

"您看见什么了？"格伯直截了当地问道，向他表明自己愿意不加评判地倾听。

看门人的声音变得尖细而惊恐："有时候我听见楼里有人在哭……有时候有人在笑……我不时听见他们之间在交谈，但从来听不懂他们在说些什么……他们还喜欢移动椅子：他们通常把椅子安置在窗前，朝向花园……"

格伯不置一词，但他不得不承认，这个故事攫住了他。也许是因为这个地方的环境，也许是因为他的理性近来已经受到了太多次考验。

"您为什么要跟我说这个？"他问道，直觉意识到这仅仅是个开头。

"来，我给您看一样东西……"看门人说道。

他跟了上去，被引入博物馆的一个房间，房间里的墙壁上满满当当地贴着一张拍摄时间为1998年的大合照：四排穿着白大褂的男男女女，整齐地排列在镜头前。

"这是医院关门的那天。他们是在圣萨尔维医院工作的最后一批人：心理师、精神病医生、专科医生……昨天，就在这张照片前的地板上，我发现了三个烟头。"

"是什么牌子的，您还记得吗？"格伯立刻问道，想到了汉娜·霍尔的温妮牌香烟。

"很抱歉，我不记得了。我没有细看就把它们扔了。"

格伯疑惑，那人为什么偏偏在这张巨大的照片前停下脚步？他开始仔细观察照片上的脸，就像前一个人可能做过的那样，然后他认出了一张熟悉的脸。

他只见过她两次。第一次是在他快九岁的时候，在某个星期天的维沃利冰激凌店里，在一杯他不屑于品尝的、正在融化的冰激凌前。第二次是在卡勒基医院，在心脏病科的等候室里，她当时正在流泪，因为她大概一直爱着的那个男人即将死去。

如今彼得罗·格伯第三次遇见了她。他惊异地得知，这个女人对汉娜·霍尔来说也很重要。

在这张老照片里，她穿着的白大褂上少了一粒黑色的纽扣。

24

在开车回家的路上，他思索着怎样才能找到父亲的这个神秘
女友。

既然汉娜把她牵扯了进来，他便想弄明白汉娜在她自己拐弯
抹角的演出里给这个女人安排了什么角色。要弄清这一点并不容
易。他不知道她的名字，甚至不确定这么多年后她是否还在世。

天黑后开始下起了小雨，雨刮器扫走小小的水滴，形成一道
道闪亮的水痕，反射着霓虹灯招牌。当他仍在深思的时候，在离
目的地仅有几米远的地方，彼得罗·格伯在挡风玻璃外发现了一
样不寻常的东西，立刻警觉起来。

在他家楼下闪着两盏明亮的信号灯：警察机动队的警灯。

格伯本能地想要加速，心中升起一种不祥的预感——警察的
出现与他有关。

他停了车，从车上下来，匆匆赶往大门。他一步跨两级地
奔上楼梯，一直朝扶手之外的高处看去，想知道警察停在了哪一

层楼。

是五楼。正是他家。

家里的门开着，他立刻辨认出了马可的哭声和西尔维娅跟警察说话的声音。他朝他们跑过去。

"你们还好吗？"他冲进客厅，气喘吁吁地问道。

他妻子把孩子抱在怀里，两人都穿着外套，就像刚刚到家一样。西尔维娅看上去很不安。警察转向他。

"一切都好。"两名警察中的一人安抚他道，"没有发生什么严重的事。"

"那你们为什么在这里？"

他走近妻子，立即吻了吻她的额头，想要安慰她。马可伸出小手，因为他想去父亲怀里，格伯满足了他。

"这位女士声称有人闯进了家里。"警察解释道。

"不是我声称，是事实如此。"她抗议道，接着又转向格伯，"我回家的时候发现你的钥匙插在锁眼里，我以为你之前回来过，把钥匙忘在了那儿。"

格伯本能地在防水外套的衣袋里翻找钥匙，果然没有找到。是他确实把钥匙忘在那儿了，还是有人从他这儿偷走了钥匙？

"但是，当我打开门的时候，你不在家。"妻子继续说道，"灯都关着，除了客厅里的灯。我来客厅检查，发现了那个……"

她指向屋子里沙发后面的一个地方。格伯向前走了一步，因为这张沙发阻挡了他的视线。

皮质装帧的家庭相册摊开在地板上。照片散落得到处都是。

有人从隔层里抽出了这些照片，撒了出来。

像是出自一个幽灵之手。一个不安的鬼魂的恶意把戏。

这些照片是他童年时期的。在前几张里，他的母亲还会出现，剩下的则展示出一个鳏夫父亲和一个独生子的孤独。在那些假期、圣诞节和生日里，总能感受到缺少了一部分，流露出一片悲伤的空虚。

看着这些照片，格伯意识到他已经好几年没有看过它们了。甚至，许多照片是他从未见过的，却让他想起它们被拍摄下来的确切时刻。这些照片一被冲洗出来，就被放进了相册里，没人再看它们。

那些记忆为什么现在回来了呢？就好像有人想要引起他的注意。B先生？他脑海中回想起汉娜·霍尔的话。

……当他临终前对您说话的时候，您听见的已经是一个幽灵的声音了，对吗……

"你们在家里存放有现金、珠宝、名表吗？"一名警察问道。

西尔维娅意识到丈夫太过震惊，无法回答问题，于是答道："我的首饰盒在卧室里。"

"您可以去检查一下是否少了什么东西吗？"警察请求道。

妻子离开客厅去卧室检查了。与此同时，彼得罗·格伯把马可放在沙发上，在他身边瘫坐下来。小男孩开始玩起了自己的手指，他的父亲太过慌乱，没有心思搭理他。格伯基本能确定，闯入者没有带走任何贵重物品。然而，一想到有陌生人侵入了自己挚爱之人的私人领地，他便陷入了某种混乱状态。

"什么东西也没少。"片刻后,西尔维娅重新出现在客厅里宣布道。

"如果是这样的话,我认为这不是需要报警的极端情况。"一名警察说道。

"什么?"西尔维娅感到难以置信。

"这甚至不算撬锁入侵,因为钥匙已经插在门锁里了。"

"那这个呢?"她反驳道,指向地上的照片。

"也许是有人想跟你们开个玩笑。"

"开个玩笑?"她重复道,发出一阵紧张的短促笑声。闯入者将不会受到惩罚,她不甘心接受这个想法。

"我不是说这件事不严重,但这是最实际的假设,女士。那么,你们有怀疑的对象吗?"

面对警察的问题,西尔维娅将目光转向了丈夫。格伯移开了自己的目光,心里涌起一股负罪感。

"不,没有。"她说道,但她明显在略过一些东西。

警察大概也察觉到了。"这事不常发生,但有时候破坏财物的行为只是一个开端。"他断言道。这是一个明确的警告。

"什么的开端?"西尔维娅警觉地问道。

警察沉默了一会儿,然后才回答道:"如果闯入者第一次成功逃脱了,他们通常会再次作案。"

晚餐后,西尔维娅借口带儿子上床睡觉,没等格伯就去睡了。她仍然深受惊吓,或许也在生他的气,他不能怪她。

她把这件事遮掩了过去,向警察撒了个谎。两人都明白,他把钥匙忘在锁眼里的那个故事不可信。但相比"我丈夫有个精神分裂的病人，谁知道为什么他让她闯进了我们家"的说法，那个故事肯定没那么令人尴尬。

西尔维娅表现得像一个遭到背叛的妻子，因为羞耻而公开否认丈夫不忠的过错。但是，当警察问他们是否有怀疑的对象时，她的目光里凝聚着耻辱的重负和无声的愤怒。

这场对他们家的恶意入侵也许是汉娜·霍尔的手笔，格伯不能排除这一点。但在没有证据的情况下，他不愿归咎于她。尽管这名病人费尽心思地把一切变成一个谜，这也不能证明在他身上发生的所有事都是因为她。顽念的本质就是把任何事件都当作骗局或阴谋的结果。但妄想是滑向疯狂的深渊的第一步，而他必须保持理智和清醒。

整理完厨房后，他坐在桌旁，拿着那本家庭相册，想要把那些照片放回各自的隔层。在他放回照片的时候，他知道自己再也不会打开这本相册了。为了整理这些照片，他不得不重新回顾那些已经在记忆中逐渐褪色的时刻。

您有没有注意到，当人们被要求描述自己父母的时候，他们从不把父母描述成年轻人，而通常倾向于把他们描述成老人？

汉娜·霍尔说得有理——再次看到自己和父母在一起的照片时，彼得罗意识到他们因为年轻显得多么局促和青涩。或许有一天，马可也会惊讶地发现，他和西尔维娅曾经年轻过。

格伯继续翻看着一张张照片，那些他很久没有忆起过的细节重新浮现出来。比如，他母亲的微笑。她去世的时候，他年纪太小，还不记事，那微笑是唯一能表明她很高兴把他带到世上来的证据。它被封存在这仅有的几张照片中，这些照片把他们一起永远留存在了他生命最初的两年里。看起来，他的父亲不这么想，因为他迫切地要用仅剩的最后几秒钟生命向他透露那件糟糕透顶的事。

B先生的秘密遗言。

为什么他不把那个秘密带进坟墓里？格伯做了什么以致要遭受这样的对待？

他把妈妈的死归咎于我，格伯对自己说道，为一个在自己脑海里存放已久的念头提供根据。我不知道为什么，但他坚称我对杀死她的疾病负有责任。这有点儿像汉娜·霍尔坚信自己是杀死哥哥的凶手。

不，这更糟糕。糟糕得多。

格伯在翻到一张父母在他出生前的照片时，愈加坚信自己的想法。在他母亲身上，那种会在几年内带走她的疾病已经露出了明显的迹象。直到这一刻，格伯才想到，时间的流逝要快得多。

她表达了想在死前要一个孩子的心愿。B先生同意了，尽管他知道自己将不得不独自抚养这个孩子长大。

这就是为什么他父亲一直对他缺乏温情。这就是为什么在临死前，作为报复，他父亲向他透露了这个他至今不愿和任何人分享的秘密。

对格伯而言，发现这一点比得知自己从未被爱过更加残忍。因为如果是他处在父亲的位置上，面对一个会永远提醒自己丧妻之痛的儿子，他或许也会产生同样的感受。

这个儿子就像是判处他永不忘却那种痛苦的徒刑。

他无法抑制住从脸上无声淌落的泪水。他用手背擦干脸，仿佛想要驱走一切弱点。然后他整理完了相册里的照片。

直到这时，他才察觉到少了一张。

面对那个空着的隔层，他疑惑自己是否弄错了，因为那里或许从来没有放过照片。但是，有人可能故意抽走了一张照片，这个念头注定要在他脑海里生根，他清楚这一点。他会被迫不断想起这个念头，不断问自己那张照片留存下了哪个场景，那个场景是否有着特殊的意义。

他一拳砸在桌子上，咒骂着这个晦涩的谜和汉娜·霍尔。就在这时，他的手机响了起来。

"现在打电话对您来说是不是太晚了？"

"不晚，沃克医生。我很高兴和您通话。"

"在我们那天的争论后，我可拿不准。"

"我很抱歉，当时说话那么大声。"他让她放心，"我得承认，我对汉娜·霍尔展开的治疗进行得并不顺利。"

"我原本期望听到您说，治疗正在取得令人满意的结果。"

"很遗憾，不是这样。"

"发生什么别的事了吗？"

"汉娜的父母或许曾经被关进精神病院。"

"这可能解释了她的精神疾病的根源。"

"是的，但我认为不可能追溯到他们的病例。在那家医院关门后，文件全都被毁了……还有一件事不对劲儿：如果汉娜和他们一起生活到她十岁的时候……"

"您是说，直到火灾之夜？"

"正是……我想说：如果是这样，那么在那之后，她会被托付给其他人收养，否则无法解释她为什么会去往澳大利亚，并且采用了她现在的身份。"

"在意大利不存在她被收养的证据，您是想告诉我这个？"

"在意大利没有，但或许您可以在澳大利亚查证一下。"

"当然，我肯定会去查的。"

"汉娜在小时候就见过他们一直带在身边的那个木匣里的东西。"

"真的？她有什么反应？"

"她描述说，可怜的阿多就像是睡着了一样，就好像死亡没有侵蚀他。"

"这是典型的重构现实的作用过程。"

"是的，我也这么想。"

"还有其他不寻常的事吗？"

"她提到了一名女巫。"

"一名女巫？"

"她把她称作'紫寡妇'。她重复了那个关于'特别的小女孩'的故事，还补充说，那个女巫为此正在找她。"

"女巫和陌生人。"沃克思索着，"您准备怎么做？"

"让一切顺其自然。我已经厌倦了听她说起幽灵和其他精神异常的蠢话。我会想办法让她开诚布公地说清楚：我相信，那个女人以为她来这里是为了重构关于阿多的遭遇的真相，也是为了帮助我。"

"帮助您？"

"让我们这么说吧，她放任自己对我的私人生活进行了一连串侵扰。"

"我很困惑，我没有料到这一点。"

"请放心，我正在听从您的劝告：我在继续录制我们的治疗过程，时刻警惕着。"

"很好……那我先挂了，有个病人在等我。"

"或许您仍然和汉娜保持着联系？"

"没有。"对方断言道，"否则我会告诉您的。"

然而，格伯觉得她说的不是实话。

"谢谢您打电话来，我会尽快再和您联系的。"他说道。

"最后一件事，格伯医生……"

"您尽管说。"

"如果我在您的位置上，我会深入调查那个关于紫寡妇的故事……"

"为什么？"

"因为我觉得那很重要。"

彼得罗·格伯正要再次回答，却听见在电话的另一头，特雷莎·沃克做了一件她之前从未做过的事。

她点燃了一支香烟。

25

"所以，迄今为止，你可能一直都在和假扮成心理师的汉娜·霍尔通话……"

西尔维娅很难相信汉娜·霍尔一直在假扮特雷莎·沃克，而他之前都没有察觉这一点。彼得罗·格伯无法反驳她。

"显然，我一有了怀疑，就给沃克在阿德莱德的事务所打了电话……你知道我发现了什么吗？"

"什么？"她不安地问道。

"我和她的助理通了话，她告诉我，沃克医生正在山里为几个病人举行催眠治疗研讨会，她不想被手机打扰……于是我留下了我的电话号码，请她给我回电话。"

"所以你并不确定汉娜是否假扮了沃克。"西尔维娅看起来很失望。

但格伯还隐瞒了一件戏剧性的小事：当他问助理沃克医生是

否有吸烟的癖好时，她困惑了一阵儿后回答说，特雷莎·沃克甚至见不得点燃的香烟。

他在半夜时分唤醒了妻子，告知了她这个令人不安的最新消息。把她牵扯进这件事使得他们的关系更近了。现在他们在黑暗里，面对面，盘着腿坐在双人床上。他们小声地交谈，小心翼翼地，就像四周的黑暗里藏着一个看不见的人能听见他们的谈话。尽管他们都没有告诉对方，但两人都很惊恐。

"到了这个地步，或许汉娜·霍尔也不是她的真名。"西尔维娅惊呼道。

她说得有理，他们对她一无所知。

彼得罗·格伯不得不开始回忆，重构起最近这些日子里发生的事件，以结合最新的发现重新审视它们。特雷莎·沃克在给他打的第一个电话里告诉他汉娜来到了佛罗伦萨，并请他负责治疗她。汉娜可能杀死了哥哥阿多的事被揭露出来。几年前，汉娜试图从婴儿车里抢夺一个新生儿。甚至在阿德莱德的第一次治疗录音也是假的：或许那一次格伯本可以察觉到为两人配音的是同一个人，但他任由自己陷入了那个故事里——真傻！除此之外，他为自己辩解，说他从未注意到汉娜和沃克的声音相似，因为前者说意大利语，而后者说英语。

格伯也想到了自己在无意间提供给那位假冒的催眠师的所有信息，那些信息也使得汉娜的表演更加顺利。他还向她提到了埃米利安。最令他愤怒的是，他甚至向她透露了他私人生活的细节。

但有一件事，汉娜说得有理。幽灵是真实存在的。她自己就是其中之一。这就是为什么他没有找到任何文件记录着一个意大利小女孩在被一个阿德莱德家庭收养后改名为汉娜·霍尔。这个身份并不存在。

他忍不住笑了出来。

"怎么了？"西尔维娅愠怒地问道。

"沃克甚至告诉我，在澳大利亚有两个汉娜·霍尔，其中一个是国际知名的海洋生物学家……就我们所知的来看，那个女人甚至并非来自澳大利亚……"

"别笑了。"妻子打断道，但她也觉得他们的处境既可悲又可笑。

他们注视着对方，变得严肃起来。

"现在我们怎么办？"西尔维娅问道，试图实际一些。

彼得罗·格伯很欣赏她这一点。面对逆境，她从不白白浪费时间追究责任或归咎他人：她保持善意，团结队伍。

"我之前觉得，你认为汉娜·霍尔是精神分裂症病人很有道理，但你的诊断是错的……"他对她说道，"那女人是个精神变态者。"

格伯注意到妻子变了脸色。她现在被吓坏了。

"我们不能报警抓她，因为她没有犯罪。而且，就算她闯进了我们家，我们也没有证据。"他肯定道。

"那要怎么解决？"

"我想表现得像对待笑话里的疯子那样……"他厌恶那个词。他父亲曾教过他，这样称呼一个病人，尤其是称呼一个人，是非常侮辱人的。然而，打这个比方来解释他的计划很有用。

"你要依从她……"西尔维娅惊讶地总结道。

"直到我发现她的真正目的是什么。"他承认道。

"如果她的目的仅仅是想纠缠你，毁掉我们的生活呢？"

他考虑过这一点，这是个实际的风险。

"汉娜有一个目的。"他说道，"她正在试图向我讲述一个故事……开始时，我以为自己仅仅是个旁观者。现在我明白了，我扮演着一个确切的角色，尽管我还不知道那是什么角色。"

"你怎么能确信她迄今为止对你说的话都是真的呢？那可能只是一堆谎话……"

"那么你就是不相信我作为催眠师的业务能力。"他讽刺道，"如果她在恍惚状态下说谎，我是会察觉到的……汉娜有能力在讲述那些事件的时候插入误导性的信息，为的是迫使我怀疑或者迷惑我。比如马可脚踝上的铃铛。她这么做是为了向我表明，她控制着治疗过程，因而也控制着我。但我认为她的故事结构是真实的：其中的许多事件都发生过……就像一个幻想出女巫和幽灵的小女孩。汉娜·霍尔想要迫使我找出哪些是她捏造的，哪些又是她童年时期的痛苦事实。"

西尔维娅似乎在说服自己，他们的问题可以得到解决。但格伯还没说完。他深吸了一口气——现在轮到最糟糕的部分了。

"我认为，汉娜打电话的时候点燃香烟，是有意向我透露她假扮了沃克。"

"为什么？"妻子惊呼道，显然被这个可能性吓坏了。

"为了让我害怕，或者为了让我知道我们拥有第二个沟通的渠道。无论如何，为了让这个渠道保持开放，我会继续假装下去：即使汉娜在利用这个伪装从我这里骗取信息，我觉得她扮作心理师的第二自我比作为病人的第一自我更通情达理。此外，她已经向我提供了关于如何继续治疗的重要信息。"

"你是指关于紫寡妇的故事？"

"汉娜利用沃克的身份向我指明要跟寻的线索，所以在下一次治疗时，我们会从那个女巫说起。"

"有什么我能帮上忙的吗？"

"带上马可去利沃诺，去你父母家里，直到我解决这件事。"他立刻说道。

"没门儿。"她以她一贯的好斗态度反驳道，而不是和他持相同的意见。

格伯握住她的手。他本应该向她坦白，在他毫无察觉或毫无抵抗之力的时候，汉娜·霍尔已经闯进了他的生活。

"我为你和我们的儿子担心。"他忧心地说道，"现在我能肯定，汉娜·霍尔是个危险人物。"

西尔维娅瞬间就明白了这是个借口，但她没有论点可以反驳。她的丈夫决定了不对她说实话，这就够了。而格伯不知道如何向她解释，这不是常见的医生对病人的移情。他感觉有什么东西把他和汉娜·霍尔绑在了一起。只有这个结被解开，他才能够回到原来的样子。

西尔维娅慢慢地从他手中抽出了自己的手。这种抽离的触感对格伯来说比任何辱骂之词或迎面的一个耳光都要糟糕。他的妻子幻想着这次深夜谈话可以把他们团结起来，然而却把他们推到了这个地步。现在她的反应冷淡疏离，而格伯尤法阻止这一点。

他对那个精神不正常的女人有种执念，这个事实让他也变得精神不正常了。

"你为什么要这么对我们？"西尔维娅问道，几乎是在喃喃低语。

他无法回答。

妻子突然站起身来，坚定地离开了房间，甚至不屑于看他一眼。即便如此，格伯也能感觉到她绷紧的肩膀和握紧的拳头中蕴藏的愤怒。他想要拦住她，试图弥补过错，收回所有话。但他已经做不到了。

在他做了刚才的这些事之后，他们再也回不去了。

26

　　他在天亮之前醒来，发现自己独自躺在床上。在双脚踏上地板的那一刻，从屋里的寂静中，他意识到家里空无一人。

　　西尔维娅带着马可离开了。他甚至没有听见他们出门。

　　刷牙的时候，他没有力气去照浴室里的镜子，与此同时，他回想起昨夜发生的事情。在短短几天内，他的生活和他家人的生活被搅得一团糟。如果在一周前有人向他预示一个这样的结局，格伯还会当面嘲笑他。他问自己，这场混乱在多大程度上出自汉娜·霍尔之手，在多大程度上又是由他自己造成的呢？所以他现在独身一人是对的。他需要独自面对他的心魔。

　　仍然有一个方法可以脱身。他有一件任务需要了结。

　　他本应该重新找到小时候他父亲试图介绍给他的那个神秘女人。根据他近日的发现，她那时候在圣萨尔维医院工作。现在他不得不问，那个陌生女人对汉娜·霍尔有什么意义，她和B先生之间究竟是什么关系？是否像他迄今为止相信的那样，他们的确有一段恋爱关系？又或者另有隐情？要得出答案并不容易，因为他对她一无所知，也不知该如何找到她。

然后还有那张从家庭相册中消失的照片。如果汉娜·霍尔拿走了它，那说明它很重要，他对自己说道。

他估计自己最多睡了两小时。失眠就是这样。人们在有限的时间内陷入某种昏迷状态，然后上浮至一种半精神错乱的状态，无法得知自己是醒是睡。

在赶往事务所前，他又服用了利他林。为了让自己保持清醒，这一次他把药量加至两粒。

来到那层宽阔的顶楼，格伯立即走向自己的办公室。他思考过要如何接待汉娜·霍尔。他会表现得很平静，完全不受最近发生的事件的干扰。他要用这样的态度向她传达出一个明确的信息：他加入了她的游戏。他愿意让她把自己引向她想要去的任何地方，无论付出什么代价，他坚定地反复告诉自己。

他点燃壁炉，沏好茶，但到了约定的时刻，汉娜却仍未到达。二十分钟后，格伯开始感到不安。这位病人通常都是准时的。能发生什么事？

汉娜在一个小时后才露面。尽管她的衣服上还留着两天前那次可能存在的夜袭的痕迹，她却没有更换自己的穿着。但有一样新东西：她的表情很奇怪，和之前几次相比，她似乎更平静了些。

"您迟到了。"他提醒道。

但从汉娜自得的神色中，格伯意识到，女人完全清楚这一点，而且她是故意迟到的，为的就是让他问她发生了什么。

"我看见您脸上的青肿已经痊愈了。"格伯对她说道，向她表明他不在乎她去了哪儿。

"开始时变成黄绿色，然后开始变黑。我不得不用粉底遮住它。"她回答道。

女人在摇椅上坐下，像平常一样点燃一支香烟。她转头望向窗外。在连日的暴风雨后，太阳终于朝佛罗伦萨探出了头。一道金色的光在办公室里蔓延开，从屋顶上滑下。领主广场像一件珠宝，藏在历史中心区由座座建筑组成的迷宫里。

汉娜迷失在她自己的思绪里，露出一个短暂的微笑。格伯察觉到了那个笑容，心里仿佛被刺了一下。他明白，他本应该了解带给她那不寻常的幸福一刻的是什么东西或什么人。

"发生什么了？"他问道。

汉娜再一次微笑："昨天，我离开这里的时候，遇见了一个人。"

他假装不感兴趣。"好的。"他仅仅说道。然而一点儿都不好。

"我当时在一家咖啡馆里，他请求坐在我身边。"女人继续说道，"他请我喝东西，我们聊了会儿天。"她停顿了一下："我已经很久没有那样和人聊过天了。"

"哪样？"他惊讶于自己会发问，甚至不知道这个问题是从哪儿冒出来的。

汉娜注视着他，装作吃惊的样子。"您知道是哪样，您肯定知道……"她诡秘地回应道。

"我很高兴您交到了朋友。"他希望自己的语气听起来没那么虚假。

"他带我在佛罗伦萨参观了一圈。"女人继续说道，"他带我去了佣兵凉廊，从那上面可以看见本韦努托·切利尼在《珀尔修斯》那件雕塑品后颈上的自画像。然后他向我展示了雕刻在维琪奥宫外墙上的一个死刑犯的面部轮廓，或许是出自米开朗琪罗之手。最后我们去看了育婴堂的'弃婴轮盘'，中世纪的时候，一些父母会把不想要的新生儿遗弃在那里……"

她列举的这些游玩景点，都是他在几年前为他想追到手的女孩子准备的保留节目。听到这些，彼得罗·格伯又被一波新的困惑压倒了。

"我说谎了。"汉娜说道，"是您告诉我去参观那些景点的，您不记得了吗？"

事实上，他不记得了，而且觉得这不可能。汉娜想再一次向他表明，她知道关于他现在的和他过去的许多事。

格伯以为自己准备好了去参与这个女人的游戏，无论其中有什么风险，但直到现在他才意识到，他对汉娜·霍尔的邪恶游戏一无所知。

"紫寡妇。"彼得罗·格伯只说了这一句，点出了今天催眠治疗的主题。

汉娜目光平静地审视着他。"我准备好了。"她肯定道。

27

我叫爱洛，我再也不想独自一人了。

在夏末的一天，当我和我的布娃娃一起玩耍的时候，我做出了
这个决定。我厌倦了发明只有我一个人参与的游戏。妈妈和爸爸永
远都有许多事要忙，没空和我在一起。这天晚上，我告诉了他们，
我想要有人做我的玩伴。一个能陪着我的小男孩或小女孩。我想要
一个新的弟弟或妹妹。阿多被埋在地下，再也不能做我的哥哥。于
是我想要另一个弟弟或妹妹，我想要。妈妈和爸爸对我的要求一笑
置之，假装什么也没发生，期盼我的这个念头会过去。但这个念头
没有过去，我坚持想要。我每天都向他们重复。于是他们试着向我
解释，我们一家三口的生活已经够复杂了，如果是四口人，就会变
得过于艰难。但我不愿意让步。当我的脑中出现一个念头的时候，
我就会变得咄咄逼人，直到得到我想要的东西。比如那一次，我决
定要和母山羊一起睡觉，结果长了虱子。我不断纠缠他们，直到有
一天他们把我叫去，要和我谈谈。

“好吧。”爸爸对我说道，“我们会满足你。”

我高兴得一跃而起。但从他们的表情中，我明白了会有一个条件，而我不会喜欢这个条件。

“当爸爸在我的肚子里放进一个弟弟或者妹妹的时候，我们必须分开一段时间。”妈妈向我解释道。

“要多久？”我立刻问道。我感到伤心，因为我不想离开她。

“要好长一段时间。”她仅仅重复道。

“为什么？”我已经感觉到自己的眼中蓄满了泪水。

“因为这样更安全。”爸爸对我说道。

“紫寡妇在找我。”我说道，“所以我们才需要一直逃跑……”

他们惊讶地看着我。

“奈利在墓地旁把我抱在他膝上的时候，提到了她的名字。”

“他究竟跟你说了什么？”妈妈问道。

“他说紫寡妇在找我。”

“她是个女巫。”爸爸迅速解释道。他看向妈妈，她立刻表示同意。

“这个女巫指挥着陌生人。”她补充道，“所以我们必须远离她。”

决定下来了：我会有一个弟弟或妹妹。一开始他还很小，不能和我一起玩耍，但接着他会长大，我们就会永远待在一起。我迫不及待。妈妈和爸爸没有告诉我他什么时候会到来。时间一天天过去，什么也没发生。然后有一天清晨，妈妈来叫我起床。

"我做了你最喜欢的早餐。"她说道。她的声音很奇怪，很悲伤。

我们三人都坐到餐桌旁。天色还早，外面仍是漆黑一片。在我吃着抹了蜂蜜的热面包的时候，我看见妈妈和爸爸不停地交换着眼神，就好像他们得互相打气一样。

"现在妈妈要走了。"爸爸向我宣布道。

我什么也没说。我已经明白了一切，我害怕我会哭出来，会改变主意，会请求她不要离开。

妈妈把她的东西放进一个背包里。黎明时分，我们目送她离开了声音之家。她独自走过田野，不时回过头来向我们道别。我们伫立在那儿，直到她消失在地平线处。白昼到来。

时光流逝。秋天过去了，冬天到了。我和爸爸过得还不错，但我们想念妈妈。我感到有愧于他。我知道，如果我不提出那个要求，她还会和我们在一起。但爸爸对我很好，不让我感到内疚。我们很少谈到她，因为我们害怕回忆让事情变得更糟。渐渐地，我们学会了过着没有她在身边的日子。我甚至开始做饭，重复着那些我看她做过千万遍的动作。在某些晚上，我和爸爸一起坐在火炉边。我想要听他弹吉他。但自从妈妈离开后，他再也没有弹过吉他。那些美好的事物不再令人愉快，而是在忧郁中生了霉。

春天快要结束了，我在声音之家的空地里玩耍。我正在追逐一只苍蝇，我抬起目光，看见远处一个身影向我走来。她挥挥手，就像认识我一样。阳光晃花了我的眼睛，我无法分辨清楚。但接着我就看见她了：是妈妈。她身上挂着襁褓，系在她的腰间。她的笑容更灿烂了，眼睛更清澈了。我去叫了爸爸，然后立刻跑去拥抱她。当她看见我时，她蹲下身，紧紧抱住我。我感觉到襁褓里有什么东西在动。她掀开布的边缘，向我展示出一个小小的婴儿。

"你应该为他选一个名字。"她对我说，"这是个小男孩。"

轮到我来决定我们应该怎么称呼他了。既然我的名字是个公主的名字，他也只能是个王子。

"阿祖罗[1]。"我高兴地宣布道。

阿祖罗甚至不会说话。我试着教他些东西，但他听不懂。他只会睡觉、吃饭和尿裤子。他有时会笑，但更多的时候会哭个不停，尤其是在夜晚。他夜里不让我们睡觉。我原以为家里有个弟弟，一切都会变得更美好。我真正喜欢的唯一一个时刻，是爸爸拿起吉他开始弹奏，让他安静下来的时候。妈妈回家之后，音乐也回来了。但他们的注意力不再只集中在我一个人身上了。当我要求得到一个弟弟的时候，我没有考虑过这一点。也许我本该再好好想想，因为现在大床中间的位置被他独占了，我不喜欢这

---

1 原文Azzurro，意大利语中principe azzurro（蓝色王子）意为女子理想中的爱人，类似"白马王子"。

样。我不喜欢必须把所有东西都和家里的新成员分享。于是有一天，我做出了一个决定。

我厌恶阿祖罗。

如果能回到过去，我宁愿爸爸没把他放进妈妈的肚子里。既然无法回到过去，也许我可以用某种方式补救。妈妈说，如果你强烈地渴望某样东西，鬼神就会把它送给你。好了，我已经想好要向鬼神许什么愿望了。

我想让他们把阿祖罗也放进那个匣子里，和阿多一起。

鬼神们听取了我的祈祷，因为一天夜里，阿祖罗开始咳嗽。到了早上，他仍然在咳嗽，接下来的几天也一样。他发了高烧，不愿意吃东西。妈妈和爸爸轮流把他抱在怀里，好让他呼吸得更顺畅些。他们累得筋疲力尽，我看得出他们不知道该做些什么。妈妈用草药为他准备了一种浸剂，把布放在里面浸湿后，热敷在他的胸口上。这些药没有起作用。阿祖罗病得很重。

"现在会发生什么？"一天晚上，我问爸爸。

他抚摸了我一下，我知道他想要哭。他看着我，对我说道："我想，阿祖罗会离开我们。"

我还小，但我知道这意味着什么。阿祖罗很快就会被装进一个匣子里。到那时，我们就该把他带在身边，就像阿多一样。妈妈看上去要比爸爸坚强，但我发觉她几乎要瘫倒。我感到内疚，我想做些什么。于是我再一次向鬼神恳求，请他们让阿祖罗和我们所有人免遭这样的痛苦。但这一次鬼神们没有听我的。

由于是我让阿祖罗生了病，所以也该由我来补救。在很长一段时间里，我对自己说，如果紫寡妇没有在找我，也许我们会过上一种不同的生活。如果我不在了，妈妈、爸爸和阿祖罗也许会住到一座城市里，那里有其他人，他们也不会害怕陌生人。最重要的是，城市里有医生、药品和医院，可以治愈我弟弟的咳嗽。我不想让阿祖罗死。但我知道，妈妈和爸爸永远不会把他带到城市里去接受治疗，因为他们必须保护我。我是特别的小女孩。于是，在一个清晨，当爸爸在外面寻找别的草药，妈妈在阿祖罗身边熟睡的时候，我走进房间里抱起我的弟弟，把他包裹在褟褓里，就像我看妈妈做过的那样，然后把他紧紧系在我身上。我在他们察觉之前离开了声音之家。在田野和石榴林之外有一条小路，我在地图上看到过。那条黑线通往一个红点。我动身上路，不知道需要多久才能到达。阿祖罗一开始很轻，但后来渐渐变沉，可我必须坚持住。阿祖罗在咳嗽，不过后来就睡着了。但是，他睡得很奇怪。他过分安静了。但我仍往前走。

我终于看见了城市，但它和我想的不一样：那里有高楼、灯光和车辆，但一切都只是一片巨大的混乱。我进了城，但立刻意识到我不知道该往哪儿走。这儿有人——很多人。他们从我身边经过，却看不见我。我想知道是否有陌生人混在他们中间。我就像一个幽灵。我一边走着，一边环顾四周。我不知如何是好。医生和药品在哪里？医院又在哪里？我在一级台阶上坐下。开始下雨了。现在我想回家，却不知道怎么回去。我迷路了。我想要哭。我偷偷看了看褟褓里的阿祖罗，他没被雨淋着，仍然在睡觉，于是我试着唤醒他，但他没有醒来。于是我把一根手指伸到他的鼻子下方。他还在呼吸，但他的呼吸很微弱。他就像断了一只翅膀的小鸟。然后发生了一件事：我抬起目光，看见了妈妈。她穿过雨幕，越过川流不息的车辆来接我们。我很高兴，站起身来。原谅我，我一边想，一边向她走去。她非常激动。我不知道她是不是在生我的气。

"你再也不能这么做了。"她一边拥抱我，一边责备道。她深受打击，但很高兴能找到我们。只有一位母亲知道如何一边快乐又一边生气。然后她解下我身上的襁褓，系在她自己的腰上，牵起我的手，带着我离开了。

"我不想让阿祖罗被装进匣子里。"我抽泣着对她说道，"我想要他的病好起来，和我们待在一起。"

妈妈正要安慰我，但停住了。我知道正在发生什么事，因为她在无意间握紧了我的手。我朝她看向的地方望去，看见了她见到的画面。

紫寡妇就在街对面。她注视着我们，就好像只有她能看见我们。

她的确穿着一身紫衣。她的鞋子是紫色的，她的裙子、雨衣和外衣里面的衣物也都是紫色的，甚至连她的手提包也是紫色的。妈妈没有从她身上移开目光。然后她做了一件我不理解的事：她开始解下包裹着阿祖罗的襁褓，慢慢地把他放在了地上。我不知道她为什么要这么做。人们会踩到他的。接着我明白了：她这么做是为了给那个女巫看的。妈妈转向我。

"现在你必须快跑。"她对我说道。

她拉走了我，我们逃跑了，把阿祖罗留在地上。妈妈回头去看我们身后发生了什么事，我也回头看了。紫寡妇穿过街道，走向阿祖罗。她在其他人踩到他之前把他抱了起来。但这样她就无法追上我们了。妈妈必须做出选择，选我或者选阿祖罗。而那个女巫也必须面对同样的选择。

阿祖罗现在和陌生人在一起了。为了救我，妈妈把他交给了紫寡妇。

28

汉娜睁开眼睛，呆滞地环顾四周。她没有意识到自己在哭泣。格伯递给她一张面巾纸。

"感觉怎么样？"他关切地问她。

他注意到女人不记得刚刚发生的事情。汉娜伸出一只手擦了擦脸，然后注视着被泪水沾湿的手心，像是在疑惑泪水是从哪儿来的。

"阿祖罗。"格伯说道，提醒她催眠治疗中的回忆。

汉娜脸上的表情慌乱起来：首先是不确定，然后是惊讶，最后是痛苦。

"阿祖罗。"她重复道，像是在认真思索这个名字，"我再也没见过他。"

"您觉得他最后怎么样了？我猜测，您至少想象过。"

"陌生人把人抓走。"她厌烦地重申道，"我跟您说过了……他们把人抓走，没人知道被抓走的人下场如何。"

"但在这件事上，您知道得很清楚，汉娜。"

女人身体一僵："我为什么应该知道？"

"因为您在火灾之夜后也遇上了这种事。对吗？"

"我和妈妈一起喝下了遗忘水。"她为自己辩解道。

他决定依从她，没有抓着这个话题不放："我想今天就到这里吧。"

汉娜看上去很惊讶，她可以利用的治疗时间竟这么早就结束了："我明天再来见您？"

"和平常一样的时间。"格伯让她放心，"但下次请您准时。"

女人站起身，重新拿起手提包。

"对了，您还准备在佛罗伦萨待多长时间？"

"您认为我们不会取得多少进展吗？"她感到困惑。

"我认为您需要开始考虑一种可能，也就是我们的治疗不会给出您寻找的所有答案。"

汉娜思索着。"明天见。"她仅仅说道。

他听见她出去时关上了办公室的门。他独自一人，思索着他刚才听到的故事：弟弟，紫寡妇，母亲为了救她抛弃儿子的那种牺牲。但究竟是为了从什么危险中救出她呢？

他仔细地重新思考那个故事，他第一次感觉到，在那个女巫和陌生人的寓意下隐藏着一个切实可感的意义。他努力把这件事和自己的经历联系在一起，想弄清楚在一个小女孩的世界里，这些人物可能代表着什么人或什么东西。他们代替了某样东西或某个人，他对此很肯定。埃米利安也用动物来代替收养他的家庭成

250

员和那个收养机构的负责人。他治疗过的许多未成年人都曾用妖怪和恶狼来描述伤害过他们的成人，或者仅仅是让他们感到害怕的成人。

但是，一个全身永远穿着紫色的女人——格伯对自己重复道——在现实里找不到对应物。

这个新的问题会是和特雷莎·沃克讨论的最好话题……如果她确实是她自称的那位催眠师就好了。格伯想到，在最近的几小时内，他失去了所有的参谋。先是那位澳大利亚同行，然后是西尔维娅。

他必须独自应对一切。

这个想法立刻带来了另一个想法。他再次想起他的家庭相册，想起散落在家中地板上的那些老照片。在失去妻子后，B先生也不得不"独自应对一切"。

好了。一切都重新引向他，引向他那个已故的父亲。他或许通过灵外质[1]的形式回到了人世，把格伯的客厅弄得一团糟。

格伯对这个荒诞的想法一笑置之，但与其说是出于信念，不如说是出于习惯。不过，正是在把这个想法与那晚和沃克的谈话联系在一起时，他想到了沃克曾不遗余力地向他反复强调，让他出于预防，在对汉娜进行治疗时录像。

……我是认真的。我比您年纪大，我知道自己在说什么……

她为什么这么坚持这一点？又一次，汉娜通过她扮作沃克医生的第二自我向他传递信息。格伯有一种直觉，他应该重看那些

1　通灵学中灵媒在通灵状态下散发出的物质。

录像，以免遗漏了什么。但他已经知道，他要找的是，为了闯入他家中，那女人在哪一个时刻从他的口袋里掏出了钥匙。

或许他其实很清楚那是在什么时候。

涉案的那次治疗是在前一次，当他在那场汉娜声称的袭击发生后帮助她的时候。

在手机上重看那段画面的时候，格伯意识到西尔维娅从来没有看到过她的敌人长什么样。她们二人之间有着悬殊的差距。汉娜一点儿也不具备他妻子的优雅美丽。她不修边幅，衣着马虎。西尔维娅能让经过的男人们回头看她，他发现过好几个人用目光向她献殷勤。然而，汉娜·霍尔毫不引人注目。但也许正是因为只有他能注意到她，只有他看到了其他人察觉不到的东西，格伯才感到自己享有特权。

屏幕上播放着催眠开始前几分钟的画面，他在这段时间里检查了女人脸上的撞伤，把冰敷在伤口上。他们的身体和脸庞靠得那么近。再次看到自己与病人之间难以定义的亲密时刻，格伯感到很不自在。他意识到这产生了模糊的、令人不安的效果。他当时以为那只是汉娜的自伤行为，但它实际上掩藏着别的东西，他坚信如此。这是汉娜想出的一个精明的计策，为的是靠近他，趁他不注意的时候从他身上拿走他家门的钥匙。

格伯把那段录像倒回了好几遍。多亏了那么多个微型摄像机，他能够从不同的角度重看录像，但他没有发现任何异常。这个结果令人沮丧。全世界都在密谋欺骗他，让他坚信照片散落那件事的确是他父亲的鬼魂所为。或许那意图仅仅是想让他发疯。

突然间，他考虑到了一个他未曾思量过的方面。

　　如果是他自己把钥匙留在门上，恰好让汉娜·霍尔趁机利用了呢？她跟踪我，他对自己说道。她监视我。她知道关于我的一切事。如果是他在无意识间让她进了家门呢？他真的被她纠缠到这种地步了吗？

　　是的，是这样。

　　汉娜知道关于他和B先生的事，这些事预示着某个真相将会被揭露。她想把他牵扯进她的故事里。格伯不知道为什么，但要做到这一点，最简单的方法一定是利用他的父亲。因为他对这个话题非常敏感，也因为这是一道尚未愈合的伤口。巴尔迪提醒过他警惕某些骗子操纵人心的手段。但如果汉娜·霍尔不是求财，那她想从他这里得到什么呢？她并不仅仅是想引起他的注意……

　　时长仅有一秒，但格伯清楚地看见，那个亮闪闪的小物件从汉娜手中径直落在了地毯上。他本能地把目光从屏幕上挪开，往地上看去。但摇椅下面什么也没有。

　　它不可能消失了，他对自己说道。它还在这儿。

　　他采取了行动：他移动家具，仔细观察藏得最深的角落，同时问自己要找的该是什么。最终，他在樱桃木小茶几的桌腿边发现了那条神秘的线索。

　　一把小小的铁质钥匙。

　　他观察着它。它太小了，不是用来开门的，更像是用来开挂锁或者橱柜锁的。他猜测着存放的是什么东西，但接着又排除了这个选项，因为他想起了一件更加日常的东西。

　　“一个行李箱。”他对自己惊呼道。

格伯仔细思索了这个可能性。汉娜·霍尔没有行李箱，他对自己说道。事实上，自从他认识她以来，她一直穿着同样的衣服，但也许这正是重点……如果他明白那女人的头脑是如何运转的，那么对她来说，没有什么是偶然的：通过穿着同样的衣服，汉娜想要暗示他，她的行李箱里装着别的东西。有这种可能，格伯不想排除这种可能性。但这也带来了一个严重的后果。

　　没人能帮他确认是否存在一个行李箱。他必须亲自去查证。

29

普契尼旅馆和彼得罗·格伯想象的一模一样：一家破旧的一星级小旅馆，建于二十世纪七十年代。垂直的霓虹灯招牌，一部分被雷电击坏了。棕褐色的细木护壁板。入口设在火车站附近的一座楼房后部。

他把车停在旅馆大门附近，等了将近一个小时，期望能见到汉娜·霍尔从里面出来。为了确认她在那里，他给前台打过电话，想请他们把他的电话转接到她的房间，一辨认出她的声音就挂断。然而没有人接电话。但片刻后，当她经过四楼的一扇窗户时，他瞥见了她。

他试着说服自己，她迟早会离开，好把房间留给他探查。说到底，汉娜想要他去找那个该死的行李箱，他很肯定这一点。

格伯叹了口气。他原本不想陷入这样的境地。但这是他的错，或者是那个从未爱过他的父亲的错。他想知道，如果父亲没有在临终前透露那个秘密，没有了那个负担，他如今的生活会是什么样的。

B先生的秘密遗言。

与西尔维娅分开也是因为这个。因为他从来没有怀疑过，父亲每一个表达爱意的举动都藏着厌恶。现在他不知道被恨和被虚假地爱，究竟哪一个更糟，所以就用一个借口赶走了妻子。他觉得首先需要把自己的情感表达清楚。他不想让妻子在若干年后再发现。这样的话，过去她与他共同经历的每一件事都会变得虚假。或许也是因为这个，格伯无法肯定汉娜·霍尔的故事是真是假。虽然关键的是另一个问题。

他为什么会想要把他父亲的秘密吐露给一个陌生女人，而不是和他结了婚的那个女人？

因为汉娜已经知道那个秘密了，他对自己说道。他无法解释她是怎么知道的，但他确定她知道那句话，B先生正是用那句话扰乱了他的生活。而他不敢问，害怕发现那正是事实。

……是因为您父亲对您说的话，对吗……

格伯注意到一个熟悉的身影走出旅馆。汉娜点燃一支香烟，沿着人行道离开了。

他下了车，走向旅馆大门。等到接待员从前台后面的办公室短暂离开时，他趁机走了进去，扑到柜台上，浏览登记簿上客人的名字，寻找他感兴趣的那个房间号。他找到了想找的号码，从架子上抓下钥匙。

他来到四楼，找到正确的门，在被人发现之前偷偷溜进了房间。一进房间，他就背靠在墙上。

他在做什么？这简直是疯了。

房间里相当昏暗，只有一道光从小电视机上照过来，电视诡异地开着。格伯环顾四周，等待眼睛适应暗淡的光线。房间里放置着一张单人床、一个床头柜和一个衣柜，那衣柜对这个狭小的空间而言大得出奇。一扇小门通向狭窄的洗手间。

这儿有她的气味——烟味、汗味，并且再一次出现了那种他无法辨别的甜甜的气味。

冷静下来后，他向前走了一步。一个陌生的身影毫无预兆地挡在了他面前。格伯惊跳了一下，但接着意识到他撞见的是自己在墙上一面镜子里映出的影像。他看着镜子里的自己，这时才发现，他今天早晨穿着的衣服和昨天穿的一样，很可能也和前天穿的一样。

他在无意间养成了和病人一样的习惯，显得和她一样不修边幅、脸色糟糕。

他还没四处细看，就直接去了洗手间。令他惊讶的是，盥洗池的托架上既没有化妆品，也没有香水，甚至没有牙刷。仔细看来，除了那种使人感到压抑的气味，这个房间里没有任何东西能让人想起汉娜·霍尔。

就像那女人从未到过这里。一个幽灵，他对自己说道。

他去找行李箱。他没指望它会在衣柜里，事实上衣柜是空的。剩下的唯一一个可能是在床底下。

他在床底下找到了。

他抓住手柄，把箱子拖了出来。这是一个褐色的皮质旅行箱，又旧又沉。

他跪在磨损严重的机织割绒地毯上，一只手伸进口袋，取出他在办公室里找到的那把铁质小钥匙，急切地想要确认它与行李箱上的带扣锁是配套的。但是，正当他要把钥匙插入锁眼中时，他的焦急感无缘无故地消失了。

他不再着急了。

他站起身来，坐在床垫上。他在床上坐了一会儿，注视着汉娜·霍尔的行李箱，它被包裹在温暖的微光里。他发现自己筋疲力尽。利他林的药效过了，他很清楚。此外，他还意识到了一件事：如果他打开了那个行李箱，在他脚下就会出现一个旋涡，它必然会将他一直往下吸。

据他所知，那里面可能有一个死去的新生儿。

他决定花几分钟来考虑。他挪了挪被子，躺在床的一侧，把头靠在枕头上。他慢慢地吸气、呼气。渐渐地，不知不觉间，他伴着电视里动画片的声音睡着了。

他梦见了汉娜·霍尔，梦见了B先生，梦见了没有面孔的紫寡妇和陌生人。他梦见自己在装有阿多的匣子里，被埋在地下。他突然感到呼吸费力。

当他再一次挣扎着睁开眼时，白日的微弱光线已经完全消失了，透进房间的只有普契尼旅馆外面的招牌上冰冷细微的灯光。他坐起身，呼吸重新变得顺畅，但他察觉到，那无法穿透的黑暗并不是房间里唯一的新事物。

还有一种不同寻常的寂静。有人关掉了电视机。

汉娜回过房间？他想象着她在他睡着时躺在他身边的样子。她用她那双深邃的蓝眼睛注视着她，试着猜测他做了什么梦。格伯本能地寻找起床头柜上的台灯开关。他打开台灯。他独自一人。但当他转向身边的枕头时，却注意到了枕套上的一根金发。

地上，那个皮质行李箱仍在等待他。

彼得罗·格伯这一次拿出了钥匙来验证。他没有弄错。打开行李箱后，他呆若木鸡。没有死去的新生儿。没有刺激的可怕物件。只有一堆泛黄的旧报纸。他拿起一张报纸，读起了此前就被标出来的一篇文章的标题。

真相比他所想的要简单得多。正因如此，真相才更加可怕。

30

　　他等待着午夜降临，以便给特雷莎·沃克打电话。

　　他思考了很久，最终决定了，这是他该做的最正确的一步。他必须和汉娜讨论行李箱里报纸上的内容，但这个话题太微妙了，不能直接和她提起。而她的第二自我非常适合做这件事：当汉娜成为特雷莎·沃克的时候，就像她在她自己和她的故事之间加上了一层过滤。披上心理师的伪装能让她以一种疏离的态度面对一切，可以与他人保持安全距离，避免自己受伤。

　　"您睡不着吗，格伯医生？"女人用热烈的语气先开口问道。

　　"确实睡不着。"他承认道。

　　"沃克"变得担心起来："发生什么了？您还好吗？"

　　"我今天发现了关于汉娜的一件事。"

　　"请说，我听着……"

　　格伯正坐在自家的客厅里，处于黑暗中："汉娜·霍尔是她的真名，并且，实际上她从来没有被收养过。"

"我不觉得这是一个重大发现。"她宣告道。

"我找到了一些二十年前的报纸……是关于那个著名的火灾之夜的。"

"沃克"沉默了，格伯明白她允许他继续讲下去。

"汉娜和她的父母当时暂居在锡耶纳乡下的一座农舍里。一天晚上，陌生人包围了声音之家。他们在房子里发现了他们。汉娜的父亲设计了一套藏匿全家人的装置：壁炉里有一扇活动板门，通往一个小地下室。他们的计划是，先放火烧掉房子，再藏在那里，直到闯入者离开，以为他们都死于大火。"他停顿了一下，"在陌生人闯入之前，汉娜的父亲在地板上洒了煤油，然后投下了一些燃烧弹。与此同时，母亲把小女孩带到地下室的藏身处。父亲没有赶上她们，因为他被抓住了。"他寻找着继续说下去的力量，而电话那一头只有沉默。"母亲一点儿也不想被抓住，尤其不想抛下他们的女儿。于是，她让她喝下了一只瓶子里的东西，自己也喝了……遗忘水。"

"然后发生了什么？""沃克"问道，声音细小，显然带着恐惧。

"那是一种曼德拉草提取液……那女人立刻就死了。小女孩幸存了下来。"

"沃克"花了几秒钟才使自己平静下来。格伯可以听见她的呼吸。

"装着阿多的匣子呢？"她接着问道。

"报纸上没有提到这个，因此我推测没人找到它。"

"所以我们不知道汉娜是不是杀死她哥哥阿多的凶手……"

"我认为，事实上，汉娜没有杀死任何人。"

"这怎么可能？"她问道，"那她为什么会有关于谋杀的记忆？"

"答案和陌生人的形象有关。"格伯断言道，"但现在，我知道紫寡妇是真实存在的。"

3月11日

　　她在一个黑暗的房间里待了几天，被连接在她从未见过的机器上，那些好心的机器帮她呼吸，喂她营养液，清洗她的身体内部。她唯一的任务就是休息，人们不断重复着告诉她。

　　现在他们把她移到了另一层楼。她有一个专属于自己的房间，房间里甚至有一扇窗户。在此之前，她从未如此靠近过陌生人的世界。她不习惯周围有这么多人，也不习惯他们说话的声音。

　　所有人对她都很热情，尤其是护士们。她们对她非常关切，还送她礼物。其中一位护士给她带来了一只巧克力蛋。她不知道那是什么味道，她从来没有尝过。

　　"等你开始自己进食的时候，你就可以尝一小块了。"护士向她许诺道。

　　她的胃还无法消化固态食物，只能消化流食。医生向她解释说，需要的康复时间比预计的更长。她不清楚自己究竟生了什么病，没有人告诉过她。她所知道的唯一一件事是，她的肺吸入了过多的烟雾。也许这是真的，因为如果她用鼻子吸气，就仍然会闻到那味道。不过，火没有蔓延到她藏身的地方。

她几乎不记得关于那场火灾的任何事，在妈妈让她喝下遗忘水的时候，一切都消散了。她想知道在那之后发生了什么。人们告诉她，有人在大火蔓延到地下室之前发现了她，在声音之家开始倒塌的时候把她拉了出来。妈妈在让她喝下那个瓶子里的东西前向她承诺过："我们会睡着，然后，当我们醒来时，一切都会结束。"事实上，不记得那些让她感到恐惧的时刻是件令人宽慰的事。

自从到了那里，她就试着不违反那五条规则。她无法阻止那些陌生人靠近她，也无法逃跑，但她不和他们说话，尤其不告诉任何人她叫白雪。

她希望，只要自己这样做，就能很快再次见到妈妈和爸爸。她非常想念他们，想和他们在一起。但她也想告诉他们，陌生人的世界并不那么糟糕。尽管陌生人把他们从声音之家带走了，但也许陌生人并不像他们认为的那样邪恶。

她回想起他们最后的居所，突然哭了起来，因为现在那座老农舍什么也不剩了。大火吞噬了它。尽管她从来没有喜欢过某个地方，但想到她居住过的所有声音之家，会带着她和爸爸妈妈一起幸福生活的记忆在某个地方继续存在下去，她还是觉得快乐。

哭泣耗尽了她仅有的力气，她在不知不觉间睡着了。醒来时，她发现身前有个惊喜。她的布娃娃用那只独眼注视着她。她立刻伸出手臂去抱她，但又停下了，因为她察觉到布娃娃在一个熟面孔的膝盖上。

紫寡妇坐在床边，对她微笑。

"你好。"她向她打招呼，"今天感觉如何？好些了吗？"

她沉默着，怀疑地注视着她。

"他们说你还不想跟任何人说话。"对方继续道，"我理解，你知道，换作我是你，我也会这么做。我希望你不会讨厌我来看你……"

她一动不动，她不想让对方把她的任何动作解读成敞开心扉的信号。

"你还没有透露过你的名字呢。"女巫继续说道，"这里的所有人都很着急，因为他们不知道该如何称呼你……所以我来了，因为我们已经认识过了。对吗，白雪？"

她的名字被泄露了，她惊呆了。那么，在火灾之夜，在她即将入睡的时候，是这个女巫在唤她的名字。

"我们已经观察你们一周了。"紫寡妇说道，"等待着合适的时机来救出你。"

从什么危险中救出我？她想道。但她假装不知道对方在说什么。

"我们那天在雨中见过面，你记得吗？"对方坚持道。

我当然记得。在那一天，紫寡妇带走了阿祖罗。

"我本想向你打个招呼的，但我得照料你们留在街上的那个新生儿……对了，他很好，他已经回家了。"

回家了？什么意思？但想到她弟弟的咳嗽已经痊愈了，她感到宽慰，尽管她不知道是否可以相信女巫的话。女巫们擅长炮制骗局和施咒，妈妈对她解释过。

"我从那时起就在找你，我很高兴能找到你。"

我可不高兴，又丑又坏的女巫。

"你的父母教过你该怎么做，对吗？所以你不愿意把你的名字告诉任何人。"

女巫知道关于规则的事。谁知道她会不会知道别的什么，我必须慎重些。

"我相信你是个有教养的小女孩，你不愿意违背妈妈和爸爸的话。"

我当然不愿意。她很谨慎。

"我知道你不相信我。在我小时候，大人们也告诉我别相信不认识的人。"

我可认识你：虽然你现在看上去很和蔼，但你把我带走了。

"我思考了很久怎么面对我们这场谈话……然后我告诉自己，说到底，你已经十岁了，不只是个小女孩了。于是我认为，我会像对待一个成年人一样和你谈话，我会很真诚，我确信你会理解我。你已经浪费很多时间了。"

最后那句话是什么意思？她在说什么？

"首先，我想明确指出一点……不是别人不知道你的名字，是你不知道自己的名字。"

恰恰相反，我知道自己叫什么。

"你的名字叫汉娜。"

我的名字叫白雪。

"你出生在一个离这里很远的地方：澳大利亚。在你很小的时候，你的父母带你一起来佛罗伦萨旅游。那是在夏天，当你们在一个公园里散步的时候，有人把你从婴儿车里抱出来带走了。"

她在说什么？这不是真的！

"做出这桩恶劣行径的人是被你唤作妈妈和爸爸的人。"

她觉得自己的心脏好像停跳了。不知不觉间，她开始摇头，试图驱走女巫的魔咒。

"我很抱歉让你通过这种方式得知真相，但我认为这是对的……我们已经通知了你的亲生父母，他们正从阿德莱德赶来见你。你知道，他们找了你很久。他们从来都不甘心失去你，每年都会回到这里继续寻找。"

她感到喘不过气。

"发生在你身上的事也降临在了另一个孩子身上。"

她明白女巫又在说阿祖罗了。

"不过他更加幸运，他一点儿也不会记得这段经历。"

这不是真的！不是真的！不是真的！我想回到声音之家！我想跟爸爸妈妈待在一起！立刻带我回去找他们！

"我知道你现在恨我，因为我告诉了你这些事，我从你眼睛里看出来了。但我希望你不久之后会愿意再和我说话。"

她抽泣着，因为在哭，她无法做出反应。她本想跳到女巫的脖子上把她掐死。她本想大声叫喊。然而她动弹不得，唯一能做的就是紧抓着床单。

紫寡妇站起身，在离开之前，把那个布娃娃交给了她。

"当你觉得准备好了的时候，我会回来向你解释你想知道的一切事情……你只说要找我就行了。我叫安妮塔，安妮塔·巴尔迪。"

31

他在她离家去法院的时候成功拦住了她。安妮塔·巴尔迪在台阶上停下，格伯察觉到她费了很大劲儿才认出自己。

"你怎么了？"她担忧地问他。

格伯知道自己形容枯槁。他几天没有睡觉了，他不记得上一次吃到一顿像样的饭是什么时候，也不记得上一次洗澡是什么时候。但他迫切地想要知道真相，其他事情都是次要的。

"汉娜·霍尔。"他说道，确信巴尔迪会明白他为什么在这个不寻常的时间来访，"您为什么不告诉我您认识她？"

几天前的那个晚上，在她家客厅里，当格伯第一次对她提起汉娜·霍尔的名字时，这位老朋友曾身体一僵。现在他清楚地想起来了。

"我在很多年前许下了一个承诺……"她仅仅这样回答。

"对谁许下的承诺？"

"你会明白的。"她坚定地断言道，为的是让他明白，在这件关乎诚信的事情上容不得反驳，"但我会回答你的其他任何问题，我向你发誓。所以，你还想知道别的什么？"

"一切。"

巴尔迪把皮包放在地上，自己在一级台阶上坐下。

"正如我告诉过你的那样，那时候我做外勤工作。和小孩子打交道从来都不容易，你也清楚。尤其是，当成年人恰恰是他们需要提防的怪物的时候，很难说服他们信任一个成年人……但是在办案的时候，我们有各种达成目标的技巧。比如，我们选择一种着装的颜色，一种显眼的颜色，好让小孩子注意到我们。我选择了紫色。然后我们上街去寻找他们，寻找那些处境艰难的未成年人，被熟人或家人殴打或骚扰的孩子：他们得在成年人毫不知情的情况下注意到我们，向我们寻求帮助。目光接触是很重要的。就这样，我第一次注意到了汉娜·霍尔。她也注意到了我。"

"那么，您不是在找她？"

"没有人在找她。"

"这怎么可能？"格伯难以置信。

"霍尔夫妇的确曾报警说他们年仅六个月的女儿被偷走了。那时候不像今天这样到处都是摄像头，而且这件事是在公园里发生的，没有目击者。"

事实上，此前假定汉娜在阿德莱德偷走孩子的事，其实是多年前发生在佛罗伦萨的。她也不是犯罪者，而是受害者。

"所以，警方没有相信霍尔夫妇。"格伯说道，焦急地想知道故事的后续。

"一开始是这样，但接着，警方开始推测他们编造了一切——为的是掩盖他们意外或人为造成小女孩死亡的真相。汉娜的母亲患有轻度产后抑郁症，事实上，她的丈夫正是为了让她散心，才安排了这场意大利之旅：这被认为是一个充分的动机。

"当霍尔夫妇察觉到自己将会受到指控的时候，他们逃离了意大利。

"意大利向澳大利亚要求引渡他们，但没有成功。

"与此同时，没有人费心去寻找汉娜。

"霍尔夫妇在接下来的几年内秘密回了佛罗伦萨几次。他们没有放弃。"

格伯无法想象他们经历过的难以言喻的磨难："那两个偷走小女孩的人来自圣萨尔维医院，对吗？"

"玛丽和托马索是两个可怜的离群者，他们在那家精神病医院度过了人生的大部分时光。他们在高墙之中相识，然后相爱……玛丽因为药物作用无法生育，但她非常想要一个孩子。托马索为她偷来一个小女孩，满足了她的愿望。然后他们开始逃亡。

"由于所有人都怀疑霍尔夫妇而没有怀疑旁人，他们得以安然逃脱，多年来过着秘密生活，从一个地方流浪到另一个地方，总是与世隔绝，不为人所见。"

格伯无法相信这个荒唐的故事："你们是什么时候开始怀疑他们的？"

"在他们偷走另一个名叫马蒂诺的新生儿的时候。"

阿祖罗，格伯在心里纠正道。

"他们认为分开几个月再重聚的做法很机智，但汉娜破坏了他们的计划……我们当时正四处奔走寻找那个小男孩，这时有人注意到了那个奇怪的小女孩，她带着一个襁褓里的新生儿。我前去核查。她似乎迷路了，她很害怕，需要帮助。但她的母亲玛丽赶到她身边的速度比我快：她把小男孩留在地上分散我的注意力，两人一起逃走了。"

"但您没有放弃，对吗，法官？"

"我从小女孩的眼神里看出不对劲儿。我意识到她也是被偷走的。我们开始调查，想要再次找到她。"

"汉娜所说的陌生人就是你们。"

巴尔迪点头承认："得益于一系列调查，警方查到了锡耶纳乡村一座荒废的农舍，并在夜里包围了那座农舍，想要闯进去解救人质……我当时也在，但出了点儿差错。"

"是汉娜本人提醒了她的父母，对吗？她以为他们处于危险之中。"

"托马索被逮捕了，几年后死在了监狱里。我们对玛丽无能为力：她自杀了。汉娜也喝下了同样的毒药，但在医院治疗了几个星期后，她挺了过来。我去找她，告诉了她真相，那绝对是我这辈子做过的最艰难的事。"

格伯深吸了一口气。这个故事很容易理解。但其中一个方面仍然有争议。

"汉娜坚称她有一个哥哥，名叫阿多。他被装在他们一直随身带着的匣子里。"

"几天前，我从你那儿第一次听到这个故事，但当时我们没有调查出任何相关的信息。"

"您认为我的病人编造了这一切？包括她小时候杀死哥哥的事？"

"我认为她除了马蒂诺之外没有其他兄弟。正如我对你说过的，玛丽无法生儿育女，而且迄今为止，我们也没有查到和汉娜·霍尔在同一个时期被偷走的儿童。"

疑点仍然存在，但现在是时候问出那个最难的问题了。

"我的父亲是不是和这件事有过牵扯？"

巴尔迪看上去很烦躁："为什么问这个？"

"因为汉娜·霍尔知道关于我过去的很多事，而且坦白地说，我不认为这只是个巧合。"他愠怒地回应道。

"我可以告诉你一件事，但我不知道这是否对你有用……"巴尔迪继续说道，"汉娜以为是她父母的人，实际上只比小孩子大一点儿：他们偷走她的时候，玛丽十四岁，托马索十六岁。"

32

两个还是孩子的父母。

从汉娜在催眠时讲述的故事里推导不出这个重要的细节。或者，也许推导得出，但他没有注意到这一点。

您有没有注意到，当人们被要求描述自己父母的时候，他们从不把父母描述成年轻人，而通常倾向于把他们描述成老人？

每个人都倾向于把父母想象得比他们的实际年龄更大。这是为了让他们显得更成熟，也更老练。如果汉娜·霍尔清楚她的父母是青少年，也许会问出更多关于自己的情况的问题。

他对自己的父亲也犯过同样的错。现在他和父亲成为鳏夫时的年纪一般大了，他明白父亲当时对于要独自抚养一个年仅两岁的孩子会感到多么无力。尽管如此，格伯仍然无法原谅他。

B先生和汉娜·霍尔之间有着某种联系，他很确定。因为每一次他想到B先生的时候，她都会浮现在他脑海中。为了弄明白这种联系，他必须继续治疗汉娜，必须说服她阿多从未存在过。

只有这样，他才能把她从杀死哥哥的负罪感中解救出来。

他像之前的早晨那样在办公室等她。汉娜准时出现了。他们之间有着太多沉默的真相：从格伯造访普契尼旅馆到巴尔迪透露的事。但两人都要装作若无其事。

"我想尝试一些别的东西。"他向她宣布道。

"您是指什么？"

"到目前为止，我们都专注于火灾之夜之前发生的事，现在我想探索在那之后发生的事。"

汉娜突然表现出心存戒备的样子。"但这样我们就会远离关于谋杀阿多的记忆。"她抗议道，"这有什么意义呢？"

格伯等着她点燃一支温妮烟，准备回应这一击。

"既然我们谈到了这个，你有没有想过去找阿祖罗？"他问道。

汉娜垂下眼。"我昨天去找他了。"她承认道，"一开始他不愿意见我。"

"你们说了些什么？"

"一开始很尴尬，因为我们都不知道该说什么。后来我们开始聊起自己的生活。和我一样，阿祖罗现在有另一个名字了：他叫马蒂诺，今年四月满二十一岁。他在工厂工作，做仓库管理员。他有一个女朋友，两个人很快就要结婚了。他还给我看了她的照片，她很漂亮。"

"再次见到他，您感觉怎么样呢？"

汉娜思索着："我说不好……我很高兴他过得不错。"

"在你们小时候，您救过他的命，这您知道，对吗？"

汉娜把烟灰抖落在她一直用的手工黏土做的烟灰缸里。她似乎不愿意承认自己为那个孩子做的事。

"您为了他违反了您父母的第一条规则。"格伯紧追不舍。"'只能信任妈妈和爸爸。'"为了他们两人好，他重复道。

他捕捉到了女人眼神中的犹豫。汉娜在证据面前踌躇不定。

"您明明违反了规则，这件事却做对了，这怎么可能呢？"他问她，"也许有什么东西不对劲儿。也许有人弄错了，或者对您说了谎。"

小孩子发现的最糟糕的事是，妈妈和爸爸不是永不犯错的。当他认识到这一点时，他也就意识到，面对世上的众多危险，自己更像是孤身一人。

汉娜的眼睛变得湿润而悲伤。

"您为什么要这么对我？"她问道，声音颤抖。

"您的父母想要保护您不受陌生人的伤害……您难道从未怀疑过他们才是陌生人吗？"

一阵沉重的沉默落在二人之间。格伯可以看见汉娜手里的温妮烟在慢慢燃烧，一圈圈烟雾飘向高处。

"有时候我们掌握了揭晓真相的所有线索，只是并不真正愿意接受真相。"格伯说道。

汉娜似乎被说服了："您想要我做什么？"

"我想要您和我一起回到紫寡妇来医院看您之后发生的事。"

格伯启动了节拍器。汉娜·霍尔开始在摇椅上摇摆起来。

33

　　他们给我穿上了一条蓝色的连衣裙和一双带着小星星的粉色短靴。我从来没拥有过这样的鞋子。尽管我穿着它们还走不好路，但这双鞋很漂亮。他们问我是否想要剪头发，我回答说："谢谢，不用了。"因为通常给我剪头发的是妈妈，也只有她知道剪成什么样我会喜欢。他们向我解释说，我应该打扮得漂漂亮亮的，因为我的亲生父母今天会来看我。他们不断地向我重复，我的父母远道而来，所有人都担心我会让他们失望。我不知道我怎么会让他们失望，因为我甚至没见过他们。

　　没有人问过我是否同意。

　　房间里很冷，而且太大了。我不喜欢这么大的空间。我在一把非常不舒服的椅子上坐了一会儿，我身后有一个我不喜欢的女人。她一直在对我微笑，告诉我一切都好。我们在等待我的"新父母"到来，他们很快就会到。我不想要什么新父母，我仍然喜欢我之前拥有的父母。

门开了，走进来几个我从没见过的人。其中两个人手牵着手。一个男人和一个女人，他们看见我便放慢了脚步。他们不知道该做什么，我理解，因为我也一样。然后，那个男人向我走来，拉着那个女人，她对我微笑，但看着像是想哭。他们在我身前跪下，一切都太奇怪了。他们说着一种我之前从未听过的语言，他们身后有个人向我翻译他们刚刚说的话，好让我听懂。他们自我介绍，报出自己的名字，是些复杂的名字。他们坚持叫我汉娜。我已经跟所有人说过了我不喜欢被叫作这个名字，我想要做一个公主。

似乎没人在意这一点。

霍尔太太想让我叫她妈妈。不过她说，我想要多少时间来考虑什么时候开始这样称呼她都行。但是她没有问我是否愿意。我喜欢她的金发，但她的衣服色彩很单调。她抚摸了我很多次，但她的双手一直汗津津的。霍尔先生也是金发，但只有脑袋侧边有头发。他很高，肚子肥大。他一直乐呵呵的，当他笑起来的时候，他的肚子会上下抖动，脸颊会变得通红。幸运的是，他没有要求我叫他爸爸。

他们每天都来看我，我们一起度过下午的时光。他们每次都给我带东西。一本书、一个可以做饼干的玩具炉子、胶水、铅笔和水彩笔，还有一只毛绒小熊。他们很亲切，但我仍然不明白他们想从我这儿得到什么。

我住的地方是"亲人之家"。我更喜欢声音之家。这里有其他小孩子，但我从来不和他们一起玩耍。他们也在等妈妈和爸爸来接他们。一个坏极了的小女孩说，我的妈妈和爸爸再也不会来接我了，因为妈妈死了，爸爸被关在一个叫监狱的地方，再也不能出来。这个坏极了的小女孩还说，我的妈妈和爸爸是坏人。我知道她不是唯一一个：所有人都认为他们是坏人，只是其他人不会当着我的面这么说。我希望自己能说服他们这不是真的，妈妈和爸爸从来没有伤害过任何人。比如，他们一直很爱我。我不知道爸爸实际上在哪里，但我确信妈妈没有死。如果她死了，她会在我睡觉时来看我，就像阿多那样。当我谈起这些事的时候，其他小孩子都嘲笑我。没有人相信幽灵的存在。他们觉得我疯了。

但有一件事，妈妈和爸爸弄错了：陌生人本应该抓走我，却抓走了他们。

今天，霍尔夫妇带来了一些他们居住地的照片。那地方很远，在世界的另一端。为了去那里，需要乘坐三趟——有时是四趟——航班。他们的房子在一片海湾中，四周围绕着草坪，他们还有一条名叫泽尔达的黄狗。在他们给我看的照片中，还有一个属于我的房间。房间里堆满了玩具和洋娃娃，窗户朝向大海。霍尔先生说，车库里有一辆自行车等待着我。我不知道自己是否愿意去那个地方看看，我也没弄明白妈妈和爸爸是否会与我们同行。当我问霍尔先生的时候，他不知道该怎么回答我。

有时，当我和霍尔夫妇在一起时，霍尔太太会跑开，躲起来哭泣。

霍尔先生对我说，他们的城市名叫阿德莱德，那里几乎都是夏天。霍尔先生有一条帆船，他喜欢大海。他告诉我，澳大利亚有我从未见过的奇异动物。霍尔先生和蔼可亲，他和其他人不一样。比如，当我谈论起幽灵时，他不会发笑。相反，他说他相信有幽灵，他在海里见过。没有影子的生物，他这样叫它们——鱼，虾，乌贼。由于珊瑚礁之外没有太多庇护能让它们藏起来躲避捕食者，这些动物就学会了变得透明。比如，它们的肚子非常薄，由一片胶状物构成，能像镜子一样映出东西，这样一来，它们就能藏起哪怕是最小的一块食物。但捕食者也适应了这一点：为了看见这些生物，避免死于饥饿，它们的眼睛进化了。

人们说我应该收拾自己的行李，因为几天后我就会和霍尔夫妇一起动身。我们会回到在阿德莱德的家。我解释说他们弄错了，因为那不是我的家。他们却说，那就是我的家，尽管我不记得了，因为我离开的时候年纪太小了。我不想去澳大利亚，但似乎没有人在乎我想要什么或者不想要什么。既然说了也没用，我就不再说了。我也不再吃饭。没人知道我怎么了，他们以为我生病了。这样最好。终于，有人想起来要问问我了。

"我想和紫寡妇谈谈。"我仅仅说道。

第二天，那个女巫来看我了。她一直表现得很亲切，但我不信任她。

"怎么了？"她问我。

"我可以见我妈妈吗？"

"你的妈妈是霍尔太太。"她回答道。

"我真正的妈妈。"我坚持道。

紫寡妇思索了片刻。然后她起身离开了。

当我想要某样东西的时候，如果得不到，我就会变得咄咄逼人，就像那次我决定和母山羊一起睡觉，结果长了虱子一样。我继续拒绝吃饭。

紫寡妇再次来看我，我知道她很生气。她对我说："你跟我去一个地方，但之后要重新开始吃东西，明白吗？"

她所说的地方灰暗又悲伤，门都是铁质的，装着栅栏。那儿全是警卫。我不知道这是什么地方，甚至不知道为什么有人会待在这样的地方。他们把我带到一个没有窗户的房间里。这里只有一张桌子和两把椅子。这时候他们才告诉我，我不久后就会见到爸爸。我高兴得想要唱起歌来。但他们向我解释说，我不能拥抱他，甚至不能触碰他。我不明白为什么，但他们对我说这是这个地方的"规则"。尽管不是我的规则，但我知道我必须接受。铁门开了，两名警卫押着一个男人走进来。男人的手腕上戴着锁链，走路很费力。我花了一会儿工夫才认出他，因为他的头发很短，脸上有伤。是火灾之夜的火让他变成这样的。但他正是爸爸。他一看见我就流下泪来。我忘记了不能拥抱他，朝他跑过去，但有人抓住我，阻止了我。于是我坐下来，他也在桌子另一端坐下。我们就这样待了一会儿，一言不发地看着对方，无法控制地流着泪。

"你怎么样，亲爱的？"爸爸问我。

我想说我过得糟糕透了，说我想念他和妈妈，却只回答道：

"我很好。"尽管我知道我不该说谎。

"他们跟我说你不愿意吃东西。为什么？"

我感到羞愧，我不想让他知道这件事。

"我很高兴你来看我。"

"我想回到声音之家。"

"我觉得这不可能了。"

"这是某种惩罚吗？我做了坏事吗？"我抽泣着问道。

"为什么这么说？你什么也没做错。"

"是因为我杀死了阿多，取代了他的位置。那次我发高烧、肚子痛的时候，花园里的那个女孩告诉我的。"

"我不知道是谁把这个念头塞进你脑海的。"爸爸对我说，"你没有杀死任何人：阿多是在我们带走他的时候死去的。"

"你们从哪里带走他？"

"从一个糟糕的地方。"他回答道。

"红顶屋。"我说道。

他点头表示肯定："但那些事发生在你来到我们的生命中之前，亲爱的。这件事与你完全无关。"

"是谁杀了他？"

"是陌生人杀了他。"有那么一会儿，爸爸似乎迷失在了某个念头中。"我和妈妈离开红顶屋那天，我们从摇篮里带走了阿多。我们以为他睡着了。因为害怕陌生人会找到我们，我不知道我们走了多久。但我们感到幸福，因为终于自由了，我们建立了一个家庭。"爸爸的脸色阴沉下来，"天亮的时候，我们在乡间的一座荒废的农舍里停了下来。我们筋疲力尽，只想睡一会儿。

妈妈想唤醒阿多给他喂奶，但当她试着把他贴近胸口的时候，他身体冰冷，一动不动。于是妈妈开始叫喊，我永远不会忘记她的叫喊声和她的痛苦……我把阿多从她怀里夺下来，试着往他幼小的肺里吹气，但那没用……所以我把他裹在被子里，找来木头做了一只匣子。我们把他放进匣子里，我用沥青封上了匣盖。"

我想起当时奈利以为匣子里藏着宝物，让维泰罗和卢乔拉把它打开，我第一次看见了我哥哥的脸。

"当我看见他的时候，他看上去就像在睡觉。"我说道，为了安慰爸爸。

"阿多是我和妈妈给他取的名字。"他回想着，"我们觉得这名字美极了，因为没人叫这个名字。"

就在这个时候，他们告诉我见面时间结束了，我们应该告别。爸爸首先站了起来，他们正要把他带出房间。我想要吻一吻他，但没有得到允许。他最后一次转头看我。

"你应该吃东西，你应该向前走。"他嘱咐道，"你很坚强，没有我们也能过得很好。"

我知道他费了很大劲儿才能告诉我一切。他强忍着泪水，但他很痛苦。

"我爱你，亲爱的……无论你听到关于我和妈妈的什么事，永远都不要忘记我们有多爱你。"

"我答应你。"我艰难地从喉咙里挤出声音说道。在那一刻，我明白我们永远不会再见面了。

我试着向所有人解释，我不想跟随霍尔夫妇去澳大利亚。我想重新和爸爸妈妈一起生活在声音之家。但没人听我说。我想要什么或者不想要什么，都不重要。

　　没有人真正愿意倾听小孩子要说的话。

34

"……五……四……三……二……"

随着倒数结束，汉娜从追寻过去的旅途中回到现实，她神情放松，终于得到了平静。

格伯只能想象，在澳大利亚和霍尔夫妇一起开始另一段人生，对于汉娜来说会有多么艰难。某些故事有圆满的结局：好人得胜，媒体欣喜，观众感动。但从来没人知道在那一刻之后发生了什么，也很少有人在乎发生了什么。想到这一点，没人愿意让残酷的现实毁掉美好的结局。在很多人看来，"得救了"的小女孩是在陌生人身边长大的。

陌生人会把人抓走。

汉娜在他们的某次会面中这样说道。实际上，陌生人不仅把她从她所知的唯一一个世界中带走，把她从让她学会爱和被爱的家庭中带走，甚至还成为"妈妈"和"爸爸"。但对那些推崇"他们从此过着幸福美满的生活"这种完美结局的人来说，这只是一个次要方面。说到底，谁在乎呢？事情的结果就是彼得罗·格伯面前出现了这样一个痛苦不安的女人。

"那么，我并没有杀死阿多。"她说道。她看上去轻松了些，但仍然对某些事情不太信服。

格伯关停了节拍器：是时候也把那件事说清楚了。

"阿多从来都不存在，汉娜。"他肯定道，试着表现得体贴些，"偷走您的那个女人无法生育。"

但是她不相信："我的父母为什么要编造那个谎言？"

"为了证明他们对霍尔夫妇做的事是合理的。"

"向谁证明？"

"向您证明，汉娜。也向他们自己证明，为的是让自己信服这么做是对的。"他停顿了片刻。"以眼还眼——这是世界上最古老的规则。"他说着，把它和汉娜小时候被要求服从的五条规则进行比较。

"以眼还眼？我的爸爸和妈妈把我偷走，是为了报复？您弄错了：我的父母从来没有伤害过霍尔夫妇。"

"不是针对霍尔夫妇。"格伯承认道，"他们怨恨的不是霍尔夫妇，而是这个社会。遗憾的是，人们已经证明了，和一直被尊重的人相比，被欺负的人更倾向于为自己受到的伤害进行报复。这两个孩子肯定在圣萨尔维医院受到了虐待，所以他们认为，外部世界亏欠他们……欠他们一个家庭。"

这在犯罪行为中很典型，格伯想。但汉娜并不信服。

"但我的父亲在监狱里告诉我，他们从红顶屋带走阿多的时候，他已经死了，我记得很清楚，我见过匣子里的尸体：尽管过去了这么久，尸体仍然被保存得很好。"

"往匣子里看的时候，您处于极度紧张的状态。"格伯提醒她道，"您跟我讲过，当时您坐在奈利的膝上，不知道您的父母在哪儿。此外，还应该考虑到您当时年纪很小，缺乏基本的经验，无法准确理解眼前事物的意义。最后，我们不该忽略，离那个时候已经过去了许多年：您当前的记忆不可避免地发生了变化。"

"但是多亏了催眠治疗，现在我什么都回忆起来了。"汉娜反驳道。

格伯不得不打破病人的幻想，他厌恶自己的这部分工作。他决定利用治疗小孩子时所用的例子。

"我想向您解释，记忆的目的，并不仅仅是将过去的事物留存在脑海中……小时候，当我们第一次触碰火焰的时候，我们会感到一种永远不会忘记的疼痛。于是，每一次看见火的时候，我们都会当心。"

"记住过去是为了准备面对未来。"汉娜肯定道，她理解了这个机制。

"所以，我们会忘记对我们没有用处的所有东西。"格伯向她确认了这一点，"催眠无法从我们的大脑中恢复某些特定的记忆，原因很简单：我们的记忆认为它们毫无用处，于是不可逆地删除了它们。"

"但是爸爸说过，阿多当时活着，后来才死的。"

"我知道他说了什么。"他打断道，"但这不是真话。"

汉娜沉下脸。"开始时，您承诺会倾听我心里的那个小女孩……但没有人真正愿意倾听小孩子要说的话。"她重复道，就像在催眠中说的那样。

彼得罗·格伯为她感到无限惋惜。他本想要起身，走近去拥抱她，紧紧抱着她，好让这一刻快些过去。但汉娜让他吃了一惊，因为她仍然不愿意接受现实。

"您想让我恨我的父亲，只是因为您恨您的父亲，对吗？"汉娜对他怒目而视，"您不想让我保留关于他的美好记忆，只是因为您有一笔债还没有收回……有人亏欠您吗，格伯医生？以眼还眼。"

"您弄错了，没有人亏欠我。"格伯回答，感到被刺伤了。

但汉娜还没有说完："告诉我，您父亲临终前低声告诉您真相的时候，您耳边感受到的那种死亡般的痒意，是不是现在依然能感受到？"

不知不觉地，格伯退回到扶手椅边坐下。

"一个字。"她肯定地说道，"您的父亲只说了一个字，但足以让您不再天真……哪一样更好？是一个相信女巫和幽灵的小女孩的幻想世界，还是认为这个愤世嫉俗的理性世界是唯一存在的真实世界？在这个世界里，死亡的确是万事万物的结局，人们根本不询问我们的想法，就决定什么对我们好，什么对我们不好。也许我的确疯了，因为我相信某些故事，但有时，问题其实仅仅在于我们用何种方式看待现实，您不这么觉得吗？您别忘了，在您的世界里被称为疯子的人，对我而言是妈妈和爸爸。"

格伯一句话也说不出来。他感到难以置信又无能为力。

"阿多是真实存在的。"汉娜肯定道，起身去拿包，"他仍然被埋在那个匣子里，葬在声音之家附近的那棵柏树下。他在等人去接他。"

然后她向门口走去，意欲离开。格伯本想拦住她，对她说些什么，但他没能想出任何可说的。走到门口，女人停下来，再次转向他。

"您父亲的秘密遗言是一串数字，对吗？"

这是真的，彼得罗惊得呆住，只能点头承认。

10月22日

"勇敢点儿，彼得罗，往前走……"

在这之前，他从未走进过他父亲的树林。他总是停在门口，欣赏那些纸质的树木，它们有着金色的树冠，被长长的藤蔓连接在一起。这个地方是为"特别的孩子"准备的，巴鲁先生总这么说。就连这个名字也是特别的，父亲不允许他使用它。

"我们为什么来这里？"他疑惑地问道。

"因为今天你满九岁了。"父亲严肃地说道，"我想送你一件礼物。"

但彼得罗不相信。这件事看上去像一种惩罚，尽管他不明白是哪种惩罚。也许是因为冰激凌的事，因为上个周日他在那个女人面前表现的不礼貌？他不敢问父亲，就这样准备勇敢地接受父亲为他准备的惩罚。

"这件礼物是一次催眠治疗。"巴鲁先生有点儿出乎意料地宣布道。

"为什么?"

"我无法向你解释,彼得罗,这太困难了。但有一天你会明白的,我向你保证。"

他试着想象,有什么事是他在未来的某一天会理解而今天无法理解的,但他什么也想不出来。于是他转而问了一个更加实际的问题:

"如果我再也醒不过来了呢?"

父亲笑了起来。彼得罗感到被他的反应冒犯了。但接着,巴鲁先生摸了摸他的头。

"这是个非常常见的担忧,我所有的小病人都会问同样的问题。你知道我是怎么安抚他们的吗?"

他摇了摇头,感觉自己没那么傻了。

"我告诉他们,被催眠的人实际上可以在任何时刻醒来,因为这只取决于他自己。所以,如果你感觉不对劲儿,只需要倒数,然后睁开眼睛就行了。"

"好吧。"彼得罗说道。

父亲牵起他的手,两人走进纸质的树林。待在这里让人愉快。父亲让他在机织割绒毯的草坪上等待,还在他的后颈下垫了一只柔软的枕头。父亲走向角落里一张茶几上的唱片机,用优雅娴熟的动作从包装里取出一张唱片,把它放在唱盘上,然后打开开关,带着唱针的唱臂自动启动,落在声槽上。

《紧要的必需品》用熊巴鲁和毛克利的声音为树林带来了生机。

父亲走过来,在他旁边躺下。他们平躺在对方身边,双手交叉放在肚子上，欣赏着布满白色云朵和明亮星星的天空。他们很平静。

"可能有一天你会因此而恨我，但我希望你不会。"父亲说道，"事实是，我们两人相依为命，而我不会永远活下去。原谅我选择了以这种方式做这件事，若非如此，我永远都不会找到做这件事的勇气。而且，这样做是对的。"

彼得罗仍然不明白，但他决定相信父亲。

"那么，你准备好了吗？"

"是的，爸爸。"

"现在闭上眼睛……"

35

格伯在下午早些时候回到了他空荡荡的家中。他已经无法再对其他预约的病人进行治疗了。他不具备倾听他们和用催眠探索他们内心所需的平静心绪。这就是为什么他更愿意完全取消自己的日程安排。

他朝卧室走去，感到头痛欲裂。他没脱衣服和鞋子就躺倒在被单之间，裹在防水外套里瑟缩了一下，因为他突然感到很冷。那是利他林的副作用。他像胎儿一样蜷成一团，等待着那一阵阵规律地击打着他头骨的抽痛过去。疼痛一减轻，他就睡着了。

他被投射到一连串如万花筒般的不安的梦境中。他在一个阴暗的深渊中漂浮，深渊里居住着发光的鱼群，还有霍尔先生所说的那些没有影子的生物——海中的幽灵，它们学会了适应恶劣的生存环境，变成了透明的。

汉娜和它们很像。她永远穿着黑色的衣服，因为她所经历的生活教会了她如何让自己隐形。

那片海里也有他的母亲——B先生的妻子。她展现出和全家福上一样静止的微笑，就像一座蜡像：一动不动，漠不关心。他叫她妈妈，但她没有回应。

没有人真正愿意倾听小孩子要说的话。他再次听见了汉娜·霍尔忧郁的声音。您父亲的秘密遗言是一串数字，对吗？

然后手机响了，格伯重新睁开眼睛。

"你去哪儿了？"巴尔迪生气地问道。

她找他做什么？她为什么发火？

"都十点了，你还没到这儿。"她不耐烦地责备道。

"十点？"他问道，声音里还带着困意。

他查看了时间。确实是十点，但这是早上十点。他睡了几个小时？答案是十几个小时。事实上，他仍然感到晕头转向。

"我们在等你，"巴尔迪不依不饶，"只差你一个人了。"

"我们约好了要见面吗？"他不记得了。

"彼得罗，出什么事了吗？我昨天晚上打电话给你的时候，你说没问题，你会来。"

他不记得有打电话这回事。就他所知，他从昨天下午起就一直在睡觉。

"关于埃米利安。"她说道，"你得来一趟这个孩子的养父母家，其他社工也在。"

"为什么？发生什么了？"他警觉地问道。

"我得确认你的看法。感谢上帝，他的养父母愿意把他接回去。"

他气喘吁吁地赶到目的地。他无法补救自己的迟到，不得不在露面前跳过了整理仪表的步骤。除了衣服皱巴巴的，他知道自己身上的味道也不好闻。而且，他感觉衣服有些宽松，这意味着他在最近的几天里至少瘦了两公斤。

他很肯定，巴尔迪见到他这个样子，一定会用她犀利的眼神狠狠瞪他。然而，他从这位紫寡妇的眼睛里捕捉到的，主要是担忧。

他之前问过巴尔迪，为什么不在他第一次提到汉娜·霍尔的名字时告诉自己她认识她，但她拒绝回答。两人当时的对话仍然在他脑海中回响。

我在很多年前许下了一个承诺……

对谁许下的承诺？

你会明白的。

答案仅仅是被推迟了，所以他没有过于坚持地追问。但是，在这天早晨之后，他会再次尝试向她问出结果。与此同时，他试着恢复清醒，以便能更好地致力于自己的工作。这并不容易。他已经筋疲力尽了。

地址是郊区的一座小别墅。

尽管收养埃米利安的这对夫妇相当年轻，他们装修房子却用了老式风格，可能是他们父母那个年代的风格。就好像夫妇二人没有独立出来，没有形成自己的品位。比如浅色的大理石地板、上漆的家具、水晶吊灯，还有一堆陶瓷的小装饰品和小雕像。

社工们完成了例行的现场勘查，为的是确认这户人家是否满足再次收养这个白俄罗斯小男孩的条件。与此同时，格伯心不在焉地在这个环境里漫步，尤其试图不让人过于注意他的存在。他感到自己像一个在纵酒作乐之后的早上经历宿醉的人，不适和羞愧的感觉取代了酒精带来的快感。

巴尔迪和埃米利安的养父母在单独交谈。那个女人和她的丈夫手牵着手。他们谈话的主题是小男孩的厌食症。格伯心不在焉地听到了一些片段。

"我们已经咨询过了几位医生。"埃米利安的养母说道，"我们还会咨询别的医生，但我们认为，除了上帝的帮助之外，我们的儿子主要需要我们的关心和爱。"

格伯想起他出席最后一次庭审时的场景，当卢卡让所有人围成圈为埃米利安祈祷的时候，在其他人无法看见她的时候，这位母亲闭着眼睛露出了微笑。

在他回忆的时候，格伯被一条通往别墅地下室的走廊吸引了目光，埃米利安说他曾在那里目睹养父母、祖父母和卢卡叔叔戴着动物面具的狂欢。

一只猫、一只羊、一头猪、一只猫头鹰和一头狼。

埃米利安的脑海中想到了什么？格伯问自己。小孩子也会变得暴虐和残忍，他很清楚这一点。他和巴尔迪之前得出结论，即在白俄罗斯经历了饱受虐待的生活后，小男孩想要体验成为施暴者是怎样的感觉。

他开始上楼，设想着楼上是小男孩的卧室。事实上，他的卧室正好在父母的卧室旁边。他往里走了一步，环顾四周。一张小床、一个衣柜、一张小写字台，许多玩具和毛绒玩偶。这个房间显然是收养家庭满含爱意精心准备的，为了让这个新来的孩子立刻有家的感觉。在墙壁上，相框里的照片展示出埃米利安和这个意大利家庭的幸福时刻，在海边旅行、在游乐场游玩等等。

但也有别的。在门边的一张小茶几上放置着一些带有宗教意义的物件，看上去像是某种净化、驱魔用具。

格伯想象着那场面：收养埃米利安的家庭成员聚集在小男孩床前，唱着赞美诗，做着为他驱魔的礼拜仪式。

这念头太荒唐，他摇了摇头。正当他准备离开房间时，他察觉到有件东西从床头柜的一个半开的抽屉里盯着他。

他走上前去，拉开抽屉，发现那是埃米利安在他们最后一次见面的时候，在催眠状态下画的肖像。实际上，有好几张纸上画了不同的版本，每一幅都非常相似。

双眼锐利，却没有瞳孔，嘴巴巨大，牙齿尖利。

"怪物马奇。"他喃喃自语，回忆起埃米利安给它取的名字。

但是，格伯第一次想到，这个词可能有一个实际的含义。他掏出手机，打开自动翻译应用，输入了这个词。结果令他一惊。

"马奇"在白俄罗斯语里的意思是"妈妈"。

埃米利安就是这么称呼他的亲生母亲的。在这幅画像的怪物外表下，可能藏着这个小男孩在原生家庭中经历过的一切恐怖的记忆。

就在这时，格伯听见楼下传来的说话声，决定去看看发生了什么。他从楼梯平台的栏杆处往下看，发现一名社工刚刚陪埃米利安回来了。

养父母跑过去拥抱他。现在他们一家三口手牵着手跪下，被在场的人善意的目光包围着。

当格伯下楼梯下到一半的时候，小男孩抬眼向格伯看去。他看上去既失望又愤怒。事实上，他对推翻了自己谎言的人产生怨恨是很正常的。但是，被他这样盯着，格伯感到很不舒服。格伯决定去面对他，于是微笑着走了过去。

"你好，埃米利安，你感觉怎么样？"

小男孩什么也没说。但顷刻间，他感到一阵恶心，呕吐在了格伯的裤子上。

所有人看到这个场面都惊呆了。埃米利安的养母匆匆赶来照料儿子。

"我很抱歉。"那女人对格伯说着，从他身边走过，"紧急情况是无法预料的，当他情绪激动时，就会这样。"

格伯没有回应。

在确保埃米利安好些之后，养母邀请他画个十字，诵读一段祷告，以驱走刚刚这段不快的回忆。

"我们现在一起祈祷，然后一切都会过去。"她说道。

格伯仍然很震惊。巴尔迪走过来，递给他几张纸巾，让他擦干净身上，但他尴尬地走开了。

"请原谅。"他说着，向厨房走去。

他来到了一个纤尘不染的环境里。地板发亮，炉子非常干净，就像从来没有使用过一样。房子的女主人炫耀着她高超的持家本领。但一阵残留的熟食的气味泄露了真相，花香味的空气清新剂徒劳地掩盖着这阵气味。

格伯走近洗碗池，从碗碟架上拿起一只杯子。他拧开水龙头，用颤抖的手接满一杯水，喝了几口。然后他将两只手臂撑在台上，任由水继续往下流。他闭上眼睛。他应该离开这里，他无法再在这个地方待下去。我就要瘫倒了，他对自己说道。我不想让任何人目睹我在自己身上搞出来的这副可笑样子。

没有人真正愿意倾听小孩子要说的话。

汉娜·霍尔的话闯入了他的思绪。这听上去像一项指控，主要针对的是他——这位儿童哄睡师。格伯当时回击了这项指控，因为他为埃米利安尽力做了能做的一切。如果他没有发现埃米利安利用一本童话书的内容来污蔑那些接纳了他、承诺会爱他的人，这些无辜的人大概还会被人指指点点。那么，他为什么会对埃米利安感到愧疚？

我的茶点总是很糟糕。

这是埃米利安在从催眠中醒来之前说的最后一句话。这是为他伤害新家人所做的某种辩白。一个小孩子的完美借口。

格伯突然有了一种直觉。他睁开眼睛，重新向洁净完美的厨房看去。他联想到了他在楼上卧室里看见的那些宗教物品。有人正在试图净化埃米利安的灵魂。

不对，他对自己说道。只有他的养母。

对这个女人来说，面子非常重要。所有无法生育的女人，都渴望向他人证明，实际上她们无论如何都值得被叫作"妈妈"。

由于她有着虔诚的宗教信仰，做母亲对她而言不仅是一件生物学上的事情，更是一种天职。

最好的母亲会愿意照顾另一个女人生下的孩子。尽管这个孩子并不完美，尽管他有厌食症。相反，她承受着这个生病的孩子的痛苦，就好像那是她自己的痛苦。一位这样的母亲不会抱怨。她在祈祷时会满意地微笑。因为她知道，有位神明会看见，会赞赏她的信仰。

"我的茶点总是很糟糕。"彼得罗·格伯对自己重复道。

他开始打开所有橱柜，疯狂地寻找证据。他在一个柜子的顶部找到了。用来涂抹食物的榛子酱。他打开罐子，观察里面的东西。通常情况下，没有成年人会去尝专门为小孩子准备的食物。

因此，没有人会发现埃米利安的养母的秘密。

只有一种方式才能拿到确凿的证据。于是他将一只手指插进那团软腻的酱里，又把手指放入口中。

当他辨别出那种甜味深处的酸味时，他本能地把东西吐在了地上。

埃米利安永远无法说出真相，没有人会相信他。所以他才编造了关于一场魔鬼般的狂欢的故事，把全家人都牵扯其中。他没有选择的余地。

因为没有人真正愿意倾听小孩子想要说的话。连格伯也是。

36

B先生经常引用一个小女孩的病例，她在催眠状态下强迫一只布艺小象吃药，如果它拒绝的话，她就威胁说她不会再爱它了。小女孩的行为让他识别出她的母亲患有名为"代理型孟乔森综合征[1]"的心理疾病：那个女人悄悄地给女儿服用大剂量的药物，只是为了让她生病，吸引亲戚朋友的注意，让自己在人们眼中表现得像个关心女儿的好妈妈。

不过，催眠师之所以记起这个病例，只是因为安妮塔·巴尔迪提到了它。她是想用这个例子说服他，如果他们发现了埃米利安身上的真相，那都是他一个人的功劳。

"可能是你的潜意识提示了你该做什么。"巴尔迪坚持道，她指的是那罐被下药的榛子酱，里面掺入了餐具洗涤剂。

但是格伯坚信，那个白俄罗斯小男孩能够得救，要归功于汉

1　一种心理疾病，表现为故意捏造或致使他人（通常是子女）患病，以此获得周围人的关注和同情。

娜·霍尔。因此他立刻去找她。他很清楚，这不如说是一个在事务所之外与她见面的借口。他发现，在约定好的时间见面已经无法再满足他。就像一个为爱痴狂的恋人，他需要意外和偶遇。

他来到普契尼旅馆，冲到前台处询问，期盼她在自己的房间里。

"很遗憾，那位女士昨晚就离开了。"接待员说道。

这个消息让格伯呆住了。他道了谢，向门口走去，但他想了想，又走了回去。

"霍尔女士在这家旅馆住了多久？"他一边问道，一边把一张钞票递给接待员。

他坚信，早在她出现在他的生活中之前，汉娜就来到了佛罗伦萨，为的是收集关于他的信息，否则无法解释她怎么会了解那么多关于他过去的事。

然而，接待员却回答道："她只在这里住了几天。"

格伯没有料到这一点。注意到他的惊讶，接待员补充了一个细节：

"这位女士订了一个房间，却从来不在这里过夜。"

格伯记下了这条信息，再次道了谢，然后匆匆离开，他惊得不知如何是好。但这间接证明了他没有猜错：如果汉娜在别的地方睡觉，那就没人知道她在这座城市里待了多久。这个女人为了演好这场戏，准备了很长时间，连普契尼旅馆里那个简陋的小房间也是表演的一部分。

她还在这里，他对自己说道。

但他已经厌倦了那个骗局，这就是为什么现在最重要的是和她谈话。他想到一种可能性，把手伸进口袋，掏出手机。

他立刻打给了"特雷莎·沃克"。

一个预先录制的声音用英语告诉他，用户目前不在服务区。

他又尝试了几次，回家后也试过，但每一次尝试的结果都是一样的。最后，他背靠在走廊的墙上，慢慢地让自己滑到地面上，紧张又疲惫。他就这样呆坐在黑暗里。他不得不屈服于这明显的证据，即便他做不到。

汉娜·霍尔不会再回来了。

他迫切地想要找到她，突然想起只剩一种可寻的途径——互联网。"沃克"有一次对他说过，在澳大利亚有两个三十岁左右的女人叫作汉娜·霍尔。一个是国际知名的海洋生物学家，另一个是他们的病人。

格伯打开手机上的浏览器，在搜索引擎里输入那个女人的名字。当搜索结果出现时，他不知为何想起了霍尔先生所说的没有影子的生物。从网络深处浮现出了他意料之外的东西，如果他没有让自己被表象所蒙骗的话，他本可以轻易察觉到。

屏幕上的照片里，那位国际知名的海洋生物学家和他的病人长得一样。

从来就没有两个汉娜·霍尔。

只不过，唯一真正存在的汉娜·霍尔并不是一个寒酸且不修边幅的女人。照片上的她驾驶着一艘帆船，一头金发随风飘扬。她面带微笑，和他在一起的时候，她从未这样笑过，这使他感到一丝嫉妒。但最重要的是，她虽然和他的病人有着相同的外貌，却是个完全不同的女人。

她很幸福。

他本应该感到高兴，因为汉娜——真正的汉娜——克服了被偷走的创伤，也克服了被转移到一个陌生家庭的创伤。他本应该为她感到骄傲，因为她活出了自己的人生，没有让过去的遭遇影响自己。然而他只能想，汉娜·霍尔为什么要演这出戏，然后又突然消失。他和自己打赌，她实际上是个注重养生的人，甚至通常不吸烟。

您父亲的秘密遗言是一串数字，对吗？

就在这时，有人按响了他家的门铃。格伯猛地站起来，走过去看来人是谁，祈祷着会是她。但他一打开门，出现在他面前的那张脸立刻让他失望了。

但那是张熟悉的脸。

与他们仅有的两次见面相比，她已经老了许多，但他还是认出了他父亲的这位朋友：他小时候在冰激凌店里看到的神秘女人，他成年后在B先生临终前看见的那个女人。

"我认为这个属于你。"这位圣萨尔维医院的前员工对他说，因为吸了太多烟的缘故，她嗓音沙哑。

接着，她举起手，向他展示从家庭相册中被偷走的那张老照片。照片上是彼得罗·格伯刚出生时的样子。

37

　　他们从家里出来，躲进布雷拉大街上的一家小咖啡馆，那是夜里这个时候唯一一家还开着的店。这家咖啡馆像一个十字路口，汇集了逃避白日阳光的人们：失眠者、不法商贩、妓女。

　　他们坐在一张僻静的小桌旁，桌上放着两杯味道糟糕的咖啡，B先生的神秘女友点燃一支香烟，确信在这样一个地方，没人会对此提出任何异议。格伯注意到她抽的是温妮烟。

　　格伯的手里握着那张老照片："这是谁给您的？"

　　"我在信箱里找到的。"

　　"您怎么知道这个新生儿是我？"

　　女人注视着他："我永远都忘不了。"

　　"为什么？"

　　她沉默不语。一个微笑。又一个秘密。又一个推迟的答复，正如他当时问巴尔迪，她为什么不愿意立刻告诉他她认识汉娜·霍尔。

"您和我父亲是什么关系？"他问道，态度粗鲁。

"我们是好朋友。"这女人仅仅这么回答，同时也在暗示，在这个平淡的解释之外，她不会再多说什么。除此之外，直到现在，她甚至都不愿意告诉他她的名字。

"您为什么来找我？别告诉我只是为了把这张照片还给我……"

"是你父亲告诉我，如果你在找我，我就来见你……我想，这张照片是他的邀请。"

B先生安排了这次见面？格伯感到惊讶。

"您和我父亲有过一段恋爱关系？"他问道。

女人爆发出一阵沙哑的笑声，但她很快就被一阵咳嗽哽住了。

"你的父亲深爱自己的妻子，甚至在她死后也对她忠贞不渝。"

格伯对西尔维娅感到一阵愧疚。在最近几天的事件之后，也许他已经无法再自认为是个忠诚的丈夫了。

"你的父亲是个非常正直的人，是我认识的人当中最正派的人之一。"陌生女人继续说道。

但格伯不想听她说，于是打断了她。

"玛丽和托马索。"

听见他说出这两个名字，女人不再说话了。

"我对别的都没有兴趣，只对他们感兴趣。"他坚决地说道。

女人长长地吸了一口烟："圣萨尔维医院是一个与世隔绝

的世界，有它自己的规则。那里的人们基于这些规则生活和死去。"

格伯回想起汉娜在小时候被要求遵守的那五条规则。

"1978年，当那条下令关闭所有精神病医院的法令颁布之后，谁也没有想到，外部世界的规则不适用于我们的世界。光是命令我们搬迁是不够的，因为在医院围墙里度过人生大部分时光的许多人都不知道还能去哪儿。"

格伯想起在他去那里寻找档案的时候，圣萨尔维医院的看门人也对他说过同样的事。

"我们继续把他们留在那里，毫不声张。显然，外面的人都知道，但人们更愿意忽略这一点。他们认为，等到被关起来的疯子都死了，这个问题也就自动解决了。他们只需要让时间来解决……"

"事实并非如此……"

"官僚人员忽略了一点，在圣萨尔维医院这样的地方，生活无论如何都会找到继续下去的办法……我就是在那时候参与游戏的。"

"什么意思？"

"你是不是疑惑，那两个未成年人在精神病院里做了什么？"

当时托马索十六岁，玛丽十四岁。

"不，实际上我没有疑惑过这一点。"

女人站起身，在杯子中剩余的咖啡里熄灭了烟头："你会在Q大楼找到你想找的答案。"

但格伯没有料到她会这么快离开。而且，还有一件事说不通。他抓住她的手臂："等等……圣萨尔维医院的大楼编号是从A到P，不存在Q大楼。"

"事实上，"女人注视着他，确认道，"的确不存在。"

38

在马赞蒂大街，在看上去最容易攀爬的地方，他翻过了高高的围墙。他落在一个杂草丛生的地方，惊险地躲开一个不知从何时起就在那里的碎玻璃瓶颈。地上散落着陈旧的垃圾，他必须注意脚下的每一步。

在满月的照耀下，他走进树林。

守护着这个地方的树木似乎不在意他的出现。它们整齐划一地在晚风里摇晃，在空气中发出齐声的低吟。

格伯终于找到了那条柏油小路，它就像一条汇入河口的支流，肯定会通往这组建筑群的中心。他一边往前走，一边观察着组成了圣萨尔维医院这座荒弃之城的那些建筑。

每一座建筑的正面都印着一个字母。

按照字母的顺序，他在一座白色小楼前停下了。这是唯一一座没有字母标识的建筑。

臭名昭著的Q大楼，格伯喃喃道。只有一种方式可以确认，那就是走进去。

要进去并不容易，因为破碎的窗户被钉上了沉重的金属栅栏，无法从这里通行。不过，有一扇后门已经被强行打开了，格伯正是从那里进入了楼里。

他的出现打破了宽阔空间的寂静。他的脚步在碎玻璃和碎石上嘎吱作响。地板在多个地方鼓起，瓷砖的间隙里生长出顽强的灌木，它们成功在水泥之中开出了一条道。月光从天花板的裂缝中倾泻而下，一种明亮的雾气悬在空中。

格伯真切地感受到他不是独自一人。看不见的眼睛躲藏在角落或阴影里，正在观察着他。他听见它们在互相低语。

他们还喜欢移动椅子。看门人这样告诉过他，隐晦地指向那些居住在此地的不安灵魂。他们通常把椅子安置在窗前，朝向花园。尽管已经死了，他们的习惯却没有改变：一小排空椅子被安置在玻璃窗前。

但第一件真正让格伯惊讶的事是他来到第一间寝室时看见的。床的尺寸和常规的不一样。它们更小些，是小孩子的床。

格伯一边继续探索，一边疑惑自己来到的是什么地方，为什么这个地方一直被当作秘密隐瞒着。他走到一座砖砌的楼梯脚下，正要走上二楼，但他停住了。有一样东西迫使他往下看，在那里，一级级阶梯消失在某种深渊中。

灰尘上有一些脚印。

格伯没有随身带手电筒，他咒骂自己竟没有想到这一点。他只剩下手机内置的手电筒。他用手机照亮，开始往地下室走去。

走下最后一级阶梯的时候，他期望会发现一个仓库或一个老锅炉房。然而，这里是一条走廊，尽头只有一扇门。他一边走向那扇门，一边环顾四周，因为墙上画着童话中的快乐人物。

他对这个地方的功能做出了上千种猜测。但是，没有一种猜测能让他安心。

跨过最后一道门槛的时候，他用灯光四处照着。有个物件反射出了一道不寻常的光。他仔细观察，所见的东西让他不安起来。

那是一张供产妇使用的不锈钢分娩床，椅背被降低了，搁脚板被抬高了。

一开始，他以为这是幻觉，但接着，他确信了这一切都是真的。他慢慢地走向前去，立刻察觉到这里还有另外一个房间。他走进门，发现面前有四排金属摇篮、盥洗池和给婴儿换尿布的台子。

一个托儿所。

显然，这些小床是空的，但他照样可以想象出曾经在床上熟睡着的那些幼小的躯体。

格伯被这件难以置信的事压倒了。一部分的他想要立刻逃离，但另一部分的他无法动弹，还有三分之一的他渴望探索面前这个荒谬的地方。他决定依从那三分之一的自己，因为如果他不把事情的来龙去脉弄清楚，如果他没有至少试着去寻找答案，他就再也不得安宁。

他转过身，发现自己处于一座医护人员值班亭前。透过玻璃隔板，他可以看见一张写字台和一个小卡片箱。

他不知道手机电量还剩多少，他完全沉浸在翻看堆在桌子上的档案中。他在那里坐了多久？他无法停下来。他的好奇心贪得无厌。但不只如此。他感到自己对在这个荒唐的地方待过的无辜的人负有义务，外界的人对他们的生活所知甚少。他们是一个保守着可怕秘密的少数群体，就像一个政治集团。

在圣萨尔维医院这样的地方，生活无论如何都会找到继续下去的办法。

B先生的神秘女友说的恰恰是这些话。翻阅那些文件的时候，彼得罗·格伯开始理解这句话的意思了。

Q大楼是一座产科病房。

他想起这家精神病医院是一座自给自足的城中之城。这个系统的存在独立于外部世界运行。这里有一个小型电力中心，有一条与佛罗伦萨的引水管道分离的引水管道，有一个做饭的食堂，有一块墓地，因为进了这里的人甚至到死都不会有出去的希望。

但它的自给自足也适用于另一件事。

病人们相识，相爱，决定要共度一生。有时候，他们会把新的生命带到世界上。

圣萨尔维医院对这件可能发生的事也有所预备。

在那些年里，这家精神病医院不仅收容被证实了有精神疾病的人，也收容只能依附他人生存的人和被社会抛弃的人。他们被关起来，只是因为他们不同于一般人。神志不清的人和精神健全的人都有情感上的需要。有时候，一切都在两相情愿的关系中发生，遗憾的是，另一些时候并非如此。

这些行为常常会带来怀孕的后果。无论是否自愿怀孕，这种情况都需要处理。

我就是在那时候参与游戏的。

B先生的朋友这样说道。

从面前的档案里，格伯发现那个神秘女人是一名产科医生。多亏了她的笔记，他才能重构产妇和新生儿的故事。

许多新生儿死于他们的母亲使用的药物和接受的治疗，被埋葬在墓地的一座公用墓穴里。但大多数孩子都活了下来。

通过这种方式来到圣萨尔维医院内部的人注定要在这里待下去，和其他人完全一样。

没有人会愿意收养疯子的孩子，格伯喃喃道。这种想法可以理解。人们害怕那些孩子体内潜伏着和他们的父母同样的阴暗疾病。

但是在外界，人们不能说出这个事实：一代又一代的男孩和女孩生活在那些围墙里，仅仅是因为他们在那里出生。他们代替了他们的父母，有的人遗传了他们的疾病，有的人只是随着时间流逝才开始精神失常。

在他查阅的这些个人档案中，格伯找到了玛丽的档案。

格伯读了她那个短短的故事：她和托马索都是出生在圣萨尔维医院的孩子。他们可以被归为那些在分娩后存活下来的"幸运儿"。两人在这个地狱里一起长大，然后相爱。这对恋人中没有人表现出有精神疾病的症状，只是因为出生在那里而感到拘束。在他十六岁、她十四岁的时候，他们有了一个孩子。

玛丽并非没有生育能力。巴尔迪对他说了谎。

他们给孩子取名为阿多。但遗憾的是，他在来到世上仅仅几个小时后就死去了。

妈妈想唤醒阿多给他喂奶。

当汉娜到监狱里探望托马索的时候，他这样告诉她。

但当她试着把他贴近胸口的时候，他身体冰冷，一动不动。于是妈妈开始叫喊，我永远不会忘记她的叫喊声和她的痛苦……我把阿多从她怀里夺下来，试着往他幼小的肺里吹气，但那没用……所以我把他裹在被子里，找来木头做了一只匣子。我们把他放进匣子里，我用沥青封上了匣盖。

格伯回想着这一系列令人毛骨悚然的事件，同时继续阅读那些档案。由于分娩时意外出现的并发症，玛丽再也无法生育。因此，她和托马索先后偷走了汉娜和马蒂诺。正如他之前所想的那样，他们的犯罪行为是为了向阻止他们成为父母的命运报复。

格伯感到他来到了故事的结尾。从这里起，只有汉娜·霍尔一人掌握着答案。显然，他最在意的答案是，他的病人和他的父亲之间有什么关系，以及她为什么知道这么多关于B先生的事。

格伯在考虑这些事情的时候，他的目光落在了小阿多的出生和死亡证明上的官方印章和签名上。他认得那个签名，也知道那个印章的含义。

那是未成年人法庭的印章，旁边是安妮塔·巴尔迪的签名：她确认了这些事件和记录上所写的内容丝毫不差。

这是什么样的巧合？这不可能是个意外。同样的人物在这个故事中重复出现，这一点让他觉得另有隐情。这是一场骗局，或者，是一个被操纵的真相。

我在很多年前许下了一个承诺……

巴尔迪是向B先生许下的承诺？如果不是他，又会是谁？

在这一刻，彼得罗·格伯明白他弄错了，因为这个谜团的答案不只掌握在汉娜·霍尔手中。

二十年后，在地下，在声音之家旁边的一座坟墓里，仍然可以找到这个答案。

39

要找到发生火灾之夜的那座农舍并不困难。他只需要跟随在汉娜·霍尔的行李箱里找到的报纸文章上的线索。

他看见那座农舍出现在汽车挡风玻璃里。在火红的晨曦中，它仿佛仍在燃烧。现在它只不过是小山丘顶上的一座废墟，常春藤覆盖着它，两棵孤零零的柏树守卫着它。为了到达那里，格伯不得不在土路上行驶了九公里。

他停下车，下车环顾四周。这片荒凉的锡耶纳乡野一直延伸至地平线。但最让他印象深刻的，是那绝对的寂静无声。

没有迎接新一天的鸟鸣，也没有拂过冬季植被的轻风。空气凝滞而沉重。这个地方让人想到死亡。

他沿着农舍旁的小路前行，不知道自己究竟在找什么。但接着，他心不在焉地朝地面望去，认出了一个温妮烟的烟头，然后是第二个，第三个。烟头组成了一条轨迹。他跟了上去，想看看它们会把他引向何处。

扔在一棵柏树下的一只空烟盒证明了汉娜曾到过这儿。彼得罗·格伯现在也知道该从哪儿挖掘了。

他带了一把铁锹来，把它插进被早晨的寒冷冻硬的土地。他慢慢地往下挖着，回想起汉娜被带离家人的那晚发生在这里的事情：紫寡妇带领陌生人包围了农舍；托马索点燃了火，为了赶走他们，也为了争取时间让全家人藏进砂岩壁炉下的密室；玛丽不愿放弃她的女儿，让她喝下了遗忘水。

挖到大约一米深的时候，铁锹尖撞上了什么东西。

格伯跳下坑，想要徒手把东西挖出来。他把手指插入泥土中，摸索着木匣的轮廓。汉娜说得有理，匣子最多只有三拃长。在完全把它挖出来之前，他用掌心擦干净匣盖，认出了托马索用烧红的凿子刻上去的那个名字。

阿多。

这只小匣子用沥青封着口。格伯取出一把钥匙，开始把沥青从匣盖和匣身之间的空隙里刮走。完成这项工作后，他停了几秒来喘口气。然后他打开了匣子。

匣子里的新生儿大哭起来。

格伯失去了平衡，往后摔倒过去，背部重重地撞在地上。恐惧从头到脚贯穿了他全身。

哭声开始减弱，变成了一种阴暗的走调的喘息声。于是格伯再次靠近，准备仔细看看。

那不是一个婴儿，而是一个洋娃娃。

是一个玩具，内部安装了可以模仿婴儿哭声的装置。汉娜讲述过奈利和他的"孩子们"打开匣子寻找那不可能的宝藏时的情形，在听过她的描述后，他本应该料到这一点。她说过，阿多看上去就像仍然活着，就像死亡并没有触碰过他。

但这是个什么样的故事啊？

格伯深受震惊，糊里糊涂地回到车里。他把自己关进驾驶室，却没有启动引擎。他呆坐着，注视着虚空，感到自己的心脏甚至拒绝跳动。

手机铃声使他惊醒过来。

他任由它响着，以为那是西尔维娅。他本想听听她的声音，但此刻他找不到言语来解释。手机不响了，沉默再一次占据了他周围的空间，但接着又响起来，持续不断地响。于是格伯拿起手机，想让它安静下来。

他停住了，因为屏幕上显示的是"特雷莎·沃克"的电话号码。

"情况怎么样？您有什么发现吗？""沃克"用汉娜·霍尔的声音问道。

"阿多是一个洋娃娃。"他说道。

"阿多是一个幽灵。"她反驳道。

"别说了，不存在幽灵。"他粗暴地回应道。这句话艰难地攀上他干涩的喉咙，才得以说出口。格伯不明白为什么汉娜坚持要纠缠他。她有什么目的？

"您确定吗？"她问道，"世上存在太多我们无法解释的现象，这些现象往往与我们的研究对象有关：人的精神。"她有意停顿了一下："有时候，幽灵就藏在我们的头脑里……"

这个女人想从他这里得到什么？她为什么还要假装成一个心理师？

"您来接受一次催眠吧。"她继续大胆地说道，"催眠是通往未知的入口。有些人想要探索未知，而另一些人却不想，因为他们害怕自己会在那底下找到什么东西或者什么人。"

格伯正要告诉她，他已经厌倦了这场滑稽的表演，但汉娜又打断了他。

"我们的病人们最害怕的是什么？"

"无法醒来。"他回答道，不知道自己为什么还要继续这场游戏。

"我们又是怎么安抚他们的？"

"告诉他们可以在任何时刻醒来，因为这只取决于他们自己。"这是B先生教给他的。

"您曾经接受过催眠吗？"女人问道，转移了话题。

格伯被激怒了："现在这有什么关系？"

"儿童哄睡师在小时候从来没有被哄睡过吗？"她追问道。

就在这时，彼得罗·格伯似乎从电话里听见了那张老唱片的音乐声：《紧要的必需品》声音失真，从远处传来。他屈服了。

"我九岁生日那天，我父亲对我进行了一次催眠。"

"他为什么要催眠您？""沃克"平静地问道。

"那是一件礼物。"

我无法向你解释，彼得罗，这太困难了。但有一天你会明白的，我向你保证。

"我父亲让我在树林里躺下，他自己躺在我身边。我们靠得很近，很平静，欣赏着布满了白色云朵和明亮星星的天空。"

可能有一天你会因此而恨我，但我希望你不会。事实是，我们两人相依为命，而我不会永远活下去。原谅我选择了以这种方式做这件事，若非如此，我永远都不会找到做这件事的勇气。而且，这样做是对的。

"您父亲的秘密遗言是哪串数字？"汉娜·霍尔立刻问道。

他犹豫了。

"说吧，格伯医生，是时候说出来了，否则，您永远都不会知道他想要给您的礼物是什么。"

格伯没有开口的勇气。

"当您的父亲对您说话的时候，他已经处于另一个世界了：那串数字是从来世说出来的。"汉娜坚持道。

格伯被迫回想起那个场景。巴鲁先生低声说了些什么，但因为隔着氧气面罩，他没能听清。他又靠近了些，父亲努力重复了刚才所说的内容，而他揭露的事像一块巨石砸在他年轻的心上。他感到难以置信又心烦意乱，离开了奄奄一息的父亲。他在巴鲁先生眼中看见的不是遗憾，而是宽慰。冷酷又自私的宽慰。他的父亲——他所认识的最温和的人——摆脱了自己的秘密。现在那个秘密完全属于他了。

"是哪串数字？"汉娜·霍尔催促道，"您只要说出来，就会知道真相……您只要说出来，就会自由了……"

格伯颤抖着流泪。他闭上眼睛，用细若游丝的声音说出了那个字："十……"

"很好。"她回应道，"现在继续吧：数字十之后是什么？"

"……九……"

"非常好，格伯医生，非常好。"

"……八，七，六……"

"这很重要，请继续……"

"……五，四，三……"

"我为您感到骄傲。"

"……二……一。"

那首歌曲停了下来，沉默降临，仿佛是个奖赏。魔咒消失了，真相浮现出来，那是他的父亲通过对他仅有的一场催眠治疗藏在他记忆中的。

那件礼物。

"我的母亲在我出生之前就病了。"他回想起来，在家庭相册的老照片上，他注意到了她身上疾病的迹象，"在临死前，她想要一个孩子。她因为要治病而无法如愿，我的父亲就用了别的方法来满足她。"

彼得罗·格伯突然间想起了一切。

40

十月二十二日，一个狂风暴雨的夜晚。

我现在就在那儿。

圣萨尔维医院里的住客们在暴风雨天气里要比平时更加不安，护士们必须费些力气才能管束住他们。许多人惊恐地藏起来，但更多的人在大楼中走来走去，胡言乱语：他们似乎汲取了空气里充斥着的能量。每当一道闪电落入附近的花园时，疯子们的声音就会整齐划一地响起，就像信徒在欢迎他们的黑暗之神。

快到晚上十一点的时候，玛丽躺在她小房间里的床上。她正在尝试入睡，头上蒙着一个枕头，为的是隔绝与雷声的轰响混为一体的疯子们的吵闹声。就在这时，她开始感到第一次阵痛。疼痛来得气势汹汹又出乎意料，正如撕裂天空的道道闪电。她呼唤她的托马索，尽管知道他没法儿来帮助她，因为陌生人——那些不相信他们的爱情的人——把他们分开了。

玛丽呻吟着，被人们用担架抬着匆匆穿过空荡荡的走廊，来到了Q大楼的地下室。

那晚值班的产科医生正是冰激凌店的那个神秘女人。在把新生儿从女孩的腹中取出来之前，她躲进护士的值班亭，打了个电话。

"来吧，一切都准备好了……"

玛丽分娩时没有使用任何药物，她经受了把一个孩子带到世界上的所有痛苦。她不知道，那将是她唯一一次做母亲的机会，因为她年纪太小，出现了并发症，无法再生育。即使她知道，她也不会在乎。现在要紧的是拥抱她的阿多。

但当痛苦终于停止，当她辨别出她亲爱的孩子的哭声时，在她伸出手去握住他的手时，玛丽看见产科医生抱着孩子离开了，她甚至没能看见他的脸。

女孩感到绝望，没有人费心来安慰她。但这时出现了一个面带笑容的人影。

是巴鲁先生，这位绅士前来红顶屋看望她和托马索已经有一段时间了。他是儿童哄睡师。他会帮助她，他是她的朋友。事实上，他正把阿多抱来给她，阿多被裹在一张蓝色的毯子里。但当他靠近她的时候，玛丽发现那只不过是个洋娃娃。巴鲁先生试着把洋娃娃安放在她的怀里。

"这儿，玛丽，这是你的孩子。"他对她说。

但她立刻愤怒地把他推开："不，这不是我的阿多！"

这时，在房间的某处，有人播放了一张唱片。是毛克利和熊巴鲁的那首歌。巴鲁先生把一只手放在女孩的前额上。

"放心。"他肯定道,"这件事,我们和托马索一起商量了很久,你还记得吗?"

玛丽只记得他们两人都沉浸在某种愉快的睡梦中,巴鲁先生的声音引导着他们。

"现在时候到了,我们已经准备好了。"儿童哄睡师宣布道。

然后,伴随着精心炮制的话语和温柔的声音,他开始说服她,让她相信她怀里的洋娃娃是真正的孩子。

玛丽的意识一点点散去了,消解成了某种阴暗的、幻影般的东西。巴鲁先生向她保证,她和托马索很快就可以一起照料他们的儿子。

在完成他作为施咒者的工作后,催眠师离开分娩室,在走廊上遇见了产科医生,她正抱着一个襁褓等待着他。

"永远不要告诉他,说他不是你的儿子。"女人嘱咐道。

"我不知道怎么跟他解释他来自这里。"他让她放心,"但如果有一天他来找你……"

"不必有顾虑。"她打断他道,"我们做的事是对的:我们是在拯救他,别忘了。他如果待在这里面,会有怎样的未来?他会落得跟玛丽和托马索一个下场。"

巴鲁先生表示同意,尽管他为将要发生的事情感到不安。

"你的法官朋友准备好文件了吗?"

"准备好了。"他确认道,"他在任何层面上都会是格伯家的孩子。"

为了缓和紧张的气氛，产科医生微笑了一下："对了，你们准备叫他什么？"

"彼得罗。"他回答道，"我们打算给他取名叫彼得罗。"

于是我和我的父亲一起离开了红顶屋这个地狱，走向一个新家，一个虚假的家庭和一个尚待捏造的未来。

41

在这一刻，在许久以后，在这辆停在荒野中的汽车里，父亲在他九岁生日时插入他精神中的回忆最终在彼得罗·格伯清醒的记忆中扎下了根。就像他一直知道这件事一样。

B先生通过催眠说服了托马索和玛丽，那个洋娃娃是他们的儿子。但如果他们自己的头脑制造出的假象能够存在于圣萨尔维医院的围墙中，那么离开医院后，它就会失去根基。是这家精神病医院让这个假象成为真相。所以，两人坚信儿子死于他们私奔的途中。

"因此，在您父亲临死前向您透露那串数字之后，您对他感到愤怒。"假冒沃克的汉娜从电话另一端肯定道，"愤怒让您否认了真相，于是您坚信，您的父亲不爱您。"

"B先生从未问过我，是想要了解真相还是更愿意继续活在欺骗中。"他反驳道，"在临死前，他仅仅开始倒数，为的是让他的灵魂从他的秘密中解脱出来。"

"和汉娜·霍尔一样，您也没有选择的机会。"她同意道，"因为，如果汉娜能够选择的话，或许她更愿意继续和她以为是她父母的人一起生活。"

彼得罗·格伯被迫问自己，是怎样的命运在他们相识的许多年前就把他们联系在了一起。

他和汉娜是兄妹。

他们虽然没有血缘关系，却拥有同样的父母。他被玛丽和托马索带到这个世界上，而她代替了他被他们抚养长大。他们两人相识，都是因为有人专断地想要拯救他们。

"汉娜策划了这一切，为了让我发现关于我自己的真实故事。"彼得罗·格伯肯定道。

"真有意思。"假冒的沃克说道，"这么说来，汉娜·霍尔从澳大利亚来，不是为了让自己得到解脱，而是为了让您得到解脱。"

他继续依从她，因为他被吓坏了。他不知道，如果他结束这场闹剧，将会发生什么事。他将被迫根据那个真相重写自己的人生。但他明白了一件事，这令人感到安慰。

在重新整理过去记忆的工作中，他不会独自一人。

汉娜会陪在他的身边，她会在治疗他童年创伤的时候引导他的记忆，赶走他作为小孩子时的痛苦，就像真正爱我们的人知道该怎么做那样。

尽管彼得罗·格伯仍然没有勇气睁开眼睛，走出黑暗中舒适的藏身之所，但他知道她就在那里，在某个地方，近在咫尺。也许就在挡风玻璃外几米处，她正背对他站着，手机举在耳边，朝地平线望去。

　　"一切都很好，彼得罗。"女人用平静而令人安心的声音说道，"一切都结束了：现在你可以睁开眼睛了。"

致谢

斯特凡诺·毛里——出版人兼我的朋友，以及在全世界出版我的作品的所有出版人。

法布里齐奥·科科、朱塞佩·斯特拉泽里、拉法艾拉·龙卡托、埃莱娜·帕瓦内托、朱塞佩·索门齐、格拉齐奥拉·切鲁蒂、阿莱西娅·乌戈洛蒂、埃内斯托·范范尼、黛安娜·沃伦特、朱莉娅·托内利和我最亲爱的克里斯蒂娜·福斯基尼。

我的团队。

安德鲁·尼恩贝格、萨拉·农迪、芭芭拉·巴尔别里，以及伦敦分社杰出的各位合作者。

蒂法尼·加苏克、阿内斯·巴科布扎、艾拉·艾哈迈德。

维托、奥塔维奥、米凯莱、阿基列。

乔瓦尼·阿尔卡杜。

詹尼·安东南杰利。

亚历山德罗·乌萨伊和毛里齐奥·托蒂。

安东尼奥和菲耶蒂娜——我的父母。基娅拉——我的妹妹。

萨拉——我的"现在和永恒"。